Therese Albertine Louise Robinson

Gesammelte Novellen

Erster Teil

Therese Albertine Louise Robinson

Gesammelte Novellen
Erster Teil

ISBN/EAN: 9783741124709

Hergestellt in Europa, USA, Kanada, Australien, Japan

Cover: Foto ©Andreas Hilbeck / pixelio.de

Manufactured and distributed by brebook publishing software
(www.brebook.com)

Therese Albertine Louise Robinson

Gesammelte Novellen

Gesammelte Novellen

von

Talvi.

Nebst

einer Auswahl bisher ungedruckter Gedichte

und

einer biographischen Einleitung.

Erster Theil.

Inhalt.

Einleitung.

Indem wir die Novellen Talvj's dem Publikum gesammelt darbieten, erfüllen wir nur die Absicht der verewigten Verfasserin. Den verschiedensten Lebens= perioden entsprossen, bilden diese Erzählungen gewisser= maßen den Anfang und das Ende einer langen litera= rischen Laufbahn: zwischen der ersten und der letzten liegt fast ein halbes Jahrhundert! Einige der frühern, von denen die Verfasserin selbst fand, daß sie zu sehr den Stempel der Jugend trügen, beabsichtigte sie umzuar= beiten; daß wir dem Leser diese Novellen jetzt unverändert vorlegen, wird ihrer Aufnahme schwerlich Abbruch thun.

Eine kurze biographische Skizze der Verewigten dürfte nicht ohne Interesse sein, zumal da wir im Stande sind, über den wichtigsten Theil ihres Lebens, der ihre geistige Entwickelung und die Feststellung ihres

Lebensberufs in sich schließt, in ihren eigenen Worten
zu berichten. Diese entnehmen wir einem Briefe, den
sie im Jahre 1840 an einen Verwandten schrieb, um
diesem Data zu einem Artikel über sie im Brockhaus'=
schen Conversations=Lexikon zu liefern.

Nachdem wir vorausgeschickt haben, daß Therese
Albertine Luise, die Tochter des durch seine staats=
wissenschaftlichen und philosophischen Schriften bekannten
Ludwig Heinrich von Jakob, am 26. Januar
1797 zu Halle a. S. geboren war, citiren wir:

Ich verlebte eine glückliche, harmlose Jugend, bis
die Kriegsstürme meinen Vater nach Osten trieben.*)
Die fremdartigen, halb asiatischen, halb europäischen Zu=
stände um mich her übten einen entschiedenen Einfluß
auf mich aus. Sie und der Druck unter dem Deutsch=
land damals seufzte, der den mich umgebenden Russen
und Russisch=Deutschen oft die verächtlichsten Ausdrücke
gegen alles, was deutsch war, in den Mund gab,

*) Er nahm, da er nicht unter französischer Herrschaft in
seinem Vaterlande dienen wollte, 1806 einen Ruf an die Uni=
versität Charkow in Südrußland an.

weckten frühzeitig eine klare, feste Erkenntniß des Bessern in mir. Schon in meinem elften Jahre weinte ich oft vor Zorn und Schmerz über Deutschlands Unglück, und letzteres war auch meine erste Muse. Denn ohne irgendeine Kenntniß der Metren, Prosodie u. s. w. fing ich schon damals an, in Liedern mich zu ergießen, die ich ziemlich richtig den Versmaßen mir bekannter Schiller'scher Gedichte nachbildete. Der gänzliche Mangel an kindlicher Genossenschaft stimmte mich ebenfalls zu ernsten Beschäftigungen. Bei meinem Heiß= hunger nach Büchern waren mir keine andern zugänglich, als die von der Universitätsbibliothek. Hierunter waren Eschenburg's „Beispielsammlung" und die Nachträge zu Sulzer's „Theorie der schönen Künste", welche beiden Bücher ich großentheils abschrieb. Irgendeinen leben= digen Einfluß auf meine Bildung hatte nur mein Bruder, der, fünf Jahre älter als ich, einen großen Grad der Selbständigkeit erreicht hatte und nach dessen Meinungen ich unbewußt die meinen formte. Unser Unterricht war übrigens wegen Mangel an Lehrern in Charkow entschieden lückenhaft. Als ich dreizehn Jahre alt war und wir meinem Vater nach Petersburg folgten, wohin schon im Jahre 1809 ein Befehl des Kaisers ihn berufen hatte, hörte, durch die Umstände veranlaßt, mein Unterricht ganz auf und ward auch nie wieder angeknüpft. Seitdem habe ich, mit Aus= nahme von einigen, immer nur sehr kurzen Cursen in Sprachen, nie wieder eigentlichen Unterricht gehabt. In Petersburg lebte ich mehr in der Gesellschaft, und ward mehr äußerlich ab= und angezogen. Die innere Richtung blieb aber doch sehr ernst, und sehnsuchtsvoll nach einem Etwas, das mir das äußere Leben nicht bot. Während der Jahre des russischen Krieges und deutschen Freiheitskampfes fühlte ich mich auf das leidenschaftlichste angeregt, und die Entbehrungen, die ich mir selbst auferlegte, um zu den Opfern beizutragen und die deutschen Gefangenen zu unterstützen, gehörten zu den seligsten meines Lebens. Unterdeß war ich äußerst productiv an lyrischen Ergüssen; aber niemals kam mir auch nur der entfernteste Gedanke, sie drucken zu lassen; im Gegentheil fürchtete ich meine Gefühle zu profaniren, wenn ich die Lieder nur zeigte, und die meisten wurden nie von einer menschlichen Seele gelesen. Auch bewies nie einer ein besonderes Interesse dafür;

man ließ mich gewähren, wie man andere Mädchen
sticken, Klavier spielen u. s. w. läßt, je nach ihren
Neigungen. Ich war übrigens vollkommen Herrin
meiner Zeit und Lektüre, schrieb unendlich viele Briefe
an ein anderes, viel älteres Mädchen, mit der ich eine
imaginäre Freundschaft angeknüpft hatte, las unendlich
viele Romane, aber auch Reisebeschreibungen, Me-
moiren und Geschichte, letztere mit besonderer Vorliebe,
jedoch ganz unsystematisch.

Im Jahre 1816 ward endlich mein lebhaftester
Wunsch erfüllt; wir gingen nach Deutschland, von
dem ich eine ganz ideale, zum Theil aus Fouqué,
Hoffmann und andern gebildete Vorstellung hatte.
Natürlich mußte ich mich durch die Wirklichkeit in vielen Stücken enttäuscht sehen, indessen sagte mir doch
auch die Wirklichkeit zu, und die ersten in Deutschland
zugebrachten Jahre zähle ich zu den glücklichsten meines Lebens. Ich fuhr fort zu dichten, und hatte wiederholte Aufforderungen, Lieder drucken zu lassen, die ich
aber immer ablehnte.*) Ich schrieb nun auch ein paar

---

*) Aus spätern Notizen der Verfasserin geht jedoch her-
vor, daß einige ihrer Gedichte um diese Zeit durch Vermitte-

Erzählungen; ich machte den Versuch, eine davon in einer Zeitschrift unterzubringen; daß dieser mislang, schüchterte mich vollends ganz ein. Im Jahre 1821 bekam ich Gelegenheit, ein paar Walter Scott'sche Romane zu übersetzen. Ich that es aber nur ungern (denn es schien mir selbst eine ganz unnütze Arbeit zu sein), und lediglich und allein um mir ein kleines Extra-Taschengeld zu erwerben. Auch bestimmten mich wiederholte Aufforderungen, einige Recensionen für die literarischen Blätter zu schreiben, meistentheils als „Briefe eines Frauenzimmers über mehrere Erscheinungen der Literatur", oder so ungefähr. Dies machte mir Vergnügen, da ich mir vorzugsweise gern von dem Wie und Warum meiner Meinungen Rechenschaft zu geben pflegte.

Im Frühling des Jahres 1823 traf mich durch den Tod einer über alles geliebten Schwester*) das

lung eines Freundes in der von Theodor Hell redigirten „Abendzeitung" abgedruckt wurden. Sie führten die Unterschrift „Reseda" (Therese; th und d sind ursprünglich gleich), während die weiter unten erwähnten Ueberjetzungen Scott'scher Romane unter dem Namen „Ernst Berthold" erschienen.

*) Gattin des Componisten Karl Löwe.

erste schwere Unglück meines Lebens, ein Schlag, der
für eine Zeit lang alle meine Kräfte lähmte und mich
in den Zustand eines nagenden Grames versetzte. Der
Kummer geliebter Aeltern über diesen Gemüthszustand
und die mir innewohnende Kraft der Jugend bestimmten
mich zu dem Entschlusse, mich durch irgendein Unternehmen,
das Anstrengung erforderte, aus diesem dumpfen Brüten
über dem Schmerze herauszureißen. Zu eben der Zeit
fiel mir Jakob Grimm's Beurtheilung der serbischen
Volksliedersammlung in den „Göttinger Gelehrten An=
zeigen" in die Hände. Da meine Aufmerksamkeit schon
durch den Aufenthalt von Wuk Stephanowitsch Karad=
schitsch in Halle auf die Lieder gelenkt war und ich
immer ein besonderes Interesse für Volkspoesie gehegt,
so entschloß ich mich kurz und gut, mit Hülfe meines
bischen Russisch, eines serbischen Lexikons und einer
blos serbischen Grammatik — Grimm's Uebersetzung
der letztern bekam ich erst später — die Sprache zu
lernen, nur um diese Lieder zu verstehen. Das Ver=
ständniß einiger weniger ward mir durch Wuk's Literal=
verdeutschungen erleichtert; dann aber reiste er ab und
ich blieb mir ganz allein überlassen. Die Arbeit war

nun freilich sehr schwierig, allein das gerade war es, was mich reizte. An Druck dachte ich übrigens noch nicht. Ich wollte nur mich beschäftigen und Goethe erfreuen, von dem ich alle mögliche Aufmunterung erfuhr. Ehe ich noch mit dieser Sache ins Reine kam, hatte ich auf meines Vaters Aufforderung zwei meiner frühern Erzählungen, mit einer später geschrie= benen*), in Taschenbuchform unter dem Namen „Psyche" herausgegeben (Halle 1825). Später schrieb ich noch ein paar Erzählungen für das „Morgenblatt" und den „Almanach für Liebe und Freundschaft".**) Unter= dessen war mein Manuscript bedeutend angewachsen; der berühmte Slawist Kopitar erlaubte mir, es ihm zur Durchsicht zu schicken. Durch ihn und einige ser= bische Freunde gereinigt und verbessert, erschien im Jahre 1825 der erste, 1826 der zweite Band der Volkslieder der Serben. Das Werk genoß des Inter= esses und des Beifalls der Edelsten und Ausgezeich=

---

*) „Die Rache", geschrieben 1820; „Verfehlte Bestimmung", ungefähr gleichzeitig, und „Menschliche Schwäche", 1822.

**) „Das vergebliche Opfer" und „Der Lauf der Welt".

nersten der deutschen Nation; dies machte mir viel
Freude.

Doch plötzlich brach das Unglück von neuem auf mich
ein, indem ich im Verlauf von nicht viel mehr als
zwei Jahren beide geliebte Aeltern verlor.*) Unterdessen
hatte ich 1828 aus Wahl und Neigung geheirathet.**)
Nach einem auf Reisen in der Schweiz, Frankreich und
Italien verlebten Jahre verließ ich im Frühjahr 1830 an
der Seite meines Mannes Europa und bewohnte mit ihm
zuerst Andover, den Sitz eines theologischen Seminars
in Massachusetts, dann Boston. Die ganz heterogenen
Zustände Amerikas schlossen mir gewissermaßen eine
fremde, neue Welt auf; ich ward vielfach angeregt,
allein schwere Krankheiten und schwerere Verluste
untergruben mein häusliches Glück für lange und
hinderten auch fernere literarische Beschäftigungen. Indessen hatte ich mir einen Ueberblick über die indianischen Sprachen zu verschaffen gesucht, und das Resultat
war die kleine Schrift, die du so gütig gewesen bist,

---

*) 1827 und 1829.

**) Ihr Gatte war der amerikanische Professor der Theo-
logie und Schriftsteller Edward Robinson.

herauszugeben.*) Sodann fing ich an, zu meiner
Uebung Englisch zu schreiben, und zwar für ein theo=
logisches Journal, das mein Mann herausgab: „The
Biblical Repository." So entstand das „Historical
view of the Slavic Languages", wovon ich funfzig
Exemplare für Freunde abziehen ließ, das aber nie in
abgesonderter Gestalt in den Buchhandel gekommen.
Auch verfaßte ich einige Artikel über Volksliteratur für
die „North American Review", die eigentlich nur
Auszüge aus einem Werke über Volkspoesie sind, das
ich in englischer Sprache geschrieben. Als ich eben
auf dem Punkte stand, dieses drucken zu lassen, fühlte
ich mich bewogen, da wir gerade nach Europa reisten,
es wieder zurückzunehmen, um es dort, mit besserm
Materialien versehen, sorgfältiger auszuarbeiten. Hier=
aus ist der eben erschienene „Versuch einer geschichtlichen
Charakteristik der Volkspoesie germanischer Nationen"**)

---

*) „Ueber die indianischen Sprachen Amerikas. Aus dem
Englischen des Amerikaners John Pickering übersetzt und mit
Anmerkungen begleitet von Talvj" (Leipzig 1834).
**) „Versuch einer Charakteristik der Volkslieder germanischer
Nationen, mit einer Uebersicht der Lieder außereuropäischer
Völkerschaften" (Leipzig 1840).

entſtanden, keine Ueberſetzung, ſondern ein völlig neues
Werk; das urſprüngliche, das alle Völker umfaßt, iſt
nicht viel umfangreicher als dieſes. An dieſes Werk
knüpft ſich ein Aufſatz über die Authenticität des Oſſian,
der nächſtens erſcheinen wird.*) Daß wir im Begriff
ſind Europa zu verlaſſen, um uns in New York, wo
mein Mann Profeſſor am theologiſchen Seminarium,
niederzulaſſen, weißt Du, lieber G.!

Von Vorliegendem mache nun ſoviel Gebrauch,
als Dir paßlich erſcheint. Ich habe es für Dich
geſchrieben und bin ganz unwiſſend darüber, ob das
Converſations=Lexikon der Lebenden, wofür der Artikel
doch wol beſtimmt iſt, blos bezweckt, äußere Data zu
geben, wonach meine Lebensgeſchichte ſehr bedeutend
kürzer ſein könnte, oder die innere Entwickelung, wonach
ſie nur mit Mühe ſehr abzukürzen ſein wird. Auf
jeden Fall wünſche ich nur, daß das Nothwendige ge=
ſchehe. Erwähnen will ich noch, daß mein Name
Talvj, nach deſſen Entſtehung ich oft gefragt bin, aus

---

*) „Die Unechtheit der Lieder Oſſian's und des Macpherſon'-
ſchen Oſſian insbeſondere" (Leipzig 1840).

Talvj, Novellen. I.　　　　　　　　　　　b

den Anfangsbuchstaben von Therese Albertine Luise
von Jakob gebildet ist.

So weit die Verfasserin. Nach ihrer Rückkehr
blieb New York der permanente Wohnsitz der Familie,
und Talvj fühlte sich dort, trotzdem daß häusliche
Sorgen und andere trübe Erfahrungen nicht ausblieben,
ungleich wohler als in ihren frühern amerikanischen
Verhältnissen. Dies verdankte sie hauptsächlich dem
regen Verkehr mit amerikanischen Literaten sowie mit
ihren Landsleuten*), unter denen besonders nach 1848
durch die Einwanderung einer Anzahl politischer Flücht=
linge das geistige Element immer mehr Einfluß gewann.
Im Laufe der nächsten zehn Jahre beschäftigte sie sich
viel mit literarischen Arbeiten; es entstanden in dieser
Zeit ihre „Geschichte der Colonisation von Neu=England"
(Leipzig 1847), der Roman „Heloise", der zuerst englisch,

---

*) In den ersten sieben Jahren ihres amerikanischen Lebens
hatte sie kaum ein halbes Dutzend deutscher Männer und nur
eine deutsche Frau von ganz gewöhnlicher Bildung kennen
gelernt.

dann deutſch (Leipzig 1852) erſchien, ſowie eine engliſche
Bearbeitung der Erzählung „Menſchliche Schwäche",
unter dem Titel „Life's Discipline." Für amerika=
niſche Zeitſchriften wurden Artikel über „The Loves
of Goethe" und „Spanish Popular Poetry", für
Raumer's „Hiſtoriſches Taſchenbuch" ein Aufſatz über den
amerikaniſchen Anſiedler Captain John Smith (1846)
geliefert. Den obenerwähnten Artikel im „Biblical
Repository" arbeitete die Verfaſſerin zu einem größern
engliſchen Werke aus, das den Titel „Historical View
of the Languages and Literature of the Slavic
Nations" führte.*) Und endlich legte ſie ihre Beobach=
tungen und Erfahrungen während ihres Lebens in
Amerika in dem Roman „Die Auswanderer" nieder,
der ebenfalls deutſch (Leipzig 1852) und engliſch: „The
Exiles" (New York 1853) erſchien.

Durch ihre geſellſchaftliche Stellung ganz in der
Lage, unparteiiſch über ihre zweite Heimat und die

---

*) New York und London, 1850. Eine deutſche Ueber=
ſetzung dieſer Schrift von Dr. B. K. Brühl erſchien 1852 in
Leipzig.

amerikanische Nation urtheilen zu können, und mit klarem
Blick und scharfer Menschenkenntniß sowol deren Vor=
züge als ihre Fehler erkennend, hing die Verewigte sehr
an dem Lande, dem ihre Liebsten angehörten, und hegte
das wärmste Interesse für alles, was darauf Bezug
hatte. Doch wurzelte sie recht eigentlich in Deutsch=
land; es war ihre geistige Heimat, wo sie den Grund=
stein zu ihrer literarischen Stellung gelegt hatte, und
wo allein sie den geistigen Austausch und Verkehr finden
konnte, der sie ganz befriedigte.

Der poetische Quell in dieser reichbegabten Natur
war auch in spätern Jahren nicht versiegt, wiewol er
nach und nach nicht mehr so reichlich strömte, wie in der
Zeit der Jugend. Hätte Talvj sich entschließen können,
die Erzeugnisse ihrer lyrischen Muse der Welt mitzu=
theilen, so wäre ihr ohne Frage nach dieser Richtung
hin dieselbe Anerkennung geworden, wie auf andern
Gebieten. Doch genügte es ihr, mit wenigen Aus=
nahmen diese „Stimmen des Herzens" (wie sie die im
Manuscript gesammelten selbst nennt) nur für sich und
ihre Nächsten niederzuschreiben. Viele derselben sind
freilich zu innerlich, um noch jetzt ohne Profanation

veröffentlicht werden zu können, allein wir glauben uns
unsere Leser nur zu verpflichten, wenn wir eine Auswahl
daraus, von verschiedenem Charakter und aus verschie=
denen Perioden stammend, den Novellen zufügen.
Im Jahre 1851 rüstete sich der Gatte Talvj's zu
einer zweiten Reise nach Palästina, und sie benutzte
gern diese Gelegenheit zu einem abermaligen Besuche
ihres Vaterlandes. Leider wurde ihr dieser durch den
kurz nach ihrer Ankunft erfolgten Tod ihres geliebten
Bruders schwer getrübt. Doch erfrischte sie sich wäh=
rend des Winters im lebhaften Verkehr mit den geistigen
Größen, deren Berlin damals einen reichen Kranz beher=
bergte. Alexander von Humboldt, die Gebrüder Grimm,
Friedrich von Raumer, Ritter, Twesten, Varnhagen und
andere, alle boten ihr aufs freundschaftlichste die Hand und
zeigten ihr in jeder Weise, daß sie sie als geistig ebenbürtig
betrachteten. Im Herbst 1852 begab sie sich mit ihrem
inzwischen zurückgekehrten Gatten und ihren Kindern
abermals nach Amerika. Wieder folgten einige produc=
tive Jahre. Der deutsche Text von Robinson's „Neuern
biblischen Forschungen" ist von der Hand seiner Gattin.
Eine neue, umgearbeitete und erweiterte Ausgabe der

serbischen Volkslieder wurde vorbereitet (Leipzig 1853)
und in „Putnam's Magazine", dem „North-American
Review" und dem „Atlantic Monthly" erschienen Artikel
über „The Poetry of the South of France"; „The Pri-
vate Life and Household of Charlemagne"; „Russian
Slavery" und „Dr. Faustus". Auch für Westermann's
„Illustrirte Monatshefte" lieferte die Thätige 1857
einen Aufsatz über Anna Luise Karschin und für das
„Historische Taschenbuch" 1861 eine Arbeit über „Deutsch=
lands Schriftstellerinnen bis vor hundert Jahren".

Talvj's Haus wurde während der Wintermonate
der Sammelplatz der geistigen Aristokratie New Yorks,
sowol amerikanischer als deutscher. Die Sommer
wurden zu schönen Reisen benutzt, von denen sie so
manche für deutsche Zeitschriften schilderte.*) 1861 zog
eine schwere Wolke am Horizont auf. Ihr Gatte
mußte sich einer Staaroperation unterziehen, die nur
halb glückte, infolge dessen er im nächsten Sommer

---

*) Für Westermann's „Monatshefte": „Ein Ausflug nach
Virginien" (1857); „Die Shaker" (1860) und „Die Fälle des
Ottawa" (1861), und für „Aus der Fremde": „Die weißen
Berge von New=Hampshire" (Nr. 30, 31, 32).

mit Frau und Tochter zur Consultation Gräfe's nach
Deutschland reiste. Aber leider konnte dem Uebel nicht
gesteuert werden. Im Herbst nach Amerika zurückgekehrt, entwickelte sich eine innere Krankheit (deren
Keim wol schon in dem sonst rüstigen Manne vorhanden
gewesen sein mag) sehr schnell, und nach wenigen Monaten, nachdem sie mit schwerem Herzen den einzigen
Sohn hatte als Freiwilligen ins Feld ziehen sehen,
traf die liebende Gattin der harte Schlag, den treuen
Lebensgefährten zu verlieren.*)

Die Gemüthsbewegungen, welche diese trüben Er-
lebnisse mit sich brachten, lähmten nicht nur ihre pro-
ductive Kraft, sondern übten auch einen höchst nieder-
drückenden Einfluß auf ihre Stimmung aus. Doch
machte sie es sich zur Pflicht, ein nachgelassenes, zwar
als Theil eines Ganzen abgeschlossenes, aber unvollen-
detes Werk ihres Mannes über die „Physische Geographie
des heiligen Landes" nicht nur herauszugeben, sondern auch
ins Deutsche zu übersetzen (Leipzig 1865). Der anstren-
gende Eifer, mit dem sie sich dieser Arbeit hingab, führte

---

*) Am 27. Januar 1863.

die traurige Entdeckung herbei, daß auch sie am grauen
Staar litt, wenn auch nur in sehr geringem Grade.
Dieses Bewußtsein und die Furcht vor einer Verschlim=
merung ihres Zustandes trübte ihr Leben so sehr, daß
die Aerzte zu einer gänzlichen Veränderung der Um=
gebung und der Eindrücke riethen. Dies bewog sie, im
Herbst 1864 mit ihren Kindern (ihr Sohn hatte zu dem
Zweck seinen Abschied genommen) nach Europa zu reisen.

Wiederholtes längeres Verweilen in Berlin, das
die Verewigte stets ihre geistige Heimat nannte, ein
Winter in Italien, mehrere Sommer in verschiedenen
schönen Gegenden verlebt, wirkten wohlthätig auf
Stimmung und Geist. Zur großen Freude der Ihrigen
nahm sie, im Winter 1867—68, den sie, um in der
Nähe ihres Sohnes zu sein (er lebte in Straßburg als
amerikanischer Consul), in Karlsruhe zubrachte, die
Feder wieder auf. Das Resultat war ihr letztes
größeres Werk, der Roman „Funfzehn Jahre".*)
Trotz des vorgerückten Alters der Verfasserin zeug=

---

*) Leipzig 1868. In englischer Form erschien das Buch
erst nach dem Ableben der Verfasserin, 1871, in New York.

diese Schöpfung von einer seltenen geistigen Frische
und jugendlichen Einbildungskraft, während man in dem
detaillirten historischen Hintergrund die reife Forscherin
erkennt.

Im folgenden Sommer, während eines Landaufent=
halts bei Baden=Baden, schrieb Talvj noch die letzte
Erzählung vorliegender Sammlung, gewiß ein wahres
„Bild aus seiner Zeit", und voll der trefflichsten Charak=
terschilderung. Dies war, mit Ausnahme eines kurzen
Artikels über die Lieder der Kosacken, 1869 in Wester=
mann's „Monatsheften" gedruckt, der Verewigten letzte
Arbeit. Sie erschien erst nach ihrem Tode in dem=
selben Journal; nur die ersten Bogen waren von ihrer
Hand corrigirt.

Nachdem sie sich zu Anfang des Jahres 1869
noch einmal im Verkehr mit den berliner Freunden
und Geistesgenossen erfrischt und gestärkt hatte, ließ sie
sich in Hamburg nieder, wohin ihr Sohn inzwischen
versetzt worden war. Im Herbst gründete sie sich nach
so langen unsteten Jahren dort ein neues Heim, obwol
es ihr, wie sie sich gegen eine Freundin äußerte, „eine
Thorheit schien, in ihrem Alter an einem fremden Ort

noch einmal von vorn anzufangen". Der Tod ihrer
letzten Schwester, der sehr unfreundliche, trübe Winter
das Abnehmen ihrer körperlichen Kräfte, trotzdem daß
sie für ihre Jahre noch ungemein rüstig war, alles
dies lag schwer auf ihr; sie sprach oft davon, daß sie
„sehr müde" sei, und beschäftigte sich offenbar in Gedanken
viel mit dem Tode. Als der späte Frühling nahte,
von dem man hoffen konnte, daß er sie erheitern würde,
und an dessen Vorboten sie sich kindlich freute, wurde
sie heimgerufen! Eine plötzliche, zwar kurze, aber doch
schmerzvolle Krankheit machte am 13. April 1870
ihrem unschätzbaren Leben ein Ende. Sie ruht an lieb=
licher Stätte, an der Seite ihres Gatten, in ihrer
neuen Heimat.

Nicht weniger hervorragend als die geistigen Gaben
dieser seltenen Frau, die sie in so vielseitiger Weise
zum Nutzen der Welt verwerthete, waren die Eigen=
schaften ihres Herzens und Charakters. Mit einer
lebhaften Einbildungskraft, klarem Urtheil und scharfem
praktischen Verstand vereinigte sie eine tiefe Innigkeit
des Gefühls und eine reine, keusche Natur, der alles

Unwahre und Versteckte ebenso fern lag wie das Kleinliche
und Unedle. Ihr gerechtes Selbstgefühl artete nie in Eitel=
keit aus, ihr ganzes Wesen war von einer echten Weiblich=
keit durchdrungen. Wie sehr ihr auch ein geistiger Aus=
tausch Bedürfniß war, so hatte sie doch in hohem
Maße die Gabe, mit denen, die ihr an Geist und Bil=
dung nachstanden, zu verkehren, ohne je ihre Ueber=
legenheit geltend zu machen. Es war ihr durchaus
zuwider, nur als „gelehrte Frau" betrachtet zu werden;
sie wollte Liebe und Zutrauen erwecken, und konnte es
auch durch ihr echt humanes, sympathisches Wesen und
den lebhaften Antheil, den sie an allem, selbst dem
Einfachen und Alltäglichen nahm. Sie liebte die Jugend
und konnte sich an heitern, harmlosen Kreisen sowie
an kindlicher Anmuth und Drolligkeit herzlich erfreuen.
Ueberhaupt gab sie sich, obgleich der Grund ihres
Wesens ein ernster, fast schwermüthiger war, gern
erheiternden Eindrücken hin, wobei ihr lebhafter Sinn
für Humor ihr sehr zu Hülfe kam. Trotz ihrer un=
gewöhnlichen Kenntnisse ward sie bis zuletzt nie des
Einsammelns müde; ihre Interessen blieben nach wie
vor ausgebreitet und vielseitig. Mit Eifer verfolgte

sie die politischen Ereignisse sowol ihrer alten als ihrer
neuen Heimat. Ihr Herz nahm an beiden den innig=
sten Antheil, und nachdem sie in dieser die Aufhebung
der Sklaverei mit Freuden begrüßt, hätte man ihr wol
gegönnt, daß sie in jener die von ihr so heiß ersehnte
Einigkeit Deutschlands noch hätte erleben können.

Die Welt kennt Talvj aus ihrem Schaffen auf
literarischem Gebiete; ihrer geist= und gemüthvollen
Liebenswürdigkeit im geselligen Verkehr erinnern sich
alle, die je mit ihr in Berührung kamen, und ihre
unermüdliche Thätigkeit als Helferin der Armen und
Bedrängten hat ihr in vielen Herzen ein Denkmal
gesetzt. Ihr voller Werth aber ging erst aus ihrem
Walten und Wirken im engern Kreise hervor. Hier
erschien sie als hingebende, stets theilnehmende Freundin,
als treueste, liebevollste Gattin und Mutter, und bei
allem intellectuellen Streben als sorgsame, umsichtige
Hausfrau, deren Stolz es war, daß sie sich nie ihren
schriftstellerischen Arbeiten hingegeben, ohne vorher ihr
Haus für den Tag bestellt zu haben. Den Segen
dieser Eigenschaften empfanden die, welche ihr am
nächsten standen, deren Dasein mit dem ihren verflochten

war. Sie kannten am besten ihr warmes, liebe=
bedürftiges Herz, ihre Gewissenhaftigkeit, ihr strenges
Pflichtgefühl, den gänzlichen Mangel an Selbstsucht in
ihrer Natur. Ihnen offenbarte sich der tief religiöse
Sinn, der die Demuth vor Gott und die Ergebung in
seinen Willen für das Höchste erachtete, das der Mensch
zu erstreben habe. Sie wußten auch, daß die Fehler,
von denen die ihnen so Theuere selbstverständlich nicht
frei war, mehr in ihrem Temperament als in ihrem
Charakter wurzelten, und durch die Schatten, die sie
warfen, nur dazu dienten, das Licht um so mehr her=
vorzuheben. Und sie sind es, die am meisten an ihr
verloren haben, und denen ihr Verlust nie ersetzt
werden kann.

Hamburg, 1873.

M. K.

Vorwort der Verfasserin.*)

Geneigte Leser!

Ich bin immer der Meinung gewesen, daß ästhe-
tische Productionen sich selbst rechtfertigen und ver-
ständlich machen müßten. Daher folg' ich mehr frem-
dem als eigenem Antrieb, indem ich in einem Vorworte
den Gesichtspunkt anzugeben suche, aus welchem ich
diese Erzählungen beurtheilt wünsche.

Ich fühle, daß ihre Tendenzen diejenigen, welche
bloße Erheiterung suchen, wenig befriedigen können.

---

*) Ursprünglich für die „Psyche" geschrieben, doch als ebenso
gut für die ganze Sammlung passend hier vorangesetzt.

Auch jugendliche Gemüther, die, in unschuldsvoller
Eitelkeit sich so gern in menschlicher Vollkommenheit
spiegelnd, immer nur nach sogenannten „edeln Charak=
teren" forschen, werden, fürcht' ich, ihre Rechnung
nicht finden. Nicht idealische Gestalten, wie sie sich
das Herz in unreif=poetischem Wahn schafft, Menschen
sind es, die ich euch verführe — rein menschlich
ihre Tugenden und ihre Gebrechen. Bewundern werdet
ihr sie selten, vielleicht aber bemitleiden und lieben.
Nicht die Gewalt äußerer Schicksale ist es, die sie in
die Verhältnisse nöthigt, welche, wie einfach sie auch
immer sein mögen, für einige Stunden eure Theil=
nahme in Anspruch nehmen sollen. Ihre Eigenthümlich=
keiten: ihre Empfindungs= und Denkweise, ihr Haß und
ihre Liebe, ihre Einsichten und Täuschungen — diese
bilden die Begebenheiten; nicht von äußerer Noth=
wendigkeit zu ihren Handlungen gezwungen, reißt
die innere sie fort, und führt sie ihrem Glück oder
ihrem Verderben entgegen: in ihrer eigenen Brust ruht
ihr Geschick.

Also, verehrte Leser! — nicht den Maßstab des
Idealen, den des Natürlichen, rein Menschlichen leget

an, wollt ihr den Werth und Unwerth dieser Erzählungen ermessen. Urtheilt, ob es mir nicht ganz
mislungen, die psychologische Aufgabe zu lösen, welche
ich mir vorgesetzt.

Halle, 1825.

Die Rache.

1820.

Wie vom Blitz zum Metall, vom Magnet zum Eisen
Geht ein Zug, ein geheimnißvoller Zug,
Vom Menschen zum Menschen, von Brust zu Brust;
Das ist nicht Reiz, nicht Anmuth, nicht Tugend, nicht Recht,
Was knüpft und loßknüpft die zaubrischen Fäden:
Unsichtbar geht der Neigung Zauberbrücke,
So viel sie betraten, hat keiner sie gesehn!
Gefallen muß dir, was dir gefällt;
Soweit ist's Zwang, rohe Naturkraft,
Doch steht's nicht bei dir, die Neigung zu rufen,
Der Neigung zu folgen steht bei dir,
Da beginnt des Wollens sonniges Reich;
Und ich will nicht.

Grillparzer.

Als Albertine von Horneck in ihrem zwanzigsten Jahre
zum zweiten male die Residenz betrat, waren die Augen
der ganzen eleganten Welt auf sie gerichtet. Geistvoll,
in der Blüte einer außerordentlichen Schönheit, hatte
sie seit kurzem eine Reihe unvorhergesehener Todesfälle
begüterter Verwandten plötzlich aus einer armen, unbe=
achteten Waise, die, durch die Gnade des Fürsten erzogen,
mehrere Jahre lang die mühsame Rolle einer Gesell=
schafterin gespielt, in die reichste Erbin des Landes ver=

1*

wandelt. Schon einmal hatte sie in der großen Stadt,
die sie nun empfing, gelebt; denn als ihre Erziehung
vollendet und sie unter tausend Thränen ihr Stift ver=
ließ, nahm eine reiche Base, die Witwe eines Vetters
ihres verstorbenen Vaters, sie zu sich, ihrer nur wenige
Jahre ältern Tochter Gefährtin und vornehmste Dienerin
zu sein. An der Seite der schönen und glänzenden
Leonore erschien Albertine zum ersten mal in der Welt,
sechzehn Jahre alt, mit einem kaum halbausgebildeten,
durch Romanlektüre und eine gewöhnliche Pensions=
erziehung irregeleiteten Verstande, mit einem feurigen
Herzen, dem der ganze Himmel der Zukunft voll strah=
lender Sterne schimmerte; ohne Führer, ohne Freund,
ganz einer ungeregelten Phantasie und einem erregbaren
Gemüthe überlassen. Unter diesen Umständen war es
ein Glück, daß ihr Aeußeres damals ihre ausschweifen=
den Hoffnungen so wenig begünstigte; nur ein feiner
Beobachter konnte es ahnen, daß sich einst aus dieser
lang aufgeschossenen magern Gestalt, aus diesem bleichen
krankhaften Gesichte, dessen unnatürlich gespannte und
markirte Züge den Begriff der Jugend zu verletzen
schienen, die ungewöhnliche Schönheit entwickeln würde,

die sich in kurzer Zeit in ihrer ganzen Fülle aus dem noch verschlossenen Kelche entfaltete. Leonore, in der Blüte ihrer Reize, die Tochter eines angesehenen Hauses, feurig, weltlich gesinnt, ebenso erregbar, aber bei weitem weniger geistreich als Albertine, verdunkelte diese so gänzlich, daß kein Mensch sie nur zu bemerken schien. Ein Kreis von Anbetern sammelte sich um jene, aus welchem der junge Graf Hagen, den man damals häufig den Alcibiades der Residenz zu nennen pflegte, hervorstrahlte, der verzogene Liebling der Frauen, ein Mann, der schon viele schöne Augen weinen gemacht, schon manches schöne Bündniß jugendlicher Herzen getrennt, ja die heiligsten Bande zerrissen, und der dies ruchlose Geschäft wie ein heiteres Spiel mit munterer liebenswürdiger Laune trieb, stets bereit dem Rächer der Beleidigten mit Degen und Pistolen Rede zu stehen, sowie auch guten Freunden — und er hatte deren viele, denn er war freigebig, großmüthig und brav — in ähnlichen Fällen beizuspringen. Kaum sah er Leonore, als er nur für sie zu leben schien, als er nicht allein ihre Eitelkeit, als er auch ihr Herz so zu beschäftigen wußte, daß die Unbesonnene bald alle Schranken des Anstandes überschritt

und durch ihre verliebten Thorheiten das Märchen aller
Theecirfel ward. Albertine ward halb gern, halb wider
Willen, die Vertraute des Liebeshandels. Für dies und
nicht mehr schien auch der Graf sie anzusehen, und es
traf sich oft, daß, wenn Leonore mit ihrer Mutter auf
einem Balle war, Albertine aber zu Hause einsam saß,
theils weil ihr der Arzt, ihres schnellen Wachsthums
wegen, das Tanzen untersagt, theils weil der Gram,
der sich seit einiger Zeit ihrer Seele bemeistert, wenig
zu rauschenden Versammlungen stimmte, jener kurz vor
dem Aufbruch der Gesellschaft zu ihr geschlichen kam,
und sie beschwor, ihm zu vergönnen, hier in der Stille
noch einmal Leonoren gute Nacht zu sagen. Tausendmal
ihre Hand an seine Lippen drückend, dankte er ihr dann,
nannte sie seinen Schutzengel, und wenn das arme Kind
sich scheu, bebend, athemlos, von ihm losgemacht, setzte
er sich unbefangen neben sie, und erzählte ihr allerlei,
bis Leonore kam, entzückt den Geliebten zu finden,
strahlend von Schönheit und Glück. Liebesschwüre,
Vorwürfe, Betheuerungen folgten dann, von Leonoren
aus Romanen, von dem Grafen aus einer Sprache
entlehnt, mit der er nur allzu vertraut war. Albertine

schlich in ihre einsame Kammer, ergoß sich in bittere
Thränen, warf sich auf die Knie nieder, bat Gott um
den Tod, und wagte nicht es sich selbst zu gestehen, was
sie so unbeschreiblich unglücklich machte. Unerfahren wie
sie war, ahnte sie nicht, daß der Graf mit Leonoren
ein herzloses Spiel trieb; indessen fiel es ihr oft auf,
was denn die Heimlichhaltung seines Glückes so noth=
wendig mache? Jener aber, der jede Verpflichtung scheute,
wußte beide Mädchen durch tausend Listen zur Ver=
schwiegenheit zu bewegen, und der Reiz, den ein solches
Geheimniß für Leonorens romanhaft gestimmtes Herz
hatte, kam ihm zu Hülfe. Desto weniger aber be=
kümmerte er sich darum, seinen Sieg der Welt zu ver=
bergen, und diese wußte längst, wie er mit dem Fräu=
lein stand, als die gute Mutter noch immer wähnte,
er sei nicht über das Courmachen hinaus, und sehnlich
auf eine Erklärung wartete.

Der junge Mann, der so wenig Widerstand ge=
funden, ward des Romans bald müde. Er zog sich,
wie er meinte, mit gutem Anstand zurück; aber des
Fräuleins Ruf war vernichtet. Vorwürfe entfernten ihn
nur noch mehr. Leonore entdeckte sich ihrer Mutter

und beschwor sie, die Statt zu verlassen. Was war
zu thun? Keiner war da, die Arme zu rächen, die
rücksichtslose Auszeichnung des Grafen hatte alle frühern
Bewerber verscheucht, und männliche Verwandte waren
nicht in der Nähe. Die Mutter begnügte sich, den Ver=
räther mit Verwünschungen zu überhäufen, verzieh ihrer
Tochter und zog sich auf ein entferntes Gut zurück, in
der Hoffnung, daß die Zeit die Geschichte vergessen
machen und eine andere Begebenheit sie verdrängen
würde. Hier in der Einsamkeit fand die unglückliche
Leonore wenig Trost; ihr Herz war verwundet, aber
ihre Eitelkeit zu sehr verwöhnt und ihr Geist zu unge=
bildet, als daß in dieser Abgeschiedenheit nicht Lange=
weile hätte ihren Gram vermehren sollen. Dazu kam,
daß ein zu ungestümer Genuß der ungewohnten Ver=
gnügungen der Residenz und eine zu leichte Kleidung
ihre Gesundheit angegriffen hatten. Sie welkte lang=
sam hin und starb endlich an einer zehrenden Krank=
heit. Während dem hatte Albertine schwere Tage; die
trostlose Mutter, eine von den gemeinen Seelen, die
stets ihr Unglück an andern zu rächen suchen, be=
stürmte sie mit Vorwürfen, daß sie, die das Vertrauen

ter Verblendeten besessen, es ihr nicht bei zeiten ent=
deckt habe. Albertine aß das Gnadenbrot mit stillen
Thränen. Selbst krank, tief verletzt, ihr eigenes Herz
nicht verstehend, schlich sie umher und in ihrem Innern
setzte sich eine verderbliche Bitterkeit fest, die mit dem
dunkeln Bewußtsein ihres Werthes sich vereinigend, sich
als ein trotziger Stolz aussprach. Die Tante, früher
nur mit Leonoren, jetzt nur mit ihrem Kummer beschäftigt,
bemerkte ihr Hinwelken kaum. Als sie gar selbst krank
ward, es Monate lang blieb und endlich starb, ohne
der Bedauernswürdigen nur ein Legat zu hinterlassen,
war Albertinens Gesundheit durch die beständigen Nacht=
wachen, durch die Angst, was nun aus ihr werden solle,
ganz zerrüttet. Hülflos, auf das Krankenlager gestreckt,
blieb sie in dem veröbeten Schlosse zurück. Ihr Vor=
mund, der sie in der Obhut der Tante glaubte, be=
kümmerte sich nicht um sie. Auf einer weiten Reise be=
griffen, wo sollte sie ihn finden? Der Arzt meinte, es
sei beschwerlich, sich mit einer ganz Fremden zu be=
fassen. Der Prediger glaubte sein Möglichstes zu thun,
wenn er an die Erben schrieb und sie um Mitleid für
Albertine anflehte. Ehe der Brief hinkam, hätte die

arme Kleine zehnmal sterben können. Gott schützte sie
durch einen seiner Engel.

Eine junge Predigerfrau aus der Nachbarschaft,
zum Besuch bei der Pfarrerin des Orts, hörte von
ihrer hülflosen Lage, ließ sich sogleich zu ihr führen,
brachte sie mit Behutsamkeit, der Beistimmung ihres
trefflichen Gatten gewiß, in ihr Haus und pflegte sie
mit liebender Sorgfalt. Die berühmtesten Aerzte des
Umkreises wurden zu Rathe gezogen; ein heftiges Fieber
hatte Albertine befallen, mehrere Tage lang war sie in
Lebensgefahr und Monate lang durfte sie das Bett
nicht verlassen. Meist lag sie in stiller Ergebung da;
von Zeit zu Zeit aber brach die Wuth des Fiebers
fürchterlich aus: sie rief Leonorens Geist, floh vor der
Tante und verwünschte den Grafen. An ihrem Lager
saß die liebenswürdige Marie, benutzte die lichteren
Stunden, las ihr vor, erzählte ihr, brachte ihr die hol-
den Kleinen, die ihre Ehe zur glückseligsten machten,
und ermüdete nicht im Dienste der wahren Menschen-
liebe. Ihr Gatte stand ihr kräftig bei, und unter den
Händen der trefflichen weisen Freunde entfalteten sich
schnell in Albertinen die Blüten eines reichen Geistes.

Die schwere Krankheit schien ihr ganzes Wesen ver=
wandelt zu haben; die Schönheit, die ihr eine gütige
Vorsehung bestimmt, schien während derselben den voll=
ständigsten Sieg über ihre Jugend davongetragen zu
haben, und schon wenige Wochen nachdem sie das
Krankenzimmer verlassen, strahlte sie von Gesundheit
und Reizen. Sie war nun ein Beträchtliches gewachsen;
ihre Gestalt, obgleich noch schlank und zart, hatte eine
liebliche Fülle bekommen; ihre großen dunkeln Augen
drückten die veredelten Empfindungen ihres Herzens
aus, ihre sonst geisterbleichen Wangen waren mit
sanftem Karmin überzogen, als erröthete sie über ihre
eigene Schönheit.

An Leib und Seele genesen, verlebte sie drei glück=
liche Jahre in dem Hause des Herrn Thüring, durch
seine, durch seiner Gattin Lehren mit jedem Tage mehr
sich ausbildend, in einer heitern rastlosen Thätigkeit.
Ihr Vormund kam zurück, erklärte, bei ihrem gänzlichen
Mangel an Vermögen sie nicht besser versorgen zu
können und zum ersten mal fühlte sich Albertine dankbar
gegen ihn. Der Gedanke, sich von dieser Familie, in
deren Mitte ihr ein neues Leben aufgegangen, zu

trennen, war ihr unerträglich. Dennoch machte es ein
unerwartetes glückliches Ereigniß wünschenswerth, ja,
nach Herrn Thüring's Meinung nöthig.

Durch eine sonderbare Schickung mußte es sich fügen,
daß in einem Zeitraum von einem Jahre sämmtliche
Verwandte von Albertinens Vater mit Tode abgingen,
so daß das Vermögen aller, auf diese Art zu einer
außerordentlichen Größe angewachsen, auf die junge
Waise fiel. Der letzte von Horneck, höchst betrübt
über den Untergang seines Geschlechts, fügte, obwol
seine Güter von Rechts wegen auf Albertinen, als die
einzige Lebende des Hauses übergingen, dessenungeachtet
der Erbschaft die Bedingung bei: die Erbin solle, den
Namen von Horneck nicht aussterben zu lassen, vor dem
fünfundzwanzigsten Jahre heirathen, und zwar einen
Mann von gutem Adel, der sich anheischig mache, ent=
weder ihren Namen ganz anzunehmen, oder wenn er sich "
dazu durchaus nicht verstehen wollte, ihn wenigstens dem
seinigen beizugesellen.

Albertine hörte die Nachricht ihres Glückes mit
einer Ruhe an, die ihrer Philosophie Ehre machte; als
ihr aber Thüring sagte, daß sie nun nicht länger in

rer Einsamkeit bleiben dürfe, daß sie in die Welt müsse,
der sie angehöre, fing sie an heftig zu weinen, ergriff
seine Hand und bat ihn, sie nicht zu verstoßen, weil sie
reich geworden sei. Er lächelte und stellte ihr mit
sanften Worten vor, daß sie den Willen des Testaters
zu erfüllen verpflichtet sei, daß der Ruf ihres Reich=
thums zwar viele Männer herbeiziehen, daß diese sich
aber hier in der Fremde zeigen könnten, wie sie eben
scheinen wollten; daß sie in der Residenz Bekanntschaften
machen müßte und dann ernsthaft prüfen und wählen
solle. Sie wendete ihm dagegen ein, daß es sich für
sie wenig zieme, gleichsam auf Freiersfüßen in die
Welt zu gehen, daß sie ihr Schicksal erwarten, aber
nicht aufsuchen wolle, und daß sie sich nur unter der
einzigen Bedingung zur Abreise entschließen könne, wenn
er seine Entlassung nähme und sie mit seiner Familie
begleitete. Denn es drängte sie ihr Herz, wenigstens
einen geringen Theil der Schuld abzutragen, die Thü=
ring's Wohlthaten auf sie gehäuft. Dieser aber schlug
ihre Bitte bestimmt aus: seine Thätigkeit war sein
Leben, und sein Wirkungskreis genügte ihm. Doch ver=
sprach er, ihr eine würdige Begleiterin zu verschaffen,

und Albertine gab endlich den Vorstellungen ihrer Freunde
nach, und entschloß sich, den Winter in der Residenz
zuzubringen.

Was Herrn Thüring zu diesem Wunsche bewog,
war nicht allein Sorge für ihr Glück, es gesellte sich
dazu auch der für das Wohl eines andern geliebten Zög=
lings, den er und seine Gattin seit lange im geheimen
Albertinen bestimmt hatten. Herr Thüring war mehrere
Jahre Hofmeister eines liebenswerthen Jünglings ge=
wesen, Georg's von Waldau, des Sohnes eines reichen
vornehmen Hauses, der jetzt als Lieutenant bei der
Garde stand. Marie war zur selbigen Zeit Erzieherin
der jungen Fräulein von Waldau. Aber nicht allein die
Erinnerung an die süßen Stunden des ersten Auffindens
ihrer Herzen knüpfte diese liebenden Gatten an die Fa=
milie: alle Mitglieder derselben waren geeignet, die
zärtlichste Freundschaft, Georg aber einen gerechten
Enthusiasmus einzuflößen. Die trefflichen Eigenschaften,
die Marie sich in Albertinen entwickeln sah, brachte sie,
wie Pläne für der Freunde Glück, besonders wenn sie
auf Liebesglück gegründet sind, nur in Frauenköpfen
oder vielmehr in Frauenherzen entstehen, zuerst auf den

Gedanken, zwei so schöne Seelen zu vereinigen. So
lange aber Albertine arm war, wies Thüring die Idee
entschieden zurück; denn obwol er die Uneigennützigkeit
des Präsidenten, Georg's Vater, kannte, so wagte er
doch nicht in einer Sache einen Schritt zu thun, die
nicht beiden Theilen gleichen Vortheil brachte. Als
aber glückliche Umstände seine Zöglingin zur reichsten
Erbin des Landes machten, fing er an, Marien bei=
fälliger anzuhören; da er jedoch Albertinens Herz nicht
zu überraschen wünschte, ersuchte er sie, diese nichts
davon merken zu lassen. Unterdessen bemühte er sich
mit Eifer um eine schickliche Begleiterin und fand
sie bald.

In der Nachbarschaft wohnte eine verwitwete Ma=
jorin von Brand, eine ältliche kinderlose Frau, von
unbescholtenem Rufe, wohlwollendem Herzen und red=
licher Gesinnung. In der Residenz geboren, erzogen
und verheirathet, hatte sie seit kurzem eine unverschul=
dete Zerrüttung ihres Vermögens gezwungen auf das
Land zu gehen, bessere Zeiten abzuwarten. Hier aber
plagte sie die Langeweile gewaltig, und sie sehnte sich
lebhaft nach der Stadt zurück. Höchst willkommen war

ihr daher Herrn Thüring's Vorschlag, dem Fräulein
von Horneck dort Schutz zu verleihen, und sich dafür
durch ein reiches Kostgeld in den Stand zu setzen,
wenigstens den Winter über wieder in der Residenz
ein ansehnliches Haus zu machen. Sie fühlte sich ge=
schmeichelt, eine so schöne und glänzende junge Person
in die Welt einzuführen, und säumte nicht, ihre Freunde
von ihrer Ankunft und den Umständen ihrer Begleiterin
zu benachrichtigen.

Als nun Albertine weinend neben ihr im Reise=
wagen saß, suchte die Majorin sie wohlwollend mit
allen Neuigkeiten zu unterhalten, die man ihr aus der
Hauptstadt geschrieben, ihr das lästige Sommerexil zu
verkürzen. Scheidungen, Zweikämpfe, Lärm im Theater,
alles lief bunt durcheinander, und bei allem ward der
Name jenes Grafen von Hagen genannt, der so bedeu=
tenden Einfluß auf Albertinens Jugend gewonnen. „Er
ist ein Mensch ohne Grundsätze", sagte die Majorin,
„aber der beste Cavalier unter der Sonne und so liebens=
würdig, daß ihm kein Herz widerstehen kann. Seine
Familie, hör' ich, denkt ernstlich daran ihn zu verhei=
rathen, um seinem wüsten Leben ein Ende zu machen.

Er will nicht recht daran, aber meine Cousine, die
Kammerherrin, schreibt mir, Tanten und Vettern sähen
sich dessenungeachtet nach einer schicklichen Partie für ihn
um. Ich zweifle nicht, daß auch Sie ihre Aufmerksam=
keit erregen werden. Was meinen Sie, Fräulein Hor=
neck? Es wäre kein kleiner Triumph, den Schmetterling
zu fesseln und den Uebermüthigen unter das eheliche
Joch zu beugen." —

Albertine erstarrte bei dieser Zumuthung. Sie
wußte noch nicht, daß selbst bessere Frauen ein unbe=
scholtenes Mädchen nicht für einen Wüstling zu gut
halten, wenn es ihm einfällt, seines elenden Lebens
überdrüßig zu sein; sonst würde sie vielleicht einen
Theil der Verachtung, die sie gegen die Verdor=
benheit der Männer hegte, auf ihr eigenes Geschlecht
haben übertragen müssen. Unerfahren wie sie war,
nahm sie den Vorschlag der Majorin nicht wenig übel
und stand nicht an, ihre Meinung laut und entschie=
den zu erklären. Die Majorin konnte sich einiger
Bewunderung der Energie ihres Charakters nicht
enthalten, sagte aber lächelnd: „Kennen Sie ihn
nur erst, vielleicht nehmen Sie mildere Grundsätze

an!" — Das Fräulein erröthete und brach das Ge=
spräch ab.

Seit einigen Jahren gewöhnt, nur mit Verachtung
an den Grafen zu denken, empörte die Erinnerung ihrer
Schwachheit ihr Innerstes. Sie hatte sich vorge=
nommen, ihn soviel als möglich zu vermeiden, nicht als
ob sie für ihr Herz gefürchtet hätte, oder daß das ehe=
malige Betragen des Mannes sie nicht vollkommen
überzeugt hätte, er habe ihre Empfindungen nie geahnt,
nur um sich selbst die Beschämung der Erinnerung zu
ersparen. In der Hauptstadt angelangt, war er indessen
einer der ersten, den sie erblickte: in glänzender Uni=
form ritt er an ihrem Wagen vorüber; sie erkannte
ihn auf der Stelle, noch ehe die Majorin Zeit hatte
ihn anzurufen. Er war noch ebenso schön, noch ebenso
muthig, noch ebenso unbefangen wie sonst. Er bewill=
kommnete die Damen, ritt neben dem Wagen her und
sah von Zeit zu Zeit bewundernd auf Albertinen, deren
blendende Schönheit durch den Schleier strahlte. In
stolzer Ruhe saß sie da, ohne sich in das Gespräch zu
mischen. Vor dem Hause der Majorin sprang der
Graf vom Pferde, half den Damen heraus und be=

gleitete sie die Treppe hinauf, ungeduldig, wie es schien, die schöne Reisende sich entschleiern zu sehen. Albertine stellte sich aber, ohne die mindeste Notiz von ihm zu nehmen, an ein Fenster und überließ sich beim Anblick derselben Straße, in der sie einst mit ihrer Tante ge= wohnt, trüben Erinnerungen. Umsonst suchte sich der Graf glänzender als je zu zeigen. Sie lächelte zu keiner seiner witzigen Bemerkungen und wendete sich erst um, als er sich empfahl. Sie machte ihm eine ernste Verbeugung; den Grafen verdroß ihr Betragen, doch verbarg er es und ging.

Durch die unendlichen Bekanntschaften der Majorin sah sich Albertine bald in einen Strudel von Ver= gnügungen gerissen, die ihrem Herzen wenig zusagten. Doch konnte es nicht fehlen, daß die Wirkungen ihrer Schönheit ihr schmeichelten, obwol sie es nicht ge= stehen wollte und stets mit einer Verachtung von ir= dischen Gütern sprach, die ihr bei ihrem Reichthum und ihren Reizen wohl anstand. Mit Befremden gewahrte sie jetzt erst, in welchem Grade sie ehemals hier über= sehen war; denn keiner schien sich ihrer nur zu er= innern. Eine gewisse Bitterkeit gegen die Welt be=

mächtigte sich ihres sonst so sanften Herzens, als sie
sich bewußt ward, daß nicht um ihres eigenen bessern
Selbst, nein! daß um zufälliger Glücksgüter willen
alle Frauen sie beneideten und alle Männer ihr hul=
digten. Das einzige Haus, in dem sie sich wahrhaft
wohl fühlte, war das des Präsidenten von Waldau.
Thüring's und seiner Gattin Briefe sicherten ihr die
freundlichste Aufnahme. Ungeachtet des wichtigen
Postens und des großen Reichthums des Präsidenten
lebte die Familie mit einer eleganten Einfachheit und ge=
noß mitten im Geräusche der Welt das Glück schöner
Häuslichkeit. Die Präsidentin war eine verständige
und liebevolle Frau, die beiden Fräulein Muster von
wohlerzogenen und angenehmen Mädchen, der Sohn
aber, von dem Albertine schon oft hatte sprechen hören,
ein schöner, kräftiger junger Mann, ein echter Soldat,
nicht dem Gamaschendienst huldigend, aber vom wahren
Rittergeiste beseelt. Unter Thüring's trefflicher Leitung
hatte sich sein tüchtiger Verstand in einem Grade
ausgebildet, der ihn über die Mehrzahl seiner Kamera=
den weit hinweghob, jedoch mußte er sich oft gefallen
lassen, von einem schwärmerischen Hange beherrscht zu

werden, der die Seele Georg's zu allem Großen und
Schönen hinriß und nicht nach den Regeln einer wohl=
berechnenden Klugheit oder des Conventionell=Schicklichen
fragte. Früh mit den Schwächen der Welt vertraut
geworden, ekelte ihm mehr vor ihren scheinbaren Tu=
genden, als vor ihren Lastern, und verhaßter als die
Frivolität selbst war ihm die falsche Empfindsamkeit,
unter deren Maske sie sich bisweilen zu verbergen
pflegt. Die Tugend war seinem Herzen so natürlich,
daß er, mit Schiller, das Laster darum doppelt haßte,
weil es so viel Schwatzen von jener gemacht. So kam
es, daß er, mehr die Bewunderung der Welt verschmä=
hend, als ihren Tadel verachtend, gelernt hatte, seinem
Ausdruck etwas Herbes und Schroffes zu geben, was,
verbunden mit seinem Hange zur Einsamkeit, ihn in
den Ruf eines interessanten Sonderlings setzte. Erst
Albertinens Nähe gab seinem ganzen Wesen ein sanf=
teres Colorit; sein Ausdruck ward zarter, und wenn er
es auch noch immer vermied, von Empfindungen zu
reden, so verbot er es doch seinen Augen nicht, eine
dringende und süße Sprache zu führen. Albertine ant=
wortete ihnen nicht, aber sie hieß sie auch nicht schwei=

gen. Das Gefühl, durch ihre bloße Gegenwart einen
so außerordentlichen Mann zu beglücken, that ihrem
Herzen wohl, und sie versprach sich, wenn sie irgend
Einem vergönnte, es unruhiger schlagen zu machen,
sollte er es sein und kein anderer.

Der Graf Hagen aber bot alles auf, sie in diesem
Entschlusse wankend zu machen, und war ganz der Mann
danach, wohlbefestigte Grundsätze durch die Vorzüge
seiner Persönlichkeit und durch unermüdliche Beharr=
lichkeit zu untergraben. Albertine konnte es nicht ver=
meiden, den Liebling aller geselligen Cirkel oft, ja fast
täglich zu sehen. Die kalte Ruhe, die stolze Gleich=
gültigkeit, mit der sie seine Huldigungen zurückwies,
reizte den Uebermüthigen, der darin eine Beleidigung
und in einem endlichen Sieg die einzige Genugthuung
sah, immer mehr. Die Majorin hatte recht gehabt,
wenn sie meinte, die Familie Hagen werde auf das
reiche, schöne und tugendhafte Fräulein von Horneck
ihr Augenmerk richten. Noch ehe sie ankam, betrachtete
man sie als die Braut Hagen's. Der Graf protestirte
zwar; er hatte sich jedoch selbst nach und nach an den
Gedanken gewöhnt, und der Stolz, mit dem Albertine

nun die Hoffnungen der Familie, die bei einem Land=
fräulein und bei des Grafen Liebenswürdigkeit darauf
nicht vorbereitet war, niederschlug, kränkte ihn bis zu
dem Grabe, daß er es sich gewissermaßen zur Ehren=
sache machte, ihn zu bezwingen. Zu sehr an das Be=
wußtsein seiner Unwiderstehlichkeit gewöhnt, als daß er
sich hätte überreden können, Albertinens Herz ver=
schmähe ihn, gab er dem Gedanken gern nach, daß nur
ihre strengen Grundsätze jenes bekämpften und Zweifel
in die Lauterkeit seiner Absichten ihr Festigkeit gäben.

Die Mühe, die das Fräulein sich gab, jedes Alleinsein
mit ihm zu vermeiden, die Verlegenheit, über die sie
nicht Herrin werden konnte, wenn es dennoch einmal
geschah, und gewisse Erinnerungen bestärkten ihn darin.
Mit dem Netze seiner Künste, das er nur allzu oft und
mit allzu gutem Erfolge gebraucht, aus den Fäden
öffentlicher Huldigungen, kleiner Dienste, feurig aus=
brechender Empfindungen und augenblicklicher Vernach=
lässigungen gewoben, dachte er sie mehr und mehr zu
umspinnen, und rechnete sicher darauf, Waldau, den ein=
zigen Nebenbuhler, den er berücksichtigte und der ganz
dem Drange seines Herzens folgte, aus dem Felde zu

schlagen. Es fand sich aber ein dritter Bewerber ein, der sowol durch die Vorzüge seiner Person, als durch die Aufmerksamkeit, die ihm Albertine bewies, furchtbar zu werden drohte.

Herr von Eschen war weder so schön als Graf Hagen, noch so kräftig wie Georg von Waldau. Ein junger Mann, etwa achtundzwanzig Jahre alt, von mittler Größe, etwas blassem, aber sprechendem und scharfgezeichnetem Gesicht, geistreichen Augen und geistreicherem Gespräch; in seiner Kleidung zierlich, ohne Geckerei, in seinen Aeußerungen gemäßigt, wohlwollend, bisweilen geheimnißvoll, ein wahrer Diplomat. Er kam, als Albertine schon mehrere Wochen in der Residenz seines Fürsten war, aus London zurück, wo er bei der Legation desselben angestellt war, und obwol er nur den Titel eines Raths führte, eine wichtigere Rolle gespielt hatte, als der Gesandte selbst. Aus einer guten Familie, aber durchaus unbemittelt, schien er seinem Verdienste allein alles danken zu müssen, und man schätzte daher die Bescheidenheit doppelt an ihm, die seinem überlegenen Verstande das Drückende nahm. Der Präsident von Waldau liebte ihn ungemein, zog

ihn in seinen Familienkreis, pries ihn laut und pro=
phezeite einen großen und zu gleicher Zeit redlichen
Staatsmann in ihm. Die Unterhaltungen im Wal=
bau'schen Hause nahmen seit der Zeit seiner Einführung
einen andern Charakter an: sie wurden geistreicher, be=
lehrender, umfassender. Eschen hatte eine feine Weise,
auch Frauen in Gespräche ernsterer Art zu ziehen und
hörte mit schmeichelnder Aufmerksamkeit auf Albertinens
bescheidene Urtheile über Gegenstände, über die sie Thü=
ring denken gelehrt. Auch Georg schloß sich ihm freund=
schaftlich an und schien, obwol er oft mit ihm ver=
schiedener Meinung war, ein besonderes Wohlgefallen
an der Klarheit und Bestimmtheit von Eschen's Ansich=
ten zu haben. Unermüdlich, ihn zur Entwickelung der=
selben aufzufordern, dachte er nicht daran, durch Dar=
legung seiner eigenen großherzigen Gesinnungen selbst zu
glänzen. Auch in den größern Versammlungen spielte
Herr von Eschen eine würdige Rolle, wenn schon eine
weniger schimmernde als Graf Hagen, der Meister in
allen geselligen Künsten war. Er schien überall an
seiner Stelle zu sein. Was Albertinen indeß unange=
nehm an ihm auffiel, war, daß er nicht allein mit

Georg, daß er auch mit dem Grafen in freundschaftlicher
Verbindung stand. Durch seine Vermittelung näherten sich
auch ihre beiden Liebhaber einander einigermaßen, und
der Graf wußte sich auf gewandte Weise in die ver=
trauten Theecirkel bei Waldaus einzuführen. Ohne
daß seine Kenntnisse die gewöhnlichen eines gebildeten
Weltmanns bedeutend überschritten, gab sein richtiges
Urtheil, das einen ungemein scharfen Blick zeigte, sein
glänzender Witz, die Feinheit seines Ausdrucks und die
Annehmlichkeit seines Organs seiner Unterhaltung einen
Zauber, dem weder Männer noch Frauen widerstehen
konnten. Wenig gewohnt nachzudenken, hatte sein Ver=
stand eine gewisse Trägheit bekommen, und wenn man
ihn stundenlang in das Geschwätz geistloser Stutzer und
Schönen mit einstimmen hörte, so konnte man ihn leicht
mit den faden Elegants verwechseln, unter die er sich
mischte. Die Superiorität, die er, ohne sich zu be=
mühen, über jene erlangt hatte, wußte er durch die
Phrasen einer epikuräischen Philosophie, zu der er sich
bekannte, zu gleicher Zeit zu behaupten und zu mildern.
Ein feiner Beobachter konnte es leicht bemerken, daß die
Natur ihn weit über jenen Schwarm erhoben, und daß

es nur von ihm abhing, eine Stimme über wichtigere
Angelegenheiten zu gewinnen, als Tanz, Mode oder der
Beifall einer Schauspielerin. In Albertinens Gegen=
wart fühlte er sich bisweilen veranlaßt, diese Ansprüche
geltend zu machen und die Reibungen, durch die feinste
Weltsitte gemildert, welche die contrastirenden Ansichten
eines verständigen und umsichtigen Greises und dreier
geistreicher junger Männer veranlaßten, ergötzten und
belehrten diese höchlich. Ein besonderes Vergnügen ge=
währte es ihr, diese Unterhaltungen ihren Freunden
mitzutheilen, und sie behauptete lange Unbefangenheit
genug, um ihre drei Anbeter in einem Briefe an Marien
miteinander zu vergleichen.

„Was ihr Aeußeres betrifft", schrieb sie, „so ist der
Graf unleugbar der Schönste, obwol es auch Georgen
an einer gewissen männlichen Schönheit nicht gebricht
und Eschen nichts weniger als häßlich ist. Waldau's
Anstand ist der eines Soldaten, Hagen's der eines vor=
nehmen, Eschen's aber der eines edeln Mannes. Ihre
Unterhaltungsart ist noch verschiedener. Waldau ist
nicht selten trocken, kurz angebunden, mit mir nur milde,
zart und beredt. Doch bleibt auch dann bisweilen eine

gewisse moralische Härte, wenn ich so sagen darf, in
seinen Aeußerungen zurück, eine schneidende Ironie in
seinen Urtheilen und eine Menschenverachtung, die mich
erschreckt und die ich mir bei seinem gefühlvollen Her=
zen nicht zu erklären weiß. Er selbst entschuldigte sie,
als ich sie ihm einst vorwarf; er sei, sagte er, zu zei=
tig mit den Untugenden der Welt bekannt geworden, in
eben der Epoche, in welcher das Herz sich am liebsten
Ideale schafft. Der Contrast sei gar zu herbe gewesen.
Ich glaube auch, je inniger und feuriger ein Mensch
fühlt, desto geneigter ist er zu Waldau's Fehlern. Und
war dies nicht auch mein Schicksal? Trotz dieser
Ueberzeugung aber raubt jene tugendhafte Strenge mir
bisweilen die Unbefangenheit, und aus Furcht, seine
Achtung zu verlieren, komme ich in Gefahr, mich ihm
besser zeigen zu wollen, als ich bin. — Der Graf
läßt sich auf allgemeine Urtheile fast nie ein. Wenn
er sich nicht etwa in ein politisches Gespräch verwickelt,
so spricht er meist nur von Begebenheiten des Tages;
er ist, möcht' ich sagen, wider Willen geistreich. Desto
geflissentlicher legt er die Maske des Gefühls vor, be=

gleitet verſteckte Worte mit Seufzern, iſt Viertelſtunden
lang ſtumm, ſtockt oft mitten im Geſpräch zerſtreut,
und ſieht mich mit Blicken an, deren Ausbruck mich
verwirrt. Alle dieſe Blicke, alle dieſe ſchmeichelnden
Reden ſind mir aus ſeinem Liebeshandel mit Leonoren
bekannt. Aber es bedarf deſſen nicht, um mich gegen
ſie zu waffnen. Ich kenne ihn, ich durchſchaue ihn
ganz! Ein herzloſes Spiel denkt er mit mir, wie mit
jener zu treiben, allein es ſoll ihm diesmal nicht ge=
lingen. Er ſoll beſchämt geſtehen lernen, daß es doch
Eine gegeben, die all ſeine Künſte nicht haben über=
winden können. Ich kann nicht umhin, ich leugne es
nicht, höflicher gegen ihn zu ſein, als es anfangs meine
Abſicht war. In großen Verſammlungen zwar ſetze
ich ſeinen Huldigungen eine eiſige Kälte entgegen. Aber
in dem kleinen Cirkel bei Waldaus würde es unſchick=
lich ſein, wollte ich durch zu viel Zurückhaltung die
Heiterkeit der Unterhaltung und ihre Ungezwungenheit
ſtören. Mein Beſtreben iſt hier, keinen auszuzeichnen,
weder durch Aufmerkſamkeit, noch durch Zurückſetzung;
und ich glaube, daß ich dadurch meine Abſicht: meine
Freiheit auch äußerlich zu behaupten, am beſten erreiche.

Mein Herz ist bei weitem nicht befangen genug, um sich schon durch eine Wahl binden zu wollen. Verlassen Sie sich übrigens fest darauf, meine Freundin! ehe ich mich an den Verräther Hagen wegwerfe, eher sterbe ich tausendmal.

Eschen endlich, um doch auch von ihm zu reden, ist wol von allen dreien am schwersten zu durchschauen. Er schmeichelt mir nie; aber ich komme mir nie klüger und liebenswürdiger vor, als mit ihm. Die zarte Achtung, die ehrfurchtsvolle Aufmerksamkeit, mit der er mich behandelt, thut meinem Herzen wohl. Er spricht mir bisweilen von seiner Freundschaft, aber ein gewisses Etwas in seinem Betragen sagt mir, daß er mehr als das für mich fühle. Ich achte ihn sehr. Aber für Waldau spricht so vieles! Sein eigener Werth, Ihre Freundschaft, seine wahre innige Liebe (ja, ich erkenne sie deutlich in jedem seiner Blicke), die Vortrefflichkeit seiner Familie — nun ich habe ja nicht nöthig, mich sogleich zu einer Wahl zu entschließen. Nichts soll mich bewegen, meinem Herzen vorzugreifen. Geben Sie Acht, es wird sich bald zwischen Waldau und Eschen entscheiden!" —

Albertine glaubte ganz aufrichtig zu sein, indem sie diesen Brief schrieb. Sie war allerdings entschlossen, zwischen beiden zu wählen, aber sie schämte es sich selbst, noch mehr ihrer Freundin zu gestehen, was ihr die Wahl erschwerte. Bald wähnte sie den einen, bald den andern zu lieben; denn wenn ihr Herz frei wäre, woher denn sein ungestümes Klopfen? Woher die namenlose Wehmuth, die es bisweilen befiel? Woher die schlaflosen Nächte? Ach! sie wollte die Züge dessen nicht erkennen, der ihr Schlummer, Ruhe und Heiterkeit raubte, sie wollte es nicht, bis die vermehrte Sicherheit des Grafen, bis seine größere Kühnheit es ihr endlich entdeckte, daß sie milder und gefälliger gegen ihn geworden war. „Wie", sagte sie zu sich selbst, als sie einst einsam saß, „diese Männer strecken gierig die Hände nach jeder Blüte aus, alles Schöne wollen sie an sich reißen, genießen und von sich werfen, als wäre die ganze Schöpfung nur da, ihre eigensüchtigen Begierden zu befriedigen. Einst, als du ihm ein Herz voll glühender Liebe entgegentrugst, als eins seiner Worte, als einer seiner Blicke hinreichte, dich zur Glückseligsten der Erde zu machen, als alle deine Nerven

zitterten, wenn du von weitem seine Stimme hörtest,
als du nachts vor seinem Bilde auf den Knien lagst
und dich glücklich gepriesen hättest, für ihn sterben zu
können — damals verschmähte er dich, weil keine Reize
deine bleichen Wangen schmückten; mit grausamer Acht=
losigkeit ging er an der noch unenthüllten Knospe vor=
über, die aufgeblühte Blume mit schonungsloser Hand
zu verderben. Jetzt, jetzt will er dich besitzen, weil —
und du sinkst nicht vor Scham unter die Erde, schwach
gegen eine solche Liebe zu sein! Eine Liebe, die du
einem zufälligen Gute, einer irdischen Schönheit ver=
dankst, deren Blüte morgen der giftige Hauch einer
Krankheit auf ewig zerstören kann! — Liebe", fuhr sie
erglühend fort: „was sag' ich! Vielleicht treibt er
nur ein eitles Spiel mit mir, wie er es mit Unzähli=
gen getrieben! Und seinem Amusement will ich meine
Ruhe opfern? Und dieser künstlich angefachten Glut
soll es gelingen, die kalte Verachtung zu tilgen, mit der
ich mich gegen seine Liebenswürdigkeit gewaffnet?
Meinen ganzen Stolz, das mächtige Gefühl einer töd=
lichen Beleidigung muß ich hervorrufen, um mich gegen
ihren Zauber zu stählen? So tief bin ich gesunken!"

Sie verbarg das von Thränen benetzte Gesicht mit beiden Händen und saß so lange, ohne zu bemerken daß der Graf leise eingetreten war und dicht neben ihr stand, bis er, sie sanft umfassend, ihre Hand ergriff. Erschrocken fuhr sie empor; als sie ihn erkannte, riß sie sich mit einem Schrei von ihm los und floh in ihre Kammer. Er folgte ihr, hielt sie mit liebenden Worten, aber gewaltsam stieß sie ihn zurück, ohne zu bedenken, wie günstig er ihr Betragen auslegen könne. Als sie nach einer Stunde gefaßter in das Gesellschaftszimmer der Majorin trat, empfing er sie mit einem so glück= lichen Lächeln und sein ganzes Wesen sprach so deutlich seinen Triumph aus, daß es ihren Stolz empörte, und der Entschluß, den sie während ihrer Einsamkeit ge= faßt, sich befestigte. „Ich muß ihn hassen, da ich ihn nicht lieben darf", war das Resultat ihrer Ueberlegun= gen gewesen; „ich muß es ihm zeigen, und die Ver= achtung, die ich ihm beweisen will, soll ihn überzeugen, daß jede Hoffnung Thorheit sei."

Dieser Entschluß gab, verbunden mit dem Augenblick in welchem der Graf sie überraschte, ihrem Betragen in den Augen desselben eine Zweideutigkeit, die ihn nur

immer kühner in den Versicherungen seiner Liebe und
zuversichtlicher in seinen Hoffnungen machte. Listig
wußte er es einzurichten, daß sie an allen öffentlichen
Orten in seiner Begleitung erschien, und daß die geringen Höflichkeiten, die ihm Albertine erwies, in den
Augen der Welt für Auszeichnungen galten. In ihrem
Kopfe bildete sich dagegen der Plan immer mehr aus,
zu dem ihr empörter Stolz, und der tugendhafte Entschluß, sich von ihm loszumachen, den Grund gelegt.
Sie fühlte entschieden, bei der Ueberzeugung von der
Unwiderstehlichkeit und bei der List des Grafen werde
die Stadt diesen für denjenigen halten, der ihrer überdrüßig geworden sei, wenn sie gerade jetzt mit ihm
bräche, da sie ihm durch ein gefälligeres Betragen
neue Rechte gegeben zu haben schien. Sie beschloß daher gleiche Waffen gegen ihn zu gebrauchen: ihn durch
listiges Schweigen in seiner Sicherheit zu bestärken,
seine Liebesschwüre nur mit Zweifeln in den Ernst seiner
Absichten zu beantworten, ihn auf diese Weise zu einem
förmlichen und gewissermaßen öffentlichen Antrag zu
nöthigen, und durch die Beschämung einer eclatanten
Abfertigung, Leonorens Schatten, ihr tausendfach be-

leibigtes Geschlecht, ihr verschmähtes Herz und — ihre
neue Schwachheit zu rächen.

Mit Herzklopfen entwarf sie diesen Plan; mit ängst=
licher Verlegenheit führte sie ihn aus und kam sie ihm
zu Hülfe. Zwar ahnte sie noch nicht das unendliche
Weh, das ihr das erste Ueberschreiten der Schranken
der Redlichkeit bereiten werde, aber ihre Seele war zu
edel, um sich in den künstlichen Getrieben einer über=
legten Rolle wohl zu fühlen. Doch schien sie des
Grafen täglich wachsende Verwegenheit mehr und mehr
darin bestärken zu sollen. Es war ihm kein kleiner
Triumph, das klügste und stolzeste Mädchen endlich be=
siegt zu haben; die Achtung aber, die sie ihm unwill=
kürlich eingeflößt, ihre außerordentliche Schönheit, ihr
Reichthum, die Wünsche seiner Verwandten, und end=
lich der Umstand, daß sie gewissermaßen vereinzelt in
der Welt stand, der ihm die Gewißheit gab, von nie=
mand zur Rechenschaft gefordert zu werden, wenn er
sich etwa im Verlauf einer längern Ehe gewisse Ver=
nachlässigungen zu Schulden kommen ließe — alles
dies bewog ihn zu dem Entschluß, sich unter das ver=
haßte eheliche Joch zu beugen und sie zu seiner Ge=

mahlin zu machen. Das Mistrauen, das Albertine
seinen Liebesbetheuerungen entgegensetzte, ließ ihn schließen, daß es nur eines förmlichen Antrags bedürfe, und
um sie vollkommen zufrieden zu stellen, nahm er sich
vor, ihn in Gegenwart seiner Verwandten, die ihn zu
einem entscheidenden Schritte drängten, zu machen. So
sicher war er seiner Sache.

Während er aber noch Albertinen von allen Seiten
angriff und jede Stelle, die sich schwächer zeigte, entdeckte und benutzte, hatte sich ihr Walbau mit Sturm-
schritten, Eschen aber mit leisen, besonnenen genaht.
Ging Albertine einen einzigen vorwärts, so näherte er
sich um zwei; trat sie wieder zurück, so entfernte er sich
noch einmal so weit. Das Spiel unterhielt sie; sie
glaubte überzeugt sein zu dürfen, daß nicht Mangel an
Liebe, daß nur seine Bescheidenheit, seine Armuth und
Furcht vor dem Verdacht, um ihren Reichthum zu werben, ihn zurückhielt. Walbau hatte das nicht zu scheuen.
Auch nahm ihn seine Leidenschaft so ganz ein, daß er
weder daran zu denken schien wie die Welt sie beur-
theilen möchte, noch sie vor ihr oder dem Fräulein selbst
zu verbergen.

Seitdem diese sich freundlicher gegen den Grafen
betrug, sah sie Georg meist finster, stumm und zurück=
haltend. Er heftete Blicke auf sie, in denen eine ver=
zehrende Glut brannte; wenn er sie mit jenem sprechen
sah, stand er oft ungestüm auf und verließ mit einem
so stürmischen Wesen das Zimmer, daß es alle aus der
Fassung brachte. Mutter und Schwester sendeten dann
Blicke hinter ihm her, die Albertinens Herz ergriffen.
Gepeinigt durch die Rücksichtslosigkeit seines Betragens,
überredete sie sich, Waldau sei ein Brausekopf, der besser
zum Liebhaber als zum Ehemann tauge; seine Anlage
zum Hausdespoten sei unverkennbar. Eschen dagegen
ließ nie Eifersucht blicken, obwol sie deutlich sah, daß
er sie unabläſſig beobachtete. In beständiger Furcht,
von ihm durchschaut zu werden, schmeichelte ihr die
Hochachtung, die er ihr bewies, doppelt, und sie fühlte
sich bedeutend erhoben, wenn er die Festigkeit ihrer
Grundsätze und ihre edle Offenherzigkeit rühmte. Wal=
dau's Mistrauen dagegen verdroß und beleidigte sie.
So wahr ist es, daß wir dann die Achtung anderer am
meisten bedürfen, wenn wir in Gefahr sind, unsere
eigene zu verlieren. Dessenungeachtet aber beschloß sie

sich nicht eher zu entscheiden, als bis ihr Plan ausge=
führt, und sie sich ganz von Hagen losgemacht. Dann,
nahm sie sich vor, wolle sie ihr Herz ernsthaft prüfen
und bei ihrer Wahl besondere Rücksichten auf die
Stimme ihrer Freunde nehmen; sei es nun, daß sie
von der Wahrhaftigkeit von Georg's Liebe am festesten
überzeugt war, oder daß ein leises Etwas für ihn in
ihrem Herzen sprach. Sie vermied sorgsam jedes
Alleinsein mit ihm, denn sie scheute sich, durch eine
rasche Erklärung von seiner Seite früher zu einer Ent=
scheidung gezwungen zu werden, als es ihrem Plane
gemäß war.

Eines Abends, als in einem Albertinen befreundeten
Hause ein Fest veranstaltet worden war, zu dem
man die ganze Stadt gebeten hatte, lehnte sie die Ein=
ladung ab, weil sie gehört, die Präsidentin sei unpaß,
in der Absicht, dieser Gesellschaft zu leisten. Sie fand
die Hausmutter auf dem Sofa sitzend, hinter dem
Theetisch, um den Sohn und Töchter versammelt waren.
Ihr unvermutheter Besuch erregte so große Freude,
daß sie sich dadurch gerührt fühlte. Sie setzte sich
unter die Geschwister und war bald in einem traulichen

Gespräch mit ihnen. Aus Georg's Augen strahlte eine
Heiterkeit, die lange eine düstere Schwermuth verdrängt
hatte. Seit Monaten war sie gewohnt, ihn finster und
untheilnehmend zu sehen, heute war er gesprächig, sanft
und liebenswürdig. Die Dankbarkeit, daß sie ihn und
den stillen Kreis seiner Verwandten den Huldigungen
einer schimmernden Versammlung, der Hagen einen Theil
des Glanzes verlieh, vorzog, stimmte ihn weicher als
je und machte ihn all das Weh, das die Zweideutigkeit
ihres Betragens ihm zugefügt, vergessen. Aber sein
Muth sank gewaltig, als unvermuthet Eschen in das
Zimmer trat. Albertine hatte ihm im Vorbeigehen ge=
sagt, wo sie den Abend zubringen werde, und er, der
keine Gelegenheit versäumte, sie zu sehen, hatte darauf
gleichfalls absagen lassen. Albertine hatte sich heute so
glücklich im Beglücken gefühlt, daß ihr dies Zusammen=
treffen höchst unangenehm war. Sie suchte sich indessen
zusammenzunehmen, ging in Eschen's Gespräch ein,
und alles schien wieder in das Geleis gekommen zu
sein, als plötzlich Waldau ein neues auf die Bahn
brachte, es mit Gewalt herbeiziehend, das die Noth=
wendigkeit für ein junges Frauenzimmer, ihren Ruf zu

berückſichtigen, zum Thema hatte. An ſeinem Stocken,
an ſeinem Rothwerden, an ſeinem Niederſchlagen der
Augen merkte Albertine bald, daß er mit Abſicht ſprach,
denn bei Perſonen, die von Natur offenherzig ſind und
die ſich aus edelm Stolz in keiner Art von Verſtellung
geübt haben, macht gewöhnlich die Mühe, mit der ſie
die ungewohnte Arbeit verrichten, wenn ſie ſich ja ein=
mal herablaſſen, in Anſpielungen zu reden, die Zu=
hörer aufmerkſam und mistrauiſch.

Ohne Albertinen anzuſehen, gegen Eſchen gewendet,
ſagte er: „Nichts ſchade einem tugendhaften Frauen=
zimmer in der Meinung der Welt mehr, als ein häu=
figes Zuſammenſtellen ihres Namens mit dem eines be=
kannten Roué. Sie müſſe daher ſorglich vermeiden,
oft mit ihm öffentlich zu erſcheinen; ſelbſt ein blos lei=
dendes Verhalten errege Verdacht, ſie dürfe nicht hoffen,
daß ihr Verhältniß mit ihm als ein die Schranken der
Galanterie nicht überſchreitendes angeſehen werde. Denn
da Männer und Frauen der großen Welt überhaupt
nicht geneigt ſeien, vortheilhaft von dieſen zu denken,
letztere aber vorzüglich deswegen, weil ſie in der All=
gemeinheit der Schwäche ihre einzige Entſchuldigung

fänden, so zeuge alles, was im erwähnten Verhältnisse nicht für die Tugend eines Frauenzimmers zeuge, un= widerruflich wider sie."

Albertine warf den schönen Mund ein wenig auf. Eschen aber entgegnete, ohne nur die mindeste Befan= genheit merken zu lassen: „Er könne ihm nur bedingt recht geben. Gewöhnliche Frauen wären allerdings den strengen Gesetzen der Meinung unterworfen, es gäbe aber eine gewisse sichere Tugend, die über jeden Ver= dacht erhaben sei und die er die wahre weibliche Würde nennen möchte. Er halte die Welt für klug genug, diese von der falschen unterscheiden zu können, die nur von Rücksichten auf sie und von der Furcht, bei ihr zu verlieren, bewacht werde. Indessen sei sie freilich dem Neide am meisten ausgesetzt, der am liebsten «das Strahlende schwärze» — und es könne sich wol fügen, daß sie öffentlich Fehltritte beschuldigt würde, an die niemand glaubte. Dies zu vermeiden werde ein kluges Frauenzimmer schicklich finden, weniger aus Furcht vor bösen Zeugen selbst, als weil jeder Fleck ihres Rufs einem Wüstling ein angebliches Recht zu geben scheine."

— Waldau antwortete nicht; er malte gedankenvoll auf

den Tisch; Mutter und Töchter sahen auf ihre Arbeit.
Albertine saß mit derjenigen stolzen Miene da, hinter
welcher sie oft ihre Verlegenheit zu verbergen pflegte.
Da führte ein unglückliches Ungefähr plötzlich den
Grafen herbei. Er könne, sagte er, nicht umhin, sich
im Vorüberfahren nach dem Befinden der Frau Prä=
sidentin zu erkundigen. Diese gab ihm ziemlich lauen
Bescheid und warf einen Blick auf Albertinen, dessen
argwöhnischer Ausdruck sie beleidigte. Der Graf war
so unbefangen, als ahne er die Störung nicht, die er
verursacht. Er schwatzte allerlei; ein gewisser Hohn
aber, der um seinen Mund spielte, verrieth, daß er sich
heimlich an der allgemeinen Verwirrung ergötzte. Ein=
mal, während Eschen etwas erzählte, warum ihn die
Präsidentin befragt, lehnte er sich über Albertinens
Stuhl und flüsterte ihr ein unbedeutendes Wort zu, das
sie kaum verstand; der Gedanke aber, was die Gesell=
schaft von dieser Vertraulichkeit denken werde, setzte sie
in eine solche Bestürzung, daß der Verdacht derselben
dadurch nur vermehrt ward. Endlich erhob sich der
Graf; er warf, indem er Albertinen die Hand küßte,
auf Georg einen Blick des Triumphs. Dieser aber schien

weder zu sehen noch zu hören, und fuhr wie aus einem
Traume empor, als seine Mutter, ihn anstoßend, sagte:
„Georg, Graf Hagen empfiehlt sich!" worauf er ihm
eine mechanische Verbeugung machte.

Als er fort war, reichte Eschen's ganze Gewandt=
heit nicht hin, die Unbefangenheit nur scheinbar wieder
herzustellen. Albertine brach zeitig auf und ward nicht
gebeten zu bleiben. —

Den andern Morgen stand sie eben sinnend am
Fenster, als sie Waldau mit hastigen Schritten auf
ihr Haus zukommen sah. Er blickte herauf; er hatte
sie erkannt; es war nicht mehr Zeit sich verleugnen zu
lassen. „Ach!" seufzte sie unruhig, „jetzt gerade, jetzt!
Was soll ich thun? Soll ich ihn abweisen? Ihn be=
trügen? Eins wie das andere kann ich nicht!" —
Noch hatte sie keine Fassung errungen, als sie ihn mit
einer finstern Miene eintreten sah. Unvermögend zu
reden, wies sie ihm schweigend einen Platz neben sich
an. Stumm setzte er sich und hob nach einer ängst=
lichen Pause zu sprechen an. Ohne Einleitung sagte
er ihr, daß er gekommen sei, sie um die Entscheidung
seines Lebensglücks zu bitten; er habe lange umsonst

den Augenblick gesucht, indeß könne, daß er sie liebe, ihr kein Geheimniß mehr sein. „Wie theuer Sie mir sind", fuhr er mit entschlossenerm Tone und düsterer Miene fort, „kann und will ich nicht aussprechen, denn kein Mitleid soll Sie bestechen, sich gegen die Stimme Ihres Herzens aufzulehnen."

Die Trockenheit und anscheinende Ruhe dieser Erklärung kältete Albertine, die sich noch eben auf das günstigste für ihn gestimmt gefühlt hatte, in dem Grade ab, daß sie den Muth in sich fand, ihm zu sagen, daß sie seine Freundin sei, es ewig bleiben wolle, ihm aber nimmer mehr werden könne. Er legte die Hand über die Augen und saß so lange. Dann stand er plötzlich auf, blickte sie schmerzlich an und sagte mit einer Stimme, der er vergebens Festigkeit zu geben suchte: „Albertine, vergönnen Sie mir eine Frage!" — „Mein Freund", erwiderte sie gerührt, „ich will sie Ihnen offenherzig beantworten." — „Lieben Sie Hagen?" — „Ich verachte ihn." — „Und lieben ihn? — „Waldau!"

Er ging mit raschen Schritten das Zimmer auf und ab. Auf einmal stand er neben Albertinen, die ihn ängstlich betrachtete, still, ergriff ihre Hand und rief

mit einem so schmerzlichen Tone, daß sie sich wie eine
Schwerschuldige vorkam, mit einem Tone, der sich aus
einer zerrissenen Brust mühsam loszuringen schien:
„Leben Sie wohl, Albertine! Ich weiß, Sie wollten
mir es ersparen, aber besser, ich leere den Giftbecher
mit einem muthigen Zuge, als daß Sie mir ihn tropfen=
weise, tödlich, quälend eingeben. O leben Sie wohl!
Seien Sie Eschen's! Er liebt Sie! Wer könnte Sie
sehen und Sie nicht lieben! Aber bei dem heiligen
Gotte, treuer hat es keiner mit Ihnen gemeint, als der
Freund, den Sie von sich stoßen! Leb' wohl!" rief er
noch einmal und stürzte aus dem Zimmer. Erschüttert
sah sie ihm nach. Sie wollte ihn zurückrufen, wollte
sich die Seine nennen, beklemmt wie sie war, versagte
zum Glück ihr die Stimme, denn wie würde sein, nur
an einem Gegenstand leidenschaftlich hängendes Herz
die Unentschlossenheit ihres zerspaltenen Gemüths ge=
deutet haben! Nein, sagte sie endlich, der Edle ver=
dient ein ungetheiltes Herz. Eine so bedingte Liebe, wie
die meinige, würde seiner stürmischen Brust nicht genügen!

Waldau suchte weder seinen Schmerz, noch dessen
Veranlassung zu verleugnen. Er vermied Albertinen

sorgfältig, weniger sich selbst zu schonen, als der Geliebten eine unangenehme Empfindung zu ersparen.
Diese ward nicht wieder zu Waldau's eingeladen und
kam auch nicht von selbst. Sie war billig genug, es
natürlich zu finden, daß die Präsidentin, als sie sie
einmal am dritten Orte traf, verlegen und zurückhaltend
gegen sie war. Manche Personen glauben recht fein
zu sein, indem sie sich bestreben, jede Art von Empfind=
lichkeit zu verbergen und für jede Verletzung eine
lächelnde Miene bereit halten. Sie bedenken nicht, daß
sie, indem sie Gleichgültigkeit gegen eine Kränkung
ihres Gefühls beweisen, denjenigen, der sie verursachte,
wenig zu achten scheinen, und daß sie auf diese Art
gewissermaßen die Beleidigung erwidern. Albertine
hoffte, die Zeit werde, Georg's Wunde heilend, ihr
Verhältniß zu einer Familie wieder herstellen, die sie
so hoch schätzte; sie war aber zu sehr mit ihrem Plane
beschäftigt, als daß sie sich hätte dem Mitleid, das ihr
Georg einflößte, ganz hingeben können. Sie beredete
sich, daß dieser sich eher erklärt als Eschen, sei ein
Fingerzeig der Vorsehung, daß sie diesem angehören
solle und nicht jenem bestimmt sei. Hätte sie Eschen

wahrhaft geliebt, so würde sein furchtsames Zaudern
sie ungeduldig gemacht haben, sie sah aber darin nur
eine Unterstützung ihres Vorsatzes, sicher, daß es ihr
nur einen Wink koste, den Zaghaften muthig zu machen.
So kam es auch, daß sie es ruhig lächelnd anhörte,
als dienstfertige Freundinnen ihr hinterbrachten, daß
ihr besonnener diplomatischer Liebhaber sie neulich bei=
nahe verleugnet habe. In einem Kaffeehause, erzählten
sie, sei kürzlich eine Gesellschaft junger Männer ver=
sammelt gewesen, von denen einige dem Grafen Hagen
Glück wegen der neuen Eroberung gewünscht hätten.
Er aber habe achselzuckend, seufzend und lächelnd geant=
wortet: „Er sei noch weit von seinem Ziele entfernt;
unter ihnen befinde sich ein mächtiger Nebenbuhler, der
mit leisen Füßen seinen Flügelschritt einzuholen drohe";
wobei er sich gegen Eschen gewendet und demselben
gleichsam eine Erklärung abgenöthigt habe. Dieser
habe darauf geäußert: „Er könne auf ein Glück keine
Ansprüche machen, welches eher für den Grafen be=
stimmt zu sein scheine; er fühle sich geehrt, der Freund
des Fräulein von Horneck zu sein; für einen Liebes=
handel nach der Mode achte er sie zu sehr, und nach

der Hand der reichsten Erbin des Landes zu streben, habe er zu wenig Selbstvertrauen und zu viel Stolz. Er fühle sich nicht berechtigt, sich irgend jemand, der Ansprüche auf eine höhere Gunst mache, in den Weg zu stellen."

Diese Erklärung schien Hagen's Entschluß den Aus= schlag gegeben zu haben. Er nahm einen günstigen Augenblick wahr, ihr seine Liebesbetheuerungen zu wiederholen, und als sie ihm entgegnete: sie schätze ihr Herz zu sehr, es ihm zu einem flüchtigen Spielwerk zu überlassen, sie förmlich um ihre Hand zu bitten. Al= bertine schwieg, indem in ihrem Herzen triumphirende Freude mit heimlicher Angst stritt. Sie stand auf und sagte mit einer Stimme, der sie kein Zittern anzu= künsteln brauchte: „Herr Graf, wenn ich Ihrem Worte mistraue, so schreiben Sie sich die Schuld selbst zu. Mit eben der Miene haben Sie schon manches Herz getäuscht; wer gibt mir Bürgschaft, daß Sie es redlich mit mir meinen?" — und ohne auf seine Schwüre zu achten, entfernte sie sich schnell, als fürchte sie zu viel gesagt zu haben, wirklich aber, weil sie glaubte, ihm genugsam angedeutet zu haben, was er zu thun hätte.

49.

Den folgenden Morgen ließen sich mehrere der be=
deutendsten Mitglieder der Familie Hagen bei der Ma=
jorin, die von ihrer Absicht unterrichtet war, ansagen;
und da sie diese nicht mit vorher melden ließen, so
glaubte Albertine sich nichts zu vergeben, wenn sie sie
annähme. Ihr Herz klopfte ungestüm, als sie sich nun
dem Ziele so nahe sah, zu welchem die Schleichwege
der List und Verstellung sie geführt. Unruhig ging sie
im Zimmer umher, sich es tausendmal wiederholend, was
sie dem Grafen sagen, wie sie ihn beschämen, demüthigen,
niederschlagen wolle. Es schien, als finde ihr Herz ein
eigenthümliches Vergnügen darin, sich selbst weh zu
thun, so wie man oft besonders geneigt ist, eine wunde
Stelle durch allerlei Verletzungen aufzureizen. Ge=
schäftig bereitete sie alles vor, ihren Triumph zu ver=
herrlichen. Einige Bekannte, die ihr eine Morgenvisite
zu machen kamen, bat sie, ihr heute Abend bei einem
langweiligen, steifen Besuch, den sie erwarte, beizustehen;
auch zu einigen Freundinnen schickte sie, und ließ sie
unter verschiedenem Vorwand einladen. Sie betrieb
indessen diese Angelegenheiten mit quälender Herzens=
angst, und als sie unerwartet Eschen zu sich eintreten

sah, befiel sie plötzlich eine Ahnung, daß bei ihrem
Vorhaben ein Beschützer ihr nöthig werden könne.

Auf Eschen's Gesicht lag eine sanfte Trauer, die
Albertine nicht an ihm gewohnt war. „Was haben
Sie?" fragte sie theilnehmend. — Zögernd antwortete
er: „Ich komme von Waldau. Der Anblick des Un=
glücklichen hat mich schmerzlich aufgeregt, und mir trübe
Bilder vor die Seele geführt." — „Auch ich beklage
ihn", versetzte sie, „aber Sie, Eschen, dürfen es nicht
ohne mich zu kränken." —

Er sah sie mit einem Blicke an, aus welchem der
Schimmer einer süßen Hoffnung leuchtete; nach einer
kleinen Pause aber erwiderte er: „Das Herz, mein
Fräulein, ist enger als das meine, das neben einem
mächtigeren Gefühle nicht auch noch Raum für die
Freundschaft hat."

Die Unterredung ging mit leisen Schritten vorwärts,
bis sie ihr Ziel erreichte. Waldau's Zurückweisung,
Albertinens Erklärung, daß sie Hagen nicht liebe, ihre
gütigere und befangenere Stimmung flößten ihm Muth
ein. Nach einer Stunde nannte Albertine, von Eschen's
Armen zärtlich umfaßt, ihn ihren Geliebten, ihren

Bräutigam, und erfreute sich des feurigern Ausbrucks
einer Liebe, die nur stolze Bescheidenheit in den
Schranken einer ehrfurchtsvollen Ergebenheit gehalten
zu haben schien. Nachdem sie eine Weile wohlgefällig
angehört, wie er sich den Glücklichsten der Sterblichen
nannte, wie er ihr die ängstlichen Zweifel schilberte,
in denen er bisher gelebt, nahm sie Gelegenheit von
dem zu sprechen, was nothwendig berichtigt werden
mußte. Er fand sich willig inskünftige sich Eschen=Horneck
zu nennen, und theilte ihr, auf ihr Befragen, obwol
er anfänglich meinte, er habe jetzt nicht Zeit daran zu
denken, seine Pläne für die Zukunft mit. Seine
kühnen Entwürfe ließen auf einen großen Ehrgeiz
schließen, aber es schien ihn ebenso sehr der Wunsch,
dem Staate nützlich zu sein, als Sorge für den Vor=
theil seiner Person zu leiten. Schon früher hatte Al=
bertine erfahren, daß nur seine Armuth ihn hindere, einen
wichtigen Gesandtschaftsposten zu bekleiden, zu dem seine
ungewöhnlichen Geistesgaben ihn fähiger als irgendjemand
machten. „Ich freue mich", sagte sie lächelnd, als sie
es nun von ihm selbst hörte, „auch meinerseits dem
Vaterlande einen Dienst leisten zu können." — Er

küßte ihr zärtlich die Hand, und sie beschied ihn auf den Abend wieder zu sich, ihn der Majorin als ihren Bräutigam vorzustellen.

Als er zur bestimmten Stunde kam, machte diese, welche die Hagens erwartete, ein ziemlich langes Gesicht. Da sie aber keinen Augenblick zweifelte, der Graf werde das Jawort erhalten, so war sie eben nicht unzufrieden, als sich zufällig, wie sie meinte, mehrere Freunde einstellten. Die Familie aber, die voraussetzte, man wüßte warum sie käme, schien einigermaßen verwundert, Gesellschaft zu finden. Das Gespräch schlich steif und gezwungen eine Zeit lang fort. Eschen war nicht wenig erstaunt über die allgemeine Verlegenheit. Der Graf selbst war der einzige Unbefangene. Seines Sieges gewiß, konnte es ihm nur schmeicheln, mehrere Zeugen seines Triumphs zu haben. Er ließ sich auch durch Albertinens frostigen Empfang nicht irre machen, nahte sich ihr zuversichtlich und küßte ihr mit einem Blicke die Hand, durch dessen Zärtlichkeit er den letzten Rest jungfräulicher Sprödigkeit zu verscheuchen hoffte. Es ward ihm nicht schwer, eine Pause im Gespräch zu seiner Absicht zu benutzen. Ohne Verlegenheit stand er

auf, trat auf Albertinen zu, und begann mit einem An=
stand, dessen Leichtigkeit die Feierlichkeit des Augenblicks
milderte, und mit einer Stimme, in welche er all die
Süßigkeit legte, deren sie fähig war: „Ich wäre zu
glücklich, schöne Albertine, wenn ich mir schmeicheln
dürfte, Ihr Herz ahne, was mich heute in so ehr=
würdiger Begleitung zu Ihnen führt. Die grausamen
Zweifel sind es, die Sie bisher den Betheuerungen
meiner Liebe entgegengesetzt. Leider muß ich gestehen,
daß ich sie mir selbst durch einen Leichtsinn zugezogen,
von dessen ganzer Strafwürdigkeit das Mistrauen, das
Sie in mein Wort setzen, mich überzeugt. Sie werden
die Bürgschaft achtungswerther Personen, mit denen
verwandt zu sein ich mir zur größten Ehre rechne,
nicht verschmähen. Erlauben Sie mir also, mein theures
Fräulein, Sie heute in Gegenwart dieser Damen und
Herren zu bitten, mich zum Glücklichsten der Erde zu
machen, und der Versicherung Glauben zu schenken, daß
ich mich durch die pünktlichste Treue und unumschränkte
Verehrung Ihrer würdig zu machen suchen werde!"

Während er sprach, hatte sich Albertine alles zurück=
gerufen, was ihr heute morgen ihr beleidigtes Herz

eingegeben, und sich mit einer so wegwerfenden Kälte
von ihm gewendet, daß die ganze Verwegenheit des
Grafen dazu gehörte, nicht aus der Fassung zu kommen.
Eben war sie im Begriff zu antworten, als der alte
Graf Hagen, der erste Minister des Landes, sich erhob,
die Worte seines Neffen auf eine schmeichelhafte Weise
bestätigte, und ihr versicherte, die Familie sei stolz
darauf, sie aufzunehmen, und verspreche sich die vor=
theilhaftesten Wirkungen ihrer Schönheit und Tugend.
Die Scheu seines Vetters vor einer ernsthaften Ver=
bindung sei bisher das einzige gewesen, das man an
ihm habe aussetzen können, denn er sei anerkannt einer
der bravsten Offiziere der Armee und der beste Cava=
lier von der Welt; dann fügte er noch einige Worte
hinzu, durch die er ihr auf versteckte Weise zu verstehen
gab, daß auch sie es sich zur Ehre rechnen müsse, einer
Familie, wie der seinen, anzugehören.

Albertine hörte ihn mit gesenkten Augen und achtungs=
vollem Schweigen an. Dann antwortete sie mit einem
ernsten und entschlossenen Tone: „Kein Zweifel, Herr
Graf, daß mich die Verwandtschaft mit einem der an=
gesehensten und ältesten Häuser des Landes ehren würde.

Vergönnen Sie mir, Ihnen für jetzt nur mit der Ver=
sicherung meines Dankes für Ihre gütige Gesinnung
gegen mich zu antworten und mich in Hinsicht der
Hauptsache an Ihren Herrn Neffen selbst zu wenden.
Ihnen, mein Herr!" fuhr sie mit stolzer Strenge zu
diesem gewendet fort, „will ich nicht bergen, daß die
Verwegenheit, mit der Sie sowol mich als diese ehr=
würdige Versammlung in die peinlichste Verlegenheit
setzen, mich auf das äußerste befremdet. Erinnern Sie
sich, daß es keineswegs Zweifel in die Lauterkeit Ihrer
Absichten allein waren, was mich bewog, Ihre tausend=
mal wiederholten Anträge zurückzuweisen; daß ich Ihnen
ebenso oft gesagt, daß meine Grundsätze mir durchaus
verböten, einem Mann geneigt zu sein, der es sich zum
Geschäft macht, die heiligsten Gesetze der Tugend mit
Füßen zu treten. Diesen Grundsätzen zu folgen bin
ich fest entschlossen, und ich rechne mir dies um so
weniger als Verdienst an, als sie vollkommen mit meinem
Herzen übereinstimmen, auf dessen Antrieb ich mich
heute Morgen mit Herrn von Eschen verlobt." — So
sprach sie, und trat, des Freundes Hand ergreifend,
zu ihm.

Wenn ein Blitzstrahl aus heiterer Luft niederfährt,
so kann er keine größere Bestürzung verursachen, als
Albertinens letzte Worte. Der Mann, dem es nie an
Ausdrücken gefehlt, wenn er ein Herz betrügen wollte,
den noch kein unerwartetes Hinderniß aus der Fassung
gebracht, der noch nie einen beleidigenden Blick unge=
straft empfangen — derselbe Mann stand jetzt bleich,
athemlos, ohnmächtig zur Rache, durch die Verachtung
eines schwachen Mädchens vernichtet. Die Familie erhob
sich schnell. Der Minister sagte, indem er seinen Zorn
zu verbergen suchte: „Ei ei, mein Neffe, waren Sie
Ihrer Sache nicht gewisser?" Auch die Damen erlaubten
sich einige Vorwürfe; Hagen stand wie vom Donner ge=
rührt. Albertinens glänzende Augen sprachen einen
stolzen Triumph aus. Seit lange hatte ihr Herz nicht
so frei und glücklich geschlagen, als in diesem Augenblick
der Rache. Sie weidete sich an seiner Bestürzung und
fühlte sich gehoben durch den Sieg über eine Schwäche,
deren Bewußtsein sie niederdrückte. Alle, sagte sie für sich,
die er einst bezaubert, sollten ihn so sehen! Wie den Mann
mit dem Gefühl seiner Allmacht plötzlich alle Anmuth ver=
lassen; wie seine schönen Züge die Beschämung entstellt!

Plötzlich aber färbte des jungen Mannes Gesicht
sich mit dunkelm Roth und er faßte sich so weit, sagen
zu können: „In der That, mein Oheim, ich habe einen
andern Ausgang erwartet. Vergeben Sie mir, meine
Damen! Ich glaubte mich durch Fräulein Horneck's
Betragen zu andern Erwartungen berechtigt." — „Ich
weiß, Herr Graf", fiel Albertine mit Hohn ein, „wie
gern Sie sich Hoffnungen überlassen, die sich auf das
Bewußtsein Ihrer Unwiderstehlichkeit gründen. Ich bin
nicht gesonnen, diesen Grund zu befestigen. Von heute
an werden Sie sich wol nach einem andern Boden umsehen müssen, wenn Ihre Entwürfe gedeihen sollen." —
„Wie dem auch sei", versetzte der Graf, indem er sich
vollkommen gesammelt hatte, „ich wünsche Ihnen Glück,
Herr von Eschen! sagte ich es Ihnen nicht zuvor, Sie
würden mit Ihren bedächtigen Schritten eher ans Ziel
gelangen, als ich mit meinen Flügeln? Nun, wir
bleiben Freunde!" fuhr er fort, indem er jenem die
Hand schüttelte, der verlegen dastand. Darauf bot er
einer seiner Tanten den Arm und verließ, sich flüchtig
verbeugend, das Zimmer. Der Minister und die Uebri-
gen folgten.

Als sie fort waren, bemerkte Albertine erst die Un=
zufriedenheit auf Eschen's Stirn. Sie bemühte sich
zärtlich um ihn, und er ward es kaum gewahr, als er
eine heitere Miene annahm, indessen blieb ihm den gan=
zen Abend eine gewisse Zerstreuung. Deutlicher zeigte
die Majorin ihren Unmuth. Nachdem sie Albertinen
auf eine steife Weise gratulirt, zog sie sich unter dem
Vorwand einer Unpäßlichkeit in ihr Cabinet zurück.

Auch die Freunde entfernten sich, nachdem sie sich
eine Weile an Hagen's Bestürzung belustigt, ohne Al=
bertinen merken zu lassen, wie sehr sie den Uebermuth
ihres Betragens misbilligten. Als später auch Eschen
ihnen gefolgt, und Albertine allein war, hatte sie nicht Zeit,
über den Verlauf dieses wichtigen Tages nachzudenken,
so ganz nahm sie das süße Gefühl befriedigter Rache ein.
Ohne Aufhören wiederholte sie sich die Scene, in der
sie den Stolzen zu Boden geschmettert, und pries sich
glücklich, ihr mishandeltes Geschlecht gerächt zu haben.
Nur bisweilen störte sie der Gedanke an Eschen's Mis=
billigung.

Von dieser war übrigens nichts mehr zu spüren,
als er sie den folgenden Tag besuchte. Nach einiger

Zeit erfuhr sie, was ihn damals beunruhigt. Der alte Graf Hagen hatte einen besondern Einfluß auf die Besetzung der Stelle, um die sich Eschen bewarb. Nach jenem Auftritt wurden ihm unvermerkt bedeutende Hindernisse in den Weg gelegt, und er sah sich genöthigt, sich um die Gunst eines andern wichtigen Mannes zu bemühen. Er wählte dazu Mittel, die seiner Braut eben nicht gefielen. Der alte Mann hatte eine junge Freundin, die ihn ganz beherrschte. Diese, eitel und niedrig gesinnt, war nach Eschen's Meinung nur durch Geschenke zu gewinnen. Albertine, sich bewußt, ihn um Hagen's Schutz gebracht zu haben, und ihre Unzufriedenheit beschwichtigend, indem sie sich beredete, Eschen kenne die Welt besser als sie, fand sich willig, ihm bedeutende Summen anzuweisen, die zu einem kostbaren Shawl und einem prächtigen Schmuck angewendet werden sollten. „Was mein ist, sei auch sein!" sagte sie, aber eine geheime Stimme flüsterte ihr zu, Georg würde solche Mittel verschmäht haben. Sie wünschte indessen selbst lebhaft das Gelingen von Eschen's Plan, damit die Heirath beschleunigt werde und sie eine Stadt verlassen könne, wo sie sich seit kurzem unbeschreiblich unwohl fühlte.

Ihre Absicht, den Grafen zu demüthigen, war nur
allzu gut gelungen. Wie ein Lauffeuer ging das Gerücht
von seiner Abfertigung in der Stadt umher; allein Albertine hatte sich geirrt, wenn sie sich, in der Voraus-
setzung, nicht ihr tugendhaftes Herz allein werde von
des Grafen Uebermuth empört, mit allgemeinem Beifall schmeichelte. Man ergötzte sich an der Scene; allein
die Männer sind zu sehr von den Vorrechten, die ihnen
die Natur zugetheilt, durchdrungen, und halten zu sehr
zusammen, um nicht in einem bedeutenden Individuum
ihr ganzes Geschlecht beleidigt zu finden; die Frauen
aber, fühlen sich, ihrer Schwäche bewußt, durch die
Stärke einer Andern zu sehr beschämt, als daß sie nicht
die Gelegenheit begierig ergreifen sollten, Principien der
Moral, der Sanftmuth, der Bescheidenheit an den Tag
zu legen. Dessenungeachtet konnte der Graf häufigen
Neckereien nicht entgehen, welche die Flamme des Zorns
nur immer mehr anbliesen und den Stachel der Beleidigung nur immer tiefer in eine Brust drückten, die
nach Rache lechzte. Er schwor sich, alles daranzusetzen,
Albertinens Stolz auf das empfindlichste zu kränken,
und die Erinnerung ihrer ehemaligen Schwachheit, die

sie in ewige Vergessenheit begraben glaubte, kam ihm zu
Hülfe. Es gehörte Albertinens Unerfahrenheit dazu, sich
einzubilden, ein Mann, vertraut mit allen Schwächen
und Verirrungen weiblicher Herzen, könne die Lei=
denschaft eines sechzehnjährigen Mädchens übersehen,
die ihn selbst zum Gegenstand hatte. Wenn er sie früher
nicht bemerken wollte, so war es nur, weil ihm Alber=
tine eines Liebesabenteuers nicht werth schien. Desto
besser sollte ihm die Erinnerung dienen. Er begann
damit, das Fräulein in öffentlichen Gesellschaften förm=
lich zu verfolgen und sie durch seine bloße Gegenwart
zu beleidigen. Er war immer in ihrer Nähe, ohne die
mindeste Notiz von ihr zu nehmen, pfiff, sang dicht
neben ihr, oder starrte sie lange an, flüsterte dann
seinem Nachbar etwas zu und lachte überlaut. Die
Arme gerieth in die peinlichste Bestürzung; sie mied ihn
so sehr, als er sich an sie drängte, und wußte nicht, ob
es sie verdrießen oder freuen sollte, daß Eschen dafür
taub und blind zu sein schien; daß er den Grafen immer
mit großer Höflichkeit behandelte, und gerade immer
im angelegentlichsten Gespräch verwickelt war, wenn je=
ner am ungezogensten wurde.

Aus Furcht, endlich einen eclatanten Auftritt herbei=
zuführen, fing sie an sich immer mehr zurückzuziehen.
Eschen bestärkte sie darin und suchte ihr durch seine
geistreichen Unterhaltungen die ungewohnte Einsamkeit
erträglich zu machen. Da er aber sehr viel zu thun
hatte, alles in Bewegung zu setzen, was seinen Zwecken
behülflich sein konnte, ja sich sogar genöthigt sah, einige=
mal mehrere Tage auf dem Gute der Geliebten seines
Beschützers, die Geschmack an ihm gewonnen, zuzubrin=
gen, so blieb Albertinen Zeit genug übrig, sich den
trübsten Betrachtungen und den schmerzlichsten Ahnun=
gen zu überlassen.

Einst, als eben Eschen auch abwesend war, führte
der Graf mit boshafter List in einer Gesellschaft junger
Männer das Gespräch auf Albertinen und äußerte sich
nach mancherlei Hin= und Herreden ungefähr auf fol=
gende Art: „Um billig zu sein, kann ich's der schönen
Albertine nicht verdenken, daß sie mich ein wenig dafür
haßt, daß ich ihr vor ein paar Jahren die reizende
Leonore vorzog. Ich habe, wie man zur Genüge weiß,
eben kein hartes Herz, und getraue mich allenfalls es
mit zwei Schönen auf einmal aufzunehmen, selbst wenn

sie unter Einem Dache wohnen; aber die Kleine war
damals ein wahres Nachtgespenst, bleich, hager und verdammt eifersüchtig. Alles das machte mir wenig Lust
zu einem doppelten Abenteuer. Das arme Kind dauerte
mich indessen. Sie wußte sich gar nicht zu verstellen.
Jeder Kuß Leonorens kostete ihr eine Thräne, und um
sie nur nicht ausbrechen zu lassen, mußte ich sie von
Zeit zu Zeit durch ein schmeichelndes Wörtchen beruhigen.
Aber weiter zu gehen konnte ich mich doch nicht entschließen.“ — Und nun folgten Beweise, Anekdoten,
Erklärungen, die den Zuhörern eine frivole Lust ver-
ursachten, wenn auch die Mehrzahl im Herzen den
Grafen tadelte. Noch selbigen Abend erzählten die
Männer es ihren Frauen, Freundinnen, Schwestern
wieder; und ehe der folgende Tag um war, wußte die
halbe Stadt die Ursache von Albertinens Haß gegen
den Grafen, den dritten aber war schon alles zu den
Ohren des Fräuleins gelangt.

Diese Beleidigung setzte sie in einen solchen Zorn,
daß sie sich selbst nicht mehr kannte, laut weinte, die
Hände rang, den Bösewicht verwünschte und durchaus
unfähig blieb, einen andern Gedanken zu fassen. Be-

schämung, Schmerz, Wuth und das Gefühl ihrer Ohnmacht stritten um ihr Herz; nur die Sehnsucht nach
Rache wich nicht daraus. „Wenn nur Eschen käme",
seufzte sie zwanzigmal, und endlich kam er.

Ohne zu bedenken was sie that, stürzte sie ihm entgegen und erzählte ihm unter heißen Thränen, unter
heftigen Verwünschungen Hagen's, wie sie mißhandelt sei.

Finster hörte er sie an: „Ich verdenke es Ihnen
sehr", sagte er kalt, „daß Sie dem Geschwätz müßiger
Kaffeeschwestern Gehör geben." — „Wie", rief sie erschrocken; „diese Gleichgültigkeit bei meinen Thränen!
Ein Geschwätz! Zu sehr nur überzeugt mich von der
Wahrheit desselben das schmählich beleidigende Betragen, dessen sich der Elende seit lange gegen mich erfrecht." — „Ich hatte stets die Ehre, Ihr Begleiter zu
sein", versetzte Eschen, „mich würde jede Beleidigung
am empfindlichsten getroffen haben." — „Allerdings",
erwiderte Albertine mit einiger Bitterkeit, „hätten Sie
es bemerken müssen, hätten Sie sich nicht immer in
so tiefsinnige Gespräche verwickelt." — „Das Bewußtsein, ihn beleidigt zu haben, täuscht Sie", sagte jener. —
„Nicht meine Liebe zu Ihnen", antwortete sie gekränkt,

„berechtigt Sie, mir dies vorzuwerfen." — „Es war
keineswegs meine Absicht", entgegnete der Bräutigam,
„als Sie jenen unbesonnenen Schritt thaten, waren Sie
vollkommen Herrin Ihrer Handlungen." — „Daß ich es
nicht mehr bin", erwiderte sie, „ist die Folge einer Wahl,
die Sie gewiß nicht die Absicht haben, mich bereuen zu
lassen. Ich habe bis jetzt meine Freude und meinen
Stolz darein gesetzt, meine Wünsche den Ihrigen zu un-
terwerfen, aber ich hätte in der That mehr Gefälligkeit gegen die meinen bei Ihnen vorausgesetzt."

„Was verlangen Sie von mir?" fragte er düster. —
„Rechtfertigung meiner Ehre!" antwortete sie entschlossen.
— „In der That", versetzte er bitter, „ich weiß nichts
Unweiblicheres als das Anstiften eines Zweikampfs."
— „Und ich nichts Unmännlicheres als das Vermeiden
desselben." — „Was die Ehre anbelangt, so erlaube ich
niemand, mir Rath zu geben, mein Fräulein! die Ge-
setze derselben sind mir ins Herz gegraben." — „Erlauben
Sie mir daran zu zweifeln, mein Herr, bis Sie mir
den einzig möglichen Beweis davon gegeben." —
„Wohlan", sagte er nach einer kurzen Pause; „daß ich
nicht für mein Leben zittre, verschmähe ich zu erwähnen.

Aber ich kann es nicht leugnen, es verdrießt mich, die
Früchte einer mühseligen Arbeit der Befriedigung Ihrer
ungroßmüthigen Eigenliebe aufzuopfern. Denn jetzt eben,
da der günstigste Erfolg meine mehrjährigen Bemühun-
gen krönen soll, seh' ich mich genöthigt alles fahren zu
lassen, da ein Zweikampf mit einem so mächtigen Gegner
mir nicht erlaubt im Lande zu bleiben." — „Wissen
Sie", antwortete Albertine etwas kleinlaut, „ein anderes
Mittel die Sache beizulegen, so reden Sie, nur sei es
eins, durch welches ich nicht ausgesetzt werde." — „Sie
haben nicht nöthig mich daran zu erinnern", erwiderte
er. „Hat Hagen Sie wirklich beleidigt, so bin ich bereit Sie zu rächen. Unmöglich aber können Sie verlangen, daß ich ihm, auf ein abgeschmacktes Geklätsch
hin, eine Ausforderung zuschicken soll. Erst muß ich
wissen, ob überhaupt etwas an der Sache ist." — „Und
wie wollen Sie das erfahren?" — „Durch den Grafen
selbst. Er ist ein Mann ohne Sitten, aber von Ehre.
Er wird mir die Wahrheit nicht verleugnen. Sind Sie
dies zufrieden?" — „Folgen Sie Ihren Einsichten!"

Eschen setzte sich darauf an den Schreibtisch. Sie
hörte ihn schreiben, ausstreichen, wieder schreiben. End-

lich war das Billet fertig. — „Wünschen Sie es zu
lesen?" fragte er, indem er zu erwarten schien, daß sie
es ablehnen würde. Gereizt langte sie danach und be=
griff nun, wie er hatte so lange daran zubringen können,
denn ein künstlicheres Gewebe von vorsichtigen Worten
konnte man nicht ausdenken. Wenn Hagen nicht selbst
einen Zweikampf wünschte (und daß dies nicht der
Fall sein werde, durfte sie voraussetzen, da die Welt
leicht glauben konnte, er sei durch den Vorzug veran=
laßt, den sie dem Herrn von Eschen gegeben), so mußte
er ihn vermeiden; denn ohne sich selbst etwas zu ver=
geben, legte ihm der Briefsteller eine ehrenvolle Ent=
schuldigung in den Mund. Albertine legte das Blatt
schweigend hin. Eschen schien ihre Miene nicht zu be=
merken, siegelte es ein und schickte es auf der Stelle
zum Grafen.

Darauf setzte er sich zu ihr und unterhielt sie mit
gezwungener Unbefangenheit. Sie antwortete wenig
und saß, den Kopf in die Hände gestützt, gramvoll da.

Der Bediente kam zurück, und meldete, der Graf
sei heute Morgen verreist, und werde erst in acht Tagen
zurückerwartet. Er habe unterdessen den Brief dem

Portier hinterlassen. Eschen bemühte sich vergebens,
seine Freude Albertinen zu verbergen. Binnen acht
Tagen hoffte er im Besitz der bewußten Stelle zu sein.
Es lag ihm alles daran Zeit zu gewinnen. Dessenun=
geachtet äußerte er Verdruß, die Sache nicht gleich zu
Ende bringen zu können. Albertine sah vor sich nieder
und schwieg. Waldau's Bild drängte sich vor ihre
Seele und eine bange Ahnung durchzuckte sie.

Der treue Freund, den sie in einer unglücklichen
Stunde von sich gestoßen, hatte, seit er den geliebten
Mund es hatte aussprechen hören, daß er nicht mehr
hoffen solle, in der tiefsten Einsamkeit gelebt. Die
Nachricht von Albertinens Verlöbniß kam daher erst
spät zu seinen Ohren, und ward ihm ohne gehässige
Bemerkungen hinterbracht, da er keinen Tadel der Ge=
liebten ertragen konnte. Es kümmerte ihn wenig, wie
sie den Uebermüthigen abgewiesen, genug, daß sie es
gethan; als Eschen's Braut betrachtete er sie schon seit
jenem Morgen. Einer schmerzlichen Apathie hingegeben,
riß ihn das Gerücht von Hagen's Frechheit empor.
Sei es nun, daß die Möglichkeit, jener habe wahr ge=
sprochen, oder daß ihn die Verleumdung am meisten

empörte, er gerieth in einen ungestümen Zorn und ging
auf der Stelle zu dem Grafen. Er forderte stürmisch
Widerruf. Der Graf verweigerte ihn kalt. Waldau
nannte ihn einen Lügner. Der Graf forderte ihn auf
Pistolen. Es ward verabredet, morgenden Tags in
ein benachbartes Grenzdorf zu reiten, wo in einem Ge=
hölz dergleichen Ehrensachen abgemacht zu werden pfleg=
ten. Dies war der Tag, an welchem Eschen von seiner
Reise zurückkehrte.

Waldau und Hagen waren beide gleich gute Schützen.
Aber der Graf war ohne persönliche Erbitterung, und
in Waldau tobte ein gerechter Haß. Der Graf wollte
Waldau nicht tödten, Waldau lechzte nach seinem Blute.
Der Himmel lenkte des Grafen und lenkte Georg's
Kugel. Waldau streifte den Grafen leicht, und der
Graf schoß ihn mitten durch die Brust.

Bewußtlos sank er nieder. Der Arzt, die Secun=
danten, die Diener suchten ihn lange umsonst in das
Leben zurückzurufen; am eifrigsten zeigte sich Hagen,
ihm alle Bequemlichkeiten zu verschaffen, deren ein
Kranker bedarf, denn dies hielt er seiner Ehre gemäß.
Als Georg endlich einen Augenblick zu sich kam, ver=

langte er bringend, in die Residenz gebracht zu werden.
Umsonst stellte ihm der Arzt vor, daß die Reise ihm
lebensgefährlich werden, und der Graf, daß im Fall er
genese, er dort der Strafe nicht entgehen könne. Er
lächelte wehmüthig. „Lebensgefährlich?" sagte er matt.
„Ich weiß, daß ich sterben muß. Ich fühle es. So
will ich's denn unter den Meinen, in Ihrer Nähe!
Sie, Graf, denken Sie an Ihre eigene Sicherheit.
Mein Tod überzeugt mich nicht von der Wahrheit
Ihrer Worte. Ein anderer Rächer wird aufstehen ge=
gen Sie! O der Glückliche", fuhr er tief seufzend fort,
„er allein soll alles für sie thun, denn sie liebt ihn!"

Der Graf erwiderte finster: „Sprechen Sie anders,
Herr von Waldau, Sie sind ein Sterbender, ich kann
es Ihnen nicht mehr beweisen, daß ich die Wahrheit ge=
sprochen." — „Wie dem auch sei", antwortete Waldau
schwach, „meinen Tod verzeihe ich Ihnen von Herzen;
nicht aber, daß Sie sie hassen konnten!"

Darauf wiederholte er, daß er in die Stadt wolle,
und drang in den Grafen, für seine Sicherheit zu
sorgen. Er hielt den Mann einer harten Strafe
würdig, aber er wollte nicht, daß er sie seinetwegen

erleide, wie gerade die Besten lieber edelmüthig sind als gerecht.

Albertine war zu einer kranken Freundin gegangen, und stand eben, während diese mit dem Arzt sprach, traurig am Fenster, als ein Reisewagen dumpf und langsam vorüberrollte. Ein Blick und sie erkannte Georg, bleich, kraftlos, und in Kissen gehüllt. Er= schrocken fuhr sie zurück und indem sie sich wendete, hörte sie den Doctor leise sagen: „Wissen Sie wol, daß sich Waldau gestern mit Hagen geschossen? der Hor= neck wegen. Es wird Aufsehen machen. Ich bin un= ruhig zu erfahren, wie es abgelaufen.“ — „Heiliger Gott!“ rief Albertine entsetzt, „ich, ich weiß es, für mich! Was sagen Sie! Für mich stirbt er!“ Die Kranke fuhr zusammen, der Arzt war äußerst bestürzt.

„Wer sagt Ihnen, daß er stirbt?“ unterbrach er sie; „eine Streifwunde, die in ein paar Wochen heilt.“ — „O“, sagte sie jammernd, „habe ich nicht seine geister= bleichen Wangen gesehen, das gebrochene Auge, den sterbenden Blick, der mir zurief: Elende, du bist meine Mörderin!“ — Der Arzt sah sie verwirrt an. Er glaubte, sie rede im Fieber, und bat sie liebreich zu sich

zu kommen. Indem aber trat ein Dienstmärchen herein,
und bat, der Doctor möchte gleich zu Waldaus kommen,
der junge Herr sei eben sterbenskrank angekommen. Er
starrte Albertinen an, wie eine Seherin, und ging rasch
aus dem Zimmer. Die Unglückliche folgte ihm. „Nehmen
Sie mich mit", flehte sie, „o nehmen Sie mich mit! Ich
will ihn bitten, mich nicht im Tode zu hassen, ich will
die Mutter beschwören, mir nicht zu fluchen!"

Aber sogleich fuhr sie wieder vor ihrem Vorsatz
zurück. „Ich ihn sehen!" rief sie; „mein Anblick würde
ihn tödten. Retten Sie ihn, o retten Sie ihn", seufzte
sie noch, als der gute Doctor längst fort war.

Man brachte sie endlich in ihrem Wagen nach Hause,
wo sie einen Tag voll Qual zubrachte. Eschen wollte
sie durchaus nicht sehen, obwol er mehrere mal kam, sich
nach ihrem Befinden zu erkundigen. Den Abend er=
schien der Arzt endlich, sie hatte alle halben Stunden
zu ihm geschickt; zu Waldaus selbst Boten zu senden,
getraute sie sich nicht. Er bemühte sich sie aufzurichten,
aber seine eigene Niedergeschlagenheit raubte ihr den
letzten Rest von Hoffnung. Die Nacht schlich ihr da=
hin wie einer Verbrecherin, und bleich, thränenlos saß

sie am frühen Morgen, vor sich hinstarrend da, als sich
leise die Thür öffnete und Mariane, Georg's älteste
Schwester, mit rothgeweinten Augen hereintrat. Alber=
tine fuhr empor. „Was wollen Sie", rief sie entsetzt,
„kommen Sie mich zur Rede zu stellen?" — „Ich
komme", erwiderte jene weinend, „Sie um die letzte
Gefälligkeit für einen Sterbenden zu ersuchen. Mein
armer Bruder sehnt sich, Sie noch einmal zu sehen.
Er kann nicht sterben ohne das, sagt er. Enden Sie
sein Leiden! Wollen Sie?" — „Ob ich will?" sprach
Albertine bebend. „O du Engel der Barmherzigkeit,
kommst du, mich emporzuheben aus dem Staube?" —
„So kommen Sie", sagte das Fräulein, „ehe es zu
spät ist." — „Zu spät, Gott, was sagst du! Komm,
komm", rief Albertine und stürzte zur Thür hinaus,
über die Straße, daß Mariane ihr kaum folgen konnte.
Als sie aber das Trauerhaus betrat, brach ihre Kraft.
Sie mußte sich niedersetzen auf die Stufen und so innig=
lich weinen, daß das Fräulein voll Angst ihre Mutter rief.

Die Präsidentin kam und hob sie sanft auf. „Gott",
rief Albertine, „Sie hassen mich nicht?" — „Sollt' ich
Sie hassen, weil mein bedauernswerther Sohn sie liebt?"

antwortete sie sanft. — „Himmlische Güte!" seufzte die Weinende. — „Ich danke Ihnen, daß Sie gekommen sind", fuhr jene fort, „fassen, sammeln Sie sich jetzt, daß Ihr Anblick ihn nicht mehr erschrecke als erfreue!" Damit führte sie die Zitternde in ein verhängtes Gemach und bedeutete sie in einiger Entfernung stehen zu bleiben.

„Georg", sagte sie, an das Krankenbett tretend, „Albertine ist gekommen. Wünschest du noch sie zu sehen?" — „O wo ist sie?" fragte er mit matter Stimme. Die Präsidentin winkte ihr. Sie stand bebend, die schönen Wangen mit heißen Thränen benetzt vor ihm, als er halb bewußtlos noch immer fragte: „Wo ist sie? Ich sehe sie nicht. Verschmäht sie es zu mir zu kommen? Zürnt sie mit mir, daß ich dem Geliebten ihres Herzens vorgriff?" — Albertine beugte sich dicht zu ihm nieder und sah ihm schmerzlich in das halberloschene Auge. Plötzlich erkannte er sie, riß sich gewaltsam empor, und schlug den Arm um ihren Leib. Fest, inbrünstig, drückte er sie an das immer matter schlagende Herz, küßte die Weinende heftig, bis die Kraft brach und er in eine tiefe Ohnmacht sank.

Als er erwachte und die Geliebte an seinem Lager

fitzen fah, fagte er: „Wie ift mir? Ich habe nicht ge-
träumt! Sie find es wirklich! Ich habe Sie in diefen
Armen gehalten! O, es ift graufam, mich im Tode
die ganze Süßigkeit des Lebens kennen zu lehren! O,
fehr graufam", fügte er, tief auffeufzend hinzu. „Sie
weinen, Albertine?" fuhr er fanft fort, als er fie um-
fonft nach Worten ringen fah. „So ift es, ach! mein
trauriges Los, Sie zu betrüben? Es ift gütig, daß Sie
gekommen find; o bleiben Sie bei mir, ich bitte Sie,
Efchen kann Ihnen nicht zürnen, daß Sie einem Sterbenden den letzten Troft nicht verweigert." — „Georg",
hob Albertine an, und ein unendlicher Schmerz riß
durch ihre Bruft, „Sie wiffen nicht, wie tief mein Herz
verwundet ift! Als eine rettungslos Unglückliche laffen
Sie mich zurück. O fagen Sie mir, fagen Sie mir,
daß Sie mir vergeben." — „Ich Ihnen vergeben",
rief Waldau, „Engel des Himmels!" — „O", fuhr fie
jammernd fort, „Ihr Herz, rein und groß, ahnt nicht,
welch eine Schuld auf meiner gedrückten Seele laftet.
Hören Sie mich!" — Aber er unterbrach fie mit krank-
hafter Haft: „Still, ftill, halten Sie ein! Rauben Sie
mir nicht das füße Bild, das mich beglückt!" — Schwei-

gend sank sie zurück und verbarg ihr bleiches Gesicht mit beiden Händen.

Darauf fing er an gefaßter von seinem Tode zu reden, dankte Aeltern und Schwestern liebevoll und bat sie um Verzeihung für den Kummer, den er ihnen bereitet. Als sie ihm weinend ihren Segen gaben, fuhr Albertine plötzlich empor: „O mein Freund", rief sie, „für mich flehen Sie um Vergebung! Thun Sie mir diesen letzten Liebesdienst. Bitten Sie Ihre Aeltern, Ihre Schwestern, daß sie Ihrer Mörderin nicht fluchen sollen!" — „Sie werden Sie lieben, meine Albertine!" sagte er mit brechender Stimme. „O meine Aeltern, vergönnt mir den Trost, nennt sie eure Tochter, daß noch einmal ein Strahl in die Nacht falle, die schon mich umdunkelt." — Albertine warf sich zu den Füßen des Greises, der trostlos am Sterbebette des einzigen Sohnes stand. Er hob sie auf, führte sie zu seiner Gattin; sie nannten sie weinend ihre Tochter, weil er es wünschte, vergaben ihr, und segneten sie. Er sah es mit dem Lächeln eines Verklärten, faßte nach Albertinens Hand, drückte sie mit letzter Kraft und verschied in den Armen seiner Mutter.

Acht Tage lang schloß die Unglückliche sich ein, nur
für Waldaus sichtbar, unvermögend Eschen zu sprechen.
Dieser war unterdessen zu dem Besitz jener Stelle gelangt und rüstete alles zur Hochzeit und Abreise. Vorher aber hatte er sich entschlossen, seine Braut zu
rächen, denn er sah, wie sehr die Welt es ihm verdachte, daß er dies Geschäft einem andern überlassen.
Albertine hörte davon und schrieb ihm, daß sie von ihren
Forderungen abstehe, ja sie bat ihn, als um eine Gefälligkeit, es zu unterlassen. Er antwortete ihr, wo die
Ehre gebiete, müsse jede andere Stimme schweigen.

Er schickte demnach dem Grafen, der sich in einem
benachbarten Badeorte aufhielt, eine schriftliche Ausforderung und beschied ihn nach jenem Grenzdorfe. Der
Graf, obwol in einen neuen Liebeshandel verwickelt,
säumte nicht sich einzustellen. Beide schonten einander;
sie verwundeten einander leicht. Der Graf reiste darauf
nach dem Bade zurück; nur interessanter durch die neue
Wunde, besiegte er die Schöne völlig, und einige andere
beiher. Eschen begab sich nach der Residenz. Er fuhr,
den Arm in der Binde, zu Albertinen, die ihn nach
langer Zeit zum ersten male annahm. Sie empfing

ihn mit ruhigem Anstand, ohne seine Wunde eines Blickes zu würdigen. Gelassen hörte sie ihn an, als er sie mit zärtlichen Worten bat, den Hochzeitstag zu bestimmen, und antwortete nach einer geringen Pause: „Herr von Eschen, ich bin Ihnen meine Hand schuldig und denke mein Wort zu halten, wenn Sie nicht selbst so edelmüthig sind, mich dessen zu entbinden. Hören Sie mich ohne Unterbrechung an!" — Darauf enthüllte sie ihm alles, was bisher in ihrer Brust vorgegangen, so wie sie es während ihrer Einsamkeit unter heißen Thränen hatte verstehen lernen. „Sie sehen", fügte sie hinzu, „ich habe Sie nie geliebt. Ich weiß, daß auch Sie mich nicht lieben. Wollen Sie nach dieser Erklärung mich noch zur Gattin, so reden Sie!"

Eschen hatte mehrere male umsonst versucht sie zu unterbrechen. Was sie ihm sagte, war ihm keineswegs ganz neu. Schon lange im Innersten gegen sie erbittert, war er doch gesonnen, eine so reiche, schöne und geistvolle Frau nicht fahren zu lassen. Er schwor ihr die Uneigennützigkeit seiner Liebe, nannte Zufall, was sie Schicksal nannte, und ließ nichts unversucht sie zu bewegen. Als sie ungerührt blieb, mahnte er sie endlich finster an ihr gegebenes Wort.

„Gut", sagte sie, „übermorgen sei unser Hochzeits=
tag. Ich will nicht eine neue Schuld auf meine Seele
laden, indem ich ein feierlich gegebenes Versprechen
eigenmächtig breche. Meine Hand soll Ihnen gehören,
auch ein Theil meines Vermögens. Sie wollten nie
mehr. Keine Gesetze der Erde können mich zwingen,
Ihnen mein Herz zu übergeben, der Sie nie eins für mich
hatten. Aber fürchten Sie nicht, daß Ihre Gemahlin
es einem andern Lebenden zuwenden werde; ach! es liegt
in einer tiefen Gruft versenkt und soll dort ewig liegen.
Ein Schatten wird Ihren Neid nicht reizen. Den Tag
nach der Hochzeit trennen wir uns. Keine Einwendung!
Ich bin fest entschlossen. Folgen Sie Ihrem Beruf, ich
will dem meinen folgen, und in tiefer Einsamkeit danach
ringen, den Willen des Himmels verstehen zu lernen."

Eschen verschwendete Vorstellungen, Bitten und Vor=
würfe an sie: sie blieb unerschütterlich. Endlich ver=
ließ er sie, in der Hoffnung, daß die Zeit ihre Stimmung
ändern werde. Sie aber setzte sich an den Schreibtisch, ent=
deckte Marien alles und fügte die traurigen Worte hinzu:

„Wollen Sie, meine Marie, noch einmal die Un=
glückliche bei sich aufnehmen, die auf der ganzen wei=

ten Erbe niemand hat als Sie? O, verstoßen Sie mich
nicht, strafen Sie mich nicht, mir mein einziges Gut,
Ihre Liebe entziehend. Das Schicksal hat mich schon
genug gestraft. Es schien mir einen Augenblick wohl
zu wollen, es stattete mich reichlich aus; wozu nun alle
diese Reichthümer, diese Blüte der Jugend, diese Ta=
lente? Können sie mir meinen köstlichsten Schatz, den
Frieden meiner Seele wiedergeben, um den ein einziger
Fehltritt, ein einziger Schritt über die Schranken der
Wahrheit, ein einziges Vergessen der Duldsamkeit, des
harten Loses unsers Geschlechts, mich gebracht?

„Eschen hat mich nie geliebt; er wollte meinen Reich=
thum und nahm die geringen Reize, die ich etwa be=
sitze, als eine nicht unwillkommene Zugabe mit in den
Kauf. Ich zürne ihm nicht darum. Auch ich habe ihn
getäuscht, indem ich mich selbst betrog. Auch ich habe
ihn nie geliebt. Nicht aus Neigung zog ich ihn Waldau
vor, nur weil sein feiges Zaudern meinem Plane be=
hülflich war. Ich bin aus einem furchtbaren Traume
erwacht. Endlich verstehe ich mein Herz. Nicht daß
es Hagen liebte, war sein Verbrechen. In der Liebe
gibt es keine Wahl, und es ergriff ein kräftiges

Mittel sich zu besiegen. Aber daß es in seiner grenzen=
losen Eigensucht so befangen war, daß es nur sich
selbst sah und hörte, daß es alles andere nur zu Werk=
zeugen gebrauchte, das ist's, dessen klage ich mich an!

„O nehmen Sie mich bei sich auf! Lassen Sie
mich eine Welt fliehen, wo es das traurige Los der
Schwäche ist, sich und die treue Liebe ins Verderben zu
ziehen, wo der Eigennutz siegt und das Laster trium=
phirt. «O, die Rache des Schicksals ist fürchterlich!»"

Verfehlte Bestimmung.

1820.

O das ist es eben, das ist ja eben der
Jammer des Lebens, daß so manche edle Men=
schen ihr Herz verschenken müssen an Mittel=
mäßige, weil gerade kein Anderer da
ist; und das einzige rechte Leiden der Welt ist
der Raum, sind die gedehnten starren
Meilen, die zwischen denen liegen, die allein
zusammengehören.

Fr. Horn.

Malwine, die Tochter eines berühmten deutschen
Gelehrten, war 24 Jahre alt geworden, ohne auch
nur einen Anflug dessen kennen gelernt zu haben, was
man gemeiniglich ausschließlich unter dem Namen Liebe
versteht. Ihre Neigungen waren zwischen einem zärt=
lichen Vater, einem kleinen Kreis trefflicher Freunde
und zwischen edeln Beschäftigungen getheilt, und sie
empfand oder schien wenigstens keine Spur von der
Leere zu empfinden, welche die Zufriedenheit, auch der
Bessern ihres Geschlechts, gewöhnlich zu stören pflegt,
wenn sie über die Zwanzig hinaus sind und ihr
Schicksal sich noch nicht fixirt hat. Eine heitere Be=

sonnenheit, wahrhafte Geistesbildung, gefällige Feinheit
im Umgange und ein warmes, treues Herz hatten ihr
die Achtung und Liebe aller, die sie näher kannten,
und nicht selten auch die Auszeichnung von Fremden
erworben. So schien ihr Herz befriedigt und ihr Blick
in die Zukunft mehr ihren Freunden gewidmet zu sein
als ihrem eigenen Glücke.

In einer solchen Seelenstimmung war sie, als ihr
Vater, der seit einiger Zeit kränkelte, dem Rathe des
Arztes folgend, mit ihr nach einem beliebten Badeorte
Schlesiens reiste. Eine zahlreiche Gesellschaft war hier
schon eine Zeit lang versammelt; da kündigte das Gerücht
einen jungen Grafen an, der zu einem der ersten
Häuser der polnischen Provinzen gehörte. Das Glück,
hieß es, habe ihn zum Liebling erkoren und ihn mit
allen Gaben ausgestattet, die Menschen liebenswerth
machen. Einige ältere Damen, welche ihn in Berlin
gesehen, meinten, er sei ein Urbild von männlicher
Schönheit; ihre Töchter rühmten ihn als den besten
Tänzer und erzählten Wunderdinge von seiner Bra=
vour. Mehrere Tage lang ward von nichts als von
ihm gesprochen, noch mehr aber an ihn gedacht, ja

einigen zärtlichen Müttern soll er sogar im Traume
erschienen sein.

Als er nun endlich selbst in den Saal trat, wo
die Gesellschaft zum Frühstück versammelt war, flogen
ihm so viele Blicke entgegen, daß Malwine und einige
andere bescheidene Mädchen erröthend die ihrigen weg=
wendeten und, einen kleinen Kreis bildend, ein gleich=
gültiges Gespräch anfingen. Malwine scheute diese
männlichen Schoskinder des Glücks und hegte die
Ueberzeugung, daß der gefeiertste Mann auch der
eitelste sei. Dieser Graf indessen schien ihre Erfah=
rungen widerlegen zu wollen; denn als er mit der
süßesten und wohllautendsten Stimme, die sie je gehört,
zu sprechen anhob, konnte sie nicht umhin, aufzusehen,
und nachdem sie ihn eine Weile aus der Ferne beob=
achtet, mußte sie gestehen, daß er ebenso bescheiden
scheine, als er schön sei. Er war den ihm bekannten
Damen zugeführt und bald in ein neckendes Gespräch
verwickelt. Ein alter Cavalier, der sich manchen un=
zarten Scherz zu erlauben pflegte, mischte sich hinein
und bot sich dem Ankömmling lachend zum Secun=
danten an, indem er hinzusetzte: „Es werde ohne

Zweikampf nicht abgehen, denn wenn schon sein bloßer
Ruf solchen Rumor in den Damenherzen gemacht, so
würde gar seine Erscheinung alle Ehemänner in Be=
wegung bringen." Die Verlegenheit, in welche diese
unbescheidenen Worte den jungen Mann setzten, klei=
dete ihn ungemein; Malwine betrachtete ihn mit Wohl=
gefallen, aber indem sie im Kreise umherjah, glaubte
sie auf den Gesichtern so vieler zu bemerken, daß ein
und derselbe Gegenstand die Phantasie aller beschäftige,
daß sie sich unmuthig wegwendete, verletzt von dieser
übertriebenen Erregbarkeit ihres Geschlechts. Sie
nahte sich dem alten Landrathe, der mit ihr zugleich
aus ihrer fernen Heimat gekommen; einem liebens=
würdigen gebildeten Greise, welcher sich gar gern mit
ihr zu unterhalten pflegte und jetzt lesend in einer
Ecke saß. Ueber seine Schulter gelehnt, fragte sie ihn
freundlich: ob auch für sie etwas darin stände? —
„Nichts, mein Töchterchen", antwortete der Alte, indem
er unmuthig das Buch auf den Tisch warf: „Sie sind
mir zu gut für diesen abgeschmackten Ritterspuk, diese
Phantasterei, die sich Poesie nennt, Sie, die Sie die
wahre in Ihrem jungfräulichen Herzen tragen!"

Malwine ergriff lächelnd das Buch, und ohne
nach Titel und Verfasser zu sehen, erkannte sie, als
sie, es aufschlagend, einige wenige Verse gelesen, einen
ihrer Lieblingsdichter an seinen Vorzügen und Mängeln.
„Ei, ei! mein werther Freund", sagte sie: „schelten
Sie mir nicht diese süße Mahnung an ein Zeitalter,
das uns Frauen vor allen andern theuer sein muß,
denn so hat kein anderes uns und die Liebe geehrt."

„Die Liebe?" erwiderte der Landrath; „die Galanterie, wollen Sie sagen."

„Sie sind Schwestern", entgegnete Malwine, „die
sich nimmer trennen sollten, und die Ehemänner irren
sehr, die eine so schnell zu verabschieden."

„Kind", versetzte der Landrath, „glauben Sie
mir, wo wahre Liebe ist, hält es die Galanterie von
selbst nicht lange aus. Auch ich, so zusammengefallen
sie mich jetzt sehen, bin einmal ein straffer junger
Kerl gewesen, der den Damen die Sonnenschirme
nachtrug, vor jedem Fenster, aus dem ein weiß und
roth Gesichtchen gaffte, sein Pferd zu kunstreichen
Sprüngen stachelte, sich für drei oder vier schoß und
mit zierlichen Redensarten stets bei der Hand war.

Bei alledem hatte ich den gesündesten Appetit, einen wahren Siebenschläferschlaf und den regelmäßigsten Pulsschlag von der Welt. Aber als nun meine Stunde kam, da wußte ich keins mehr von allen meinen schönen Worten; von ferne stand ich, ganz Auge, ganz Ohr, jedoch mit gelähmten Gliedern, denn begehrte sie was, so sprang, ehe ich zur Besinnung kam, irgendein galanter Thor zu und schnappte mir ihren Dank weg; unter ihren Fenstern schlich ich mich weg, wie ein armer Sünder, und begegnete ich ihr, so war mir der Hut wie auf dem Kopfe festgenagelt. Mein Blut hätte ich mit tausend Freuden für sie verspritzt, aber sie auf die Zungen der Leute zu bringen, weil sie einem andern einen Tanz zugesagt, das fiel mir nicht mehr ein.

„Als ich mir endlich einmal ein Herz gefaßt hatte und das kühne Wort: Ich liebe dich! heraus war, da hätte ich sie um alles nicht mehr meine Gnädige nennen können; nichts anderes kam über meine Lippen als: mein Herz, mein Mädchen, mein Engel. Da haben Sie die Liebe und die Galanterie!"

Malwine lächelte über die Wärme des alten Mannes.

„Ei", sagte sie, „wir wollen aber nicht allein geliebt, wir wollen auch geehrt sein. Uebrigens thun Sie Unrecht, mit Waffen zu kämpfen, mit denen ich mich nicht vertheidigen kann, indem Sie sich auf eigene Er= fahrungen berufen!" Dies sagte sie ablenkend und spielte darauf mit einer Geschicklichkeit, die ihr eigen war, das Gespräch wieder in das Allgemeine über. Sie liebte das Mittelalter als ein weites Feld für die Poesie und vertheidigte es mit allem, was ein dichterisches Gemüth und ein Frauenzimmer für dasselbe sagen kann, den politischen Gegengründen des Land= raths stets mit gewandtem Scherz ausweichend.

Die Lebhaftigkeit, mit welcher sie sprach, hatte nach und nach einen Kreis von Zuhörern um sie ver= sammelt. Als sie es bemerkte, sah sie mit einer Ver= legenheit umher, die ihr ungemein gut stand. Ihr Blick traf auf den jungen Fremden, dessen Augen mit dem wohlgefälligsten Ausdruck auf ihr ruhten. Er= röthend wendete sie sich ab und fing an, ihrem Gegner unvollständige Antworten zu geben. Sie half sich, indem sie aufstand, es unverzeihlich fand, das schöne Wetter aus dem Fenster anzusehen, und einen der

Umstehenden, der als ein galanter Mann bekannt war, beauftragte, ihre Sache zu führen. Im Fortgehen streifte sie dicht an dem Grafen hin, und ohne sich nach ihm umzusehen, fühlte sie, daß seine Blicke ihr folgten. Sie schlug einer jungen Dame einen Spazier= gang vor und ging an ihrer Seite aus dem Saal. In der Thür sah sie sich noch einmal um und ihr Blick traf abermals den des Grafen. Beschämt und verwirrt ging sie die Allee hinunter; in dem unbehag= lichen Bewußtsein, daß manche mißbilligende Bemer= kung hinter ihr hergeschickt werde (wie kein Frauen= zimmer, das in gemischtern Gesellschaften entschiedene Ansichten ausspricht, ihnen entgehen kann), ergriff sie eine Art Wehmuth, und es that ihr wohl, daß doch Einer sie liebevoll angeblickt. —

Als sie das gemeinschaftliche Mittagsmahl wieder zur Gesellschaft führte, hatte sie diesen Einen längst vergessen. Sie saß entfernt von ihm, und der Land= rath, ihr Nachbar, gab sich vergebliche Mühe, den Faden des vorigen Gesprächs wieder anzuknüpfen. Eine mädchenhafte Scheu hielt sie ab, über die Liebe zu sprechen; sie glaubte im Innersten des Herzens zu

empfinden, was sie sei, obwol sie 24 Jahre alt ge=
worden war, ohne sie kennen gelernt zu haben.

Mancher hatte sie zu heirathen gewünscht, mehrere
hatten ihr den Hof gemacht, aber sie behauptete immer,
geliebt habe sie noch keiner. Ihr Vater, ihre Freunde
warfen ihr vor, sie verlange zu viel; die Romane,
die sie in früher Jugend gelesen, hätten die Ansprüche,
zu denen sie ihr eigener Werth berechtigte, zu einer
ungeziemenden Höhe gesteigert. Und gewissermaßen
mochten sie recht haben. Ueberhaupt, will man die
Phantasie junger empfindender Mädchen auf eine un=
schädliche Weise nähren, so gebe man ihnen Zauber=
märchen, Feengedichte, aber man bewahre sie vor
Romanen, man hüte sie vor der Vorstellung eines
Glücks, deren Realisirung durch Natur und Ver=
hältnisse nur unwahrscheinlich, nicht unmöglich ge=
macht ist. Daß unter jenem Schäfer kein verzauberter
Prinz verborgen, wird kein junges Herz unglücklich
machen, wohl aber, daß unter alle den glatten, kalten
und selbstsüchtigen Herren kein Werther zu finden. Die
Wirklichkeit wird durch diese süße Nahrung der Phan=
tasie immer schaler und enger, und da die Gegenwart

der Einbildungskraft den geringsten Spielraum läßt,
so fängt diese an, sich, vorschnell, desto mehr mit der
Zukunft zu beschäftigen, und das Herz erwartet von
dieser, was das Jetzt immer zu verweigern scheint.
Darüber vergeht ein Jahr nach dem andern, und
manches treffliche Mädchen geht dem Wirkungskreise
verloren, für den die Natur selbst sie bestimmt zu
haben schien.

Nach Tische zerstreute sich die Gesellschaft, um
Abends beim Ball sich wieder zu versammeln. Mal=
wine liebte den Tanz nicht; vielleicht, wie ja die Eitel=
keit auch über die Verständigsten eine gewisse Macht
ausübt, würde er ihr mehr gegolten haben, wenn er
sie so glänzend gezeigt hätte, als ihre Gespräche; aber
Malwine war nicht schön. Zwar machte ihre schlanke
hohe Gestalt und der herrliche Anstand ihrer Be=
wegungen auf jeden, der sie sah, den angenehmsten
Eindruck, aber ihr Gesicht konnte, wenn nicht irgendein
Affect, eine Gemüthsbewegung es verschönte, für un=
bedeutend gelten. Ihre Augen waren groß und sprechend,
ihre Farbe blühend, ihre Zähne hörte sie häufig mit
zwei Perlenschnuren vergleichen; aber ihre Züge waren

unregelmäßig, ihre Stirn war offenbar zu breit, und
wenn sie sich langweilte, was häufig in größern Cir-
keln der Fall war, verlor sich jeder Reiz ihres Ge-
sichts. Dagegen war es eine Lust, sie zu beobachten,
wenn ein lebhaftes Gespräch sie beschäftigte, oder wenn
ihr Herz sich einer zärtlichen Empfindung überließ,
oder wenn sie, in Nachdenken vertieft, einsam dasaß:
dann war ihr Gesicht der wahrhafteste Spiegel der
schönsten und größten Seele.

So kam es, daß Malwine in kleinen Kreisen unendlich viel, in großen ziemlich wenig galt. Als sie
zuerst in die Welt trat, hatte sie mit Befremden oft
Frauenzimmer sich vorgezogen gesehen, die sie in jeder
Hinsicht unter sich setzen durfte. Ein stolzer Sinn irrt
häufig darin, daß er die Anerkennung seiner Rechte
von andern zu ungestüm fordert. Zwar hält er sich
wohl der Ehre für zu gesichert, als daß er nicht diejenigen, die sie ihm verweigern, verachten sollte; aber
es gibt doch Verhältnisse, die dieses Selbstbewußtsein
zerstören können, und dann entsteht leicht eine gewisse
verderbliche Bitterkeit, ein Gemisch von Haß und Verachtung, Gefühle, die den, der sie in seiner Brust mit

sich herumträgt, am meisten quälen. Malwinens guter
Verstand und ihre natürliche Sanftmuth schützten sie
von jeher davor, und wenn sie auch in jüngern Jahren
bisweilen ein Verkennen ihrer Vorzüge übel empfand,
so ließ jetzt ihre Billigkeit und das sich immer tiefer
einwurzelnde Bewußtsein ihres Werthes keine Em-
pfindlichkeit in ihr aufkommen.

Malwine entschloß sich heute erst spät auf den
Ball zu gehen. Der Morgenspaziergang hatte sie ab-
gespannt, da indeß ihr Vater sie selbst dazu aufforderte,
kleidete sie sich schnell, was ihr einige Mühe kostete,
indem sie sich immer mit viel Sorgfalt anzuziehen
pflegte, und trat an seiner Seite in den Saal. Mit
Verwunderung bemerkte sie, daß der Tanz noch nicht
angefangen; die jüngern Herren gingen noch von den
Damen gesondert auf und nieder, flüsternd, lachend,
mit Gläsern bewaffnet und ein bescheidenes Gefühl
ihrer heutigen Wichtigkeit nicht verleugnend. An den
Wänden umher sah Malwine die jungen Damen in
höchster Spannung sitzen; sie konnte sich die Verzögerung
nicht erklären, bis jemand hinzutrat und erzählte, der
junge Graf sei vom Ceremonienmeister aufgefordert,

ben Ball zu eröffnen, und habe um einen geringen
Aufschub ersucht. Malwine strengte sich einige Mi=
nuten lang vergebens an, mit ihren Nachbarinnen ein
Gespräch anzuknüpfen; sie gaben ihr einsilbige und
verworrene Antworten, und ihre hochrothen Wangen
und starren Augen verriethen noch deutlicher, daß ihre
abwesenden Geister mit den zu erwartenden Freuden
beschäftigt seien. Malwine hatte nicht Zeit, hierüber
eine spöttische Bemerkung zu machen, denn der Graf,
dessen Eile zu erkennen gab, daß er sie gesucht, trat
auf sie zu, und bat sie um die Ehre des Tanzes.
Sie war überrascht, seine Wahl auf sich fallen zu
sehen, da sie ihm unbekannt, nicht die Schönste und
bei weitem nicht die Vornehmste im Saale war. Im
Tanz unterhielt er sie auf eine leichte und anmuthige
Weise. Was er sagte, war eben nicht geistreich, obwol
diejenigen, welche, ihn aus der Ferne beobachtend, ihn
nur sprechen sahen oder oberflächlich urtheilend hin=
hörten, es leicht glauben konnten, denn er begleitete
jedes Wort mit jenen ausdrucksvollen Bewegungen und
graziösen Mienen, die bei dem Abel seiner Nation diese
Art von Täuschung so häufig machen.

Malwine dagegen erkannte einen nicht ungebildeten, wohlerzogenen jungen Cavalier in ihm, der die Welt gesehen und dieselbe mit freundlicher Gesinnung betrachtete. Seine Aussprache verrieth den Ausländer wenig, denn er hatte einen Theil seiner Jugend in Berlin zugebracht: ein Umstand, der ihn Malwinen empfahl, welche die seltsame Liebhaberei ihrer Landsmänninnen für frembartige Dialekte nicht theilte. Als der Walzer geendigt war, bat er sie noch einmal um einen Tanz, stellte sich, als sie schon versagt war, hinter sie, und tanzte den ganzen Abend nicht mehr. —

Dies auffallende Betragen fing an Malwinen zu ängstigen. Sie wußte, wie vieler Erwartungen er täuschte, und begriff nicht, warum er gerade sie zum Gegenstande seiner Huldigungen machte. Als sie den Ball verließ, bot er sich ihr bescheiden zum Führer an, da sie aber die Blicke der Umstehenden auf sich gerichtet sah, dankte sie ihm höflich, und sagte, sie hätte einen Begleiter in ihrem Vater. Seine Bestürzung verrieth deutlich, wie wenig er abschlägige Antworten gewohnt war. Er verbeugte sich schweigend und entfernte sich schnell. „Wie eitel, wie verzogen er

ist", dachte Malwine beim Auskleiden; „gewiß, er ist
ein Mann wie alle andern, und wir werden es
bald erleben, diesen Phönix in einen gewöhnlichen
Haushahn verwandelt zu sehen." Sie schlief ein,
ohne mehr an ihn zu denken, träumte von einer ent=
fernten Freundin, und der darauf folgende Morgen
wäre wahrscheinlich vergangen, ohne daß ihr sein Bild
ein einziges mal erschienen, wenn nicht der Hufschlag
eines Pferdes sie an das Fenster gezogen. Sie sah
den Grafen Arthur, der hinaufgrüßte, dankte und
wollte zurücktreten; indem sie aber bemerkte, daß er
das schöne, muthige und wohldressirte Pferd allerlei
Künste machen ließ, schien es ihr hart, eine unschul=
dige Eitelkeit durch gänzliche Nichtbeachtung zu bestrafen.
Sie blieb stehen, zum Theil auch durch das Wohl=
gefallen gehalten, mit dem alle Frauen der Uebung
ritterlicher Geschicklichkeiten zusehen. Ein vollkommenerer
Reiter, mußte sie bekennen, konnte nicht gesehen werden;
sie sah die Vorübergehenden stehen bleiben und hörte
sie in Ausruf der Bewunderung ausbrechen.

Plötzlich aber schien das ungestüme Thier den
Reiter überwältigen zu wollen, indem es sich zu über=

schlagen drohte. Malwinen entfuhr ein leiser Schrei,
der Graf bezwang das Roß schnell, dankte grüßend
mit einem Blick, der von Anmuth und Freudigkeit
strahlte, und sprengte davon. Malwine trat beschämt
zurück; „der eitle Thor", sagte sie, indem ihr eine
leise Stimme vorwarf, daß sie ihm Unrecht thue,
„was wird er von mir denken?" Eine geheime Un=
ruhe befiel sie, aber als sie an des Landraths Defini=
tion der Galanterie und an die Reiterkünste dachte,
mußte sie lachen, und wie sie den Grafen beim Früh=
stück sah, sagte sie ihm mit der größten Unbefangen=
heit selbst, welche Angst er ihr eingeflößt; worauf er
sie mit einer Stimme, die fast zärtlich war, um Ver=
zeihung bat, und ihr versicherte, in keiner Gefahr ge=
wesen zu sein. Malwine entzog ihm befremdet ihre
Hand, welche er dabei ergriffen; jener schien aber ihre
Blicke nicht bemerken zu wollen, fand bei Tische Mittel
ihr Nachbar, beim nachherigen Spaziergange ihr Führer,
und abends ihr Tänzer zu werden, kurz, er schien nur
für sie da zu sein und alle übrigen kaum zu bemerken.
Es konnte nicht fehlen, daß der weibliche Theil der
Gesellschaft ihn dreist, rücksichtslos, ungezogen nannte,

daß die jungen Herren, die früher nicht ohne Neid alle schönen Augen auf ihn gerichtet gesehen, nun einige hämische Bemerkungen über die getäuschten Erwartungen machten, daß die Damen dies ihnen übel nahmen und dadurch eine Zeit lang ein gewisser Unmuth unter den jüngern Personen der Gesellschaft entstand.

Malwinen, die unverschuldet etwas davon empfinden mußte, fingen Arthur's Huldigungen immer mehr an zu ängstigen. Doch war sie unvermögend, sie abzuwehren, da sie mit solcher Bescheidenheit und Herzlichkeit dargebracht wurden, und er nichts zu begehren schien als Duldung. Auch hatte bald seine heitere Nähe einen unwiderstehlichen Reiz für sie gewonnen; er sagte ihr nicht, daß sie schön sei, aber seine Augen sagten es ihr deutlicher, als sein Mund es hätte aussprechen können. Ihr leisester Wunsch war ihm Befehl, und in den zartesten Aufmerksamkeiten schien er unermüdlich zu sein. Sie gewöhnte sich daran, ihn täglich bei ihrem Fenster vorbeireiten, ihn jeden Morgen, jeden Mittag, jeden Abend als ihren Partner und sich die Königin jedes Festes zu sehen; und die Gesellschaft fand sich darein. Mit einiger Verwunderung

bemerkte sie, daß des Grafen Huldigungen ihr die
vieler anderer jungen Elegants, die sonst kaum Notiz
von ihr zu nehmen geschienen hatten, zuzogen. Sie
sah sich plötzlich von einem Heer von Anbetern um=
ringt, denn es bedarf nur der Aufmerksamkeit irgend=
eines Tonangebers in der Mode, um der ganzen ele=
ganten Welt einen Gegenstand bemerkenswürdig zu
machen.

Dies ist ein Umstand, der die Galanterie wesent=
lich von der Liebe unterscheidet. Die Liebe zieht einen
Zauberkreis um die Erwählte, von dem sich Müßige
fernhalten, und setzt sich gewissermaßen in alleinigen
Besitz.

Malwine lernte es bald einsehen; sie verachtete
den bunten Schwarm herzlich und verbarg es kaum,
doch den Grafen konnte sie nicht umhin mit Aus=
zeichnung zu behandeln. Was sie vorzüglich für ihn
einnahm, war, sie konnte sich es nicht verhehlen, der
schnelle Eindruck, den sie auf ihn gemacht. Sie
war gewohnt, sich als geistreich, geehrt, sich als
liebenswerth gesucht zu sehen, aber auch die Klügste
hört sich lieber schön als klug nennen. Ihr Betragen

hatte ſehr viele gefeſſelt, ihr alleiniger Anblick noch
keinen. Sie fing an, die Bälle, die Feſtlichkeiten we=
niger abgeſchmackt, ſie fing an, ſie ergötzlich zu finden.
Indeſſen war ſie nicht jung und eitel genug, um ſich
dieſer Schwäche lange zu überlaſſen. Gewohnt, ſich
von ihren Handlungen und Gefühlen Rechenſchaft zu
geben und ſich ſelbſt eine ſtrenge Richterin zu ſein,
ſagte ſie eines Abends zu ſich: „Iſt es möglich? bin
ich nach ſo treuen Beſtrebungen nicht weiter vorwärts
geſchritten? bin ich ſo alt geworden, ohne mich der
Herrſchaft einer thörichten Eitelkeit entzogen zu haben?
Oder will ich mich etwa bereden, ich liebe den Grafen?
Lieben! einen Mann, der jünger iſt als ich, der mir
weit nachſteht an Geiſt und Einſicht, der keine meiner
Neigungen theilt, von dem mich Natur und Verhält=
niſſe ſo weit wie möglich getrennt? Wahr iſt's, die
Welt hat recht, ihn das Muſter eines vollkommenen
Cavaliers zu nennen: er weiß ſo viel als ſich für
ſeinen Stand gehört, in allen ritterlichen Künſten iſt
er ein Meiſter, und ſein Geld verliert er im Spiele
oder in Wetten als wären es Zahlpfennige; er iſt
liebenswürdig, großmüthig, brav; ſeine Leute beten ihn

an und seine Freunde ließen Blut und Leben für ihn.
Er liebt mich und — ich bin ihm herzlich gut.
Ich wollte, er wäre mein Bruder, aber eine Thor=
heit wär' es, wenn er mir mehr wäre. Er, ein
Graf! Ich, eine Bürgerliche! — Nein!" fuhr sie fort,
nachdem sie eine Weile nachgesonnen, „ich liebe ihn
nicht; wie anders war der Mann, der einst meine kin=
dischen Träume füllte, vor dessen Geiste ich mich gern
und willig beugte, der mir erschien wie ein Gott! —
Aber, warum rufst du, Thörin, jenes Trugbild zurück,
das sich so lange zwischen dich und die Welt gestellt?
Schien es doch endlich der siegenden Vernunft gewichen
zu sein!" Abermals versank sie in ein tiefes und
thränenreiches Nachdenken. „Nein", rief sie dann
noch einmal, „ich liebe ihn nicht! nun so soll mich
denn auch keine Eitelkeit, keine empfindsame Schwäche
mehr bewegen, von dem abzuweichen, was nach dieser
Erkenntniß mir ziemt." —

Den andern Morgen mied sie das Fenster; das
Herz klopfte ihr ein wenig, als sie ihn mehrere male
vorüberreiten und ihn sich unter dem Fenster ver=
weilen hörte. Sie blieb vom Frühstück weg, als sie

aber zur Mittagstafel ging und beim Eintreten in den
Saal sein unruhiger und zärtlich forschender Blick sie
traf, ward es ihr schwer, ihren Vorsatz, ihn fremder
und gleichgültiger zu behandeln, auszuführen. Doch
blieb sie sich mehrere Tage lang gleich; sie hörte
seine Seufzer nicht, beantwortete seine Klagen mit
Scherzen, und wußte sich oft geschickt seiner Nähe zu
entziehen. Bald aber sah sie ihn sich einem lebhaften
Schmerze hingeben und mit Schrecken entdeckte sie,
daß ihre Kälte seine halbschlummernde Empfindung
gänzlich geweckt, daß jedes Hinderniß diesen verzogenen
Sohn des Glücks beharrlicher, jeder Widerstand ihn
feuriger mache. Und je dringender er ward, je
schwerer ward ihr ihre Gleichgültigkeit; denn wenn sie
einen andern Mann unter diesen Umständen zudringlich,
lästig, unerträglich genannt haben würde, so mußte sie
sich bekennen, daß diesen Arthur sein leidenschaftlicher
Ungestüm, sein durch keine Abweisung gebeugter Muth,
seine Unverzagtheit liebenswürdig, unwiderstehlich machte.
„Warum", sagte sie eines Abends zu sich selbst,
„zwingst du dein Herz zu dieser Härte? Ist es wohl-
-ethan, die einzige Hand zurückzuweisen, die Liebe nach

dir ausstreckt? und sollte diese allmächtige Empfindung nicht manches auszugleichen vermögend sein? Bist du so alt, daß du auf das Glück derselben verzichten sollst, und ist ein zufälliger Unterschied der Jahre wol wichtig genug, dir dieses Glück zu verleiden? Ist das Herz nicht ein unendlich köstlicheres Gut, als das anmaßende Ding, das sich Verstand nennt, und sein Schatzkästlein voll aufgehäufter, lückenhafter Kenntnisse? und die erbärmlichen Vorurtheile, die eine hohe Mauer zwischen seinem und meinem Stande aufgethürmt — wenn er selbst den Muth hat, sie niederzureißen?" —

Plötzlich aber kam ihr der Gedanke an den bekannten Stolz seines Hauses; er empörte ihr edles Herz und gab ihr den Muth, als Graf Arthur am folgenden Tage eine einsame Stunde zu einer abermaligen Erklärung benutzte, ihm zu sagen, er sei ihr werth, aber nie werde sie sich entschließen, sich in eine stolze Familie einzudrängen, denn sie würde es sich nicht vergeben können, sich Demüthigungen auszusetzen, die sie in seinen und ihren eigenen Augen entehren würden. Vergebens schwor er ihr, er sei Herr seines Schicksals, keinem seiner Verwandten wäre

er Rechenschaft schuldig, seine Mutter liebe ihn zärt=
lichst, — sie hatte zu viel von dem Despotismus des
Vorurtheils, von der Gesinnung seines Hauses gehört,
als daß sie ihm hätte trauen sollen.

Solche Unterredungen wiederholten sich oft, Mal=
wina bekam einen immer schwerern Stand und sah
endlich in der Flucht das einzige Rettungsmittel. Sie
ersuchte ihren Vater um eine schleunige Abreise und
verschwieg ihm, der ihr bester Freund war, ihre Be=
wegungsgründe nicht. Er billigte ihr Verfahren, ver=
dammte eine solche Verbindung durchaus und erwog
nicht blos den Unterschied der Jahre und des Standes,
der bedeutendste schien ihm der zwischen ihrer beider=
seitigen Bildung zu sein. „Eine Leidenschaft", sagte
er, „für einen jungen Menschen, den nur äußere
Glücksgüter bemerkenswerth machen, würde sich für
deinen Verstand wenig ziemen, und eine eheliche Ver=
bindung mit ihm würde dem eigentlichen Wesen der
Ehe, das, indem es dem Manne entschiedene Vorrechte
einräumt, auf eine gewisse geistige Ueberlegenheit des=
selben gegründet zu sein scheint, widersprechen." — Er
fuhr fort, ihr dies mit lehr= und liebreichen Worten

anschaulich zu machen und hörte sich gern von ihr
unterbrechen, indem sie ausrief: „Sie haben recht,
mein Vater! morgen, morgen lassen Sie uns reisen!"
Er ging, der Gesellschaft die schnelle Abreise zu ver=
kündigen. Sie packte unterdessen mit Hast ihren Koffer
und ging dann mit zitternden Schritten nach dem ge=
meinschaftlichen Versammlungssaale, sich zu beurlauben.
Man empfing sie mit vielen Worten der Klage; Ar=
thurn suchte ihr Blick vergebens; lange harrte sie
seiner, endlich sagte eine ihrer Freundinnen ihr leise:
„Der arme Graf! Der erträgt Ihre Abreise nicht.
Als Ihr Vater vorhin das böse Wort aussprach, sahen
wir ihn todtenbleich werden, schnell zur Thüre hinaus=
gehen, bald darauf sein Pferd vorführen und ihn mit
wilder Hitze in den Forst jagen." — Malwine hätte
dem Freunde gern das letzte Lebewohl gesagt, doch
erkannte sie seine Abwesenheit als einen Fingerzeig der
Vorsehung, daß sie ihn nicht mehr sehen solle.

Sie nahm von der Gesellschaft einen freundlichen
Abschied, sagte ihrem Vater gute Nacht und ging auf
ihr Zimmer.

Kaum aber war sie hier angelangt, als sie den

Grafen bleich und athemlos zu sich eintreten sah, als
sie sich eine Grausame, eine Herzlose nennen hörte,
sich mit den Vorwürfen eines tobenden Herzens über=
schüttet sah und vergeblich verständige und liebreiche
Vorstellungen anwendete, ihn zu beruhigen. Mitleid
und eine süßere Stimme in ihrer Brust besiegten end=
lich ihre Vernunft: sein Flehen, seine Thränen, sein
Toben nicht länger ertragend, gab sie ihm ihr Wort,
unter der Bedingung, daß seine Mutter sich willig
erkläre, sie als Tochter aufzunehmen, die Seinige zu
werden. Nach dem ersten Ausbruche des Entzückens
des Jünglings mußte er ihr eine genaue Darstellung
seiner Verhältnisse versprechen, und mit bebendem
Herzen hörte sie, daß er seit seiner Kindheit der Bräu=
tigam seiner Cousine, der jungen Gräfin Franziska, sei,
der Tochter seines väterlichen Oheims. Sein Groß=
vater habe die Verbindung gewünscht, um sein Ver=
mögen durch beide Enkel wieder vereinigt zu sehen,
und die Mutter Franziska's, ein verschmitztes und
ränkevolles Weib, habe mit allen Kräften ihres Ein=
flusses und ihres intriguanten Geistes die Heirath be=
günstigt. Eine frühere unsinnige Verschwendung zwinge

sie, jetzt auf Sastawna, einem alten Schlosse in einer
der ödesten Gegenden Polens, zu leben, was für ihren
weltlichen Sinn eine Qual sein müsse. Von ihr fürchte
er, sich die meisten Hindernisse in den Weg gelegt zu
sehen, weniger von seiner Mutter, die zwar eine von
Vorurtheilen befangene Frau sei, aber nur für sein
Glück lebe.

Malwine hörte diese Nachrichten mit Zagen; sie
wiederholte ihre Bedingung, der Graf nannte sie eine
leichte und nahm in der sichern Hoffnung eines glück=
lichen Wiedersehens von ihr Abschied.

Den folgenden Morgen saß sie schweigend neben
ihrem Vater im Reisewagen. „Ach!" seufzte sie leise,
„habe ich doch immer gehört, die Liebe beglücke und
erhebe; warum denn fühle ich mich so tief nieder=
gebeugt, so sorgenvoll und so klein?" —

Als sie wieder an der fernen Ostsee in ihrer
Heimat war, bemächtigte sich eine Unzufriedenheit ihrer
Seele, welche die Vernunft vergeblich zu bemeistern
suchte. Verwöhnt durch die Huldigungen eines flam=
menden Herzens, konnte es nicht fehlen, daß ihr die
stille Achtung ihrer Freunde, auf welche sie sonst ein

beſcheidenes Glück gegründet, lau und unzulänglich erſchien. Vergebens ſuchte ſie auch diesmal, wie ſie es
oft gethan, die ſehnende Stimme des Herzens durch
eine raſtloſe Thätigkeit zu erſticken. Durch ein ſechs-
wöchentliches zerſtreutes Leben dem gewohnten Kreiſe
ihrer Beſchäftigungen entfremdet, ward es ihr ſchwer,
ſich zurechtzufinden. Sie fing ein Buch an, hatte den
folgenden Tag vergeſſen welches, griff nach einem
andern und hatte es ſchon eine halbe Stunde lang
aufgeſchlagen in der Hand, als ihr Vater zu ihr trat
und ſie fragte, was ſie leſe? Wie ſie verwirrt und
erröthend das Titelblatt aufſchlug, ſah der treffliche
Mann ſie mit einem langen, ſchmerzlichen Blicke an.
Sie hätte vor Scham vergehen mögen, ſie zitterte vor
der Nichtachtung dieſes tief verehrten Vaters, und der
Gedanke, von ihm als ein armes verliebtes Ding be-
mitleidet zu werden, war ihr unerträglich. Ihr Stolz
gab ihr Kräfte, ſich vollkommen zu faſſen, und als ſie
des Abends mit ihrem Vater einen kleinen Cirkel be-
ſuchte, der ſich wöchentlich zu einer gemeinſchaftlichen
Lektüre zu verſammeln pflegte, war ſie ſo ganz wieder
die vorige heitere und unbefangene Malwine, daß die

Herzen ihrer Freunde, seither durch manche Launen
verletzt, sich ihr bald von neuem zuwandten.

Ein Ungefähr wollte indessen, daß das Buch der
heutigen Wahl den Seelenzustand einer hoffnungslos
Liebenden schilderte, in welchem Malwine, der das
Amt einer Vorleserin für heute übertragen war, so
deutlich den ihrigen wieder zu erkennen glaubte, daß
sie verwirrt ward, die Farbe wechselte, und indem die
Furcht, man möchte sie durchschauen, ihre Bestürzung
vermehrte, unverständlich zu stammeln und die Rede=
theile zu wiederholen anfing. Ihr Vater verwies ihr
diese Zerstreuung in einem Tone, den sie nicht ge=
wohnt war von ihm zu hören und der sie innerlich
kränkte. Sie ersuchte ihn fortzufahren, zog sich, unter
dem Vorwand einer Unpäßlichkeit zurück und schlich,
während die Aufmerksamkeit der Gesellschaft auf den
Sinn des Buchs gerichtet war, leise aus dem Zimmer.
Einem im Vorzimmer befindlichen Bedienten trug sie
auf, sie bei der Wirthin und bei ihrem Vater mit
plötzlichem Uebelbefinden zu entschuldigen, und ging
ganz allein durch die Dunkelheit nach Hause. In ihrem
Zimmer warf sie sich, in Thränen zerfließend, auf ihr

Sofa: „Was", seufzte sie, „was ist aus dir geworden! du darfst es dir nicht mehr leugnen! du ver-
zehrst dich in einer unwürdigen Leidenschaft! du trotzest
deiner eigenen Vernunft, du trotzest der Meinung der
Verständigen, ja du hörst nicht auf die Stimme der
Natur, die dir laut zuruft: bleibe fern von diesem
Manne, ich schuf ihn nicht für dich! Ist es genug, daß
er dich liebt? darf dich eine rasend auflodernde Leidenschaft bestechen, deren Flamme ein Windhauch verlöschen kann? ist es genug, daß er liebenswürdig sei,
ist es genug, daß die Herzen einander begegnen, wenn
die Geister ewig und ewig sich fremd bleiben?"

So sprach sie zu sich selbst und hätte ohne Zweifel
sich noch lange dem Ungestüme ihres erregten Gefühls
hingegeben, wenn nicht ihr eintretendes Mädchen sie
unterbrochen und, nachdem sie ihr ihre Verwunderung
zu erkennen gegeben, sie schon zu Hause zu sehen, ihr
zwei Briefe gebracht hätte, die in der Zeit ihrer Abwesenheit angekommen seien.

Malwine griff danach, und mit Erröthen erkannte
sie auf dem einen die Handschrift des Grafen. Wie
trat ihr sein ganzes anmuthiges Bild wieder mit

frischen Farben vor die Seele, als sie sein Schreiben nun
erbrach und las! wie war doch jedes Wort ein Himmels-
laut der Liebe, wie doch ein jedes der Abdruck eines
sehnenden Herzens! Er sagte ihr, und glaubte es nicht
sagen zu können, wie sehr er sie liebe, wie er sich
nach ihr sehne, wie ihr letztes Wort ihn beglückt. Er
meldete ihr, daß er bereits an seine Mutter geschrieben,
daß er das Beste hoffe, daß er indeß mit Misvergnügen gehört, seine Tante, die Gräfin Josephine, sei
zum Besuch nach Goray, dem Wittwensitze seiner Mutter
gekommen, daß er aber geeilt habe, ihren Einfluß zu
entkräften, seiner Mutter erklärend, er werde sich unter
keiner Bedingung zu einer Verbindung mit Franziska
willig finden. Dies schrieb er ihr und schloß mit den
feurigsten Betheuerungen seiner Zärtlichkeit.

Malwine sah sich durch den Brief erheitert und
gestärkt. Sie fühlte ihre Schwäche für den Grafen,
deren sie sich noch eben so streng angeklagt hatte, plötzlich gerechtfertigt durch dies neue Zeugniß seiner Liebe,
sie fühlte sich minder klein, und weil ein edles Herz
nichts schwerer erträgt als Demüthigung, so mußte
es sich fügen, daß ihr Stolz der mächtigste Bundes-

genoffe Arthur's ward. Durch seinen Muth gehoben,
fing auch ihr an das Bild der Zukunft weniger düster
zu erscheinen, und erweicht wie sie war, beschloß sie
ihm auf der Stelle zu antworten. Schon saß sie an
dem Schreibtisch, schon schrieb sie ihm herzlichere
Worte, als je ihr Mund ihm gesagt, als ihr plötzlich,
wie durch eine Eingebung, der andere Brief einfiel,
den sie unerbrochen liegen gelassen. Sie stand auf,
ergriff ihn, sah eine incorrecte, weibliche Handschrift,
und als sie ihn erbrochen, mit Entsetzen in der Unter=
schrift den Namen von Arthur's Mutter. In der
höchsten Spannung fing sie an ihn zu lesen; aber
kaum hatte sie die ersten Zeilen überblickt, als ein
Zittern in den Knien sie zwang sich niederzulassen.
Wer malt ihr Erstarren, ihren Schmerz, ihren Zorn,
als sie sich in dem unwürdigsten Tone als eine Ver=
führerin angeredet sah, als ihr vorgeworfen ward,
den jungen Grafen an sich gezogen, ihm ein Heiraths=
versprechen entlockt zu haben; als sie eine Schamlose
genannt ward, die sich entblöde, sich in eine der ersten
Familien des Königreichs eindrängen zu wollen, als
ihr nicht allein mit dem gräßlichsten mütterlichen Fluche,

als ihr sogar mit der strafenden Gerechtigkeit gedroht
und ihr anbefohlen ward, den Grafen, der doch selbst
bei zeiten anfangen werde, sich ihrer zu schämen,
seines Wortes zu entlassen.

Während Malwine las, kämpfte Zorn und Ver=
achtung in ihrer, ach! vor wenig Minuten noch so
seligen Brust! Sie legte das Blatt auf den Tisch,
und sagte zu sich selbst: „Es ist gut nun! so ist es
aus, auf ewig." Darauf ging sie mit schnellem Schritt
an den Schreibtisch, zerriß das an den Grafen an=
gefangene Blatt und schrieb mit fester Hand folgende
Zeilen:

Herr Graf!

Inliegender Brief Ihrer Frau Mutter, den ich
zu gleicher Zeit mit dem Ihrigen erhielt, mag Sie
überzeugen, daß ich diesen nicht anders beantworten
kann, als mit der Bitte, mich ferner mit allen Zu=
schriften, sowie mit allen Besuchen zu verschonen. Ich
füge noch hinzu, daß ich Ihnen die Erlaubniß gebe,
mich auf das tiefste zu verachten, wenn ich mich jemals
wieder zu einer gefälligern Gesinnung erniedrige.

Malwina.

Ohne das Blatt zu überlesen, schlug sie den Brief
der Gräfin hinein, siegelte und gab es auf der Stelle
ihrem Mädchen, mit dem Befehl, es morgen in aller
Frühe auf die Post zu befördern. Als sie darauf in
ihr Zimmer zurücktrat, nahm sie noch allerlei kleine
Beschäftigungen vor, indem sie sich überreden wollte,
sie sei ruhig. Ja, es gibt eine gewisse Ruhe der Ver=
achtung, aber gefühlvollen Herzen ist diese Ruhe, diese
Seelenstarrsucht, eine peinigende Krankheit. Auch die
Nacht brachte der Schwerbeleidigten den wahren Frieden
nicht. Sie legte sich zeitig nieder, die Zuhausekunft
ihres Vaters fürchtend.

Zwar machte sie es sich zur heiligsten Pflicht, ihm
alles zu entdecken, aber heute, nur heute nicht! Nach
einer Stunde hörte sie ihn in das Nebenzimmer treten,
sie hörte ihn auf= und niedergehen, hörte ihn seufzen.
Ach! sie ahnte, wem diese Seufzer galten. Er
wähnte, seine Tochter verzehre sich in einer hoffnungs=
losen Liebe, und doch glaubte sie in diesem Augenblicke
so sicher zu wissen, sie liebe den Grafen nicht, habe
ihn nimmer geliebt. Das Gefühl der Beleidigung
schien ihre ganze Seele eingenommen zu haben, und

sie wünschte sich Glück, sich aus einem Verhältnisse
erlöst zu sehen, das sie mehr geängstigt, als beglückt
hatte. Davon suchte sie auch ihren Vater zu über=
zeugen, als sie ihm bald darauf alles entdeckte; und
wie dieser sie mehrere Wochen lang thätig, heiter, wie
er sie zwei Briefe Arthur's und einen von Gorah un=
erbrochen zurücksenden sah, fing er an ihr zu glauben.

Einst saß sie einsam mit ihrer Arbeit beschäftigt,
als ihr zwei Frauenzimmer angemeldet wurden, und
sie eine Matrone, deren Anstand und Kleidung eine
vornehme Dame zu erkennen gab, begleitet von einer
jüngern, wunderschönen Frau, mit Augen, aus denen
südländische Glut leuchtete, zu sich in das Zimmer
treten sah. Sie bewillkommnete sie mit der freundlichen
Würde, die ihr eigen war, aber ehe sie noch Zeit
hatte, sich nach ihrem Begehren zu erkundigen, nannte
sich die alte Dame als Arthur's Mutter und fuhr
fort: „Ich komme, Mademoiselle! Sie der argen Be=
leidigung wegen, die ich Ihnen, übel berichtet, zu=
gefügt, um Verzeihung zu bitten, und Sie zu ersuchen,
meinem Sohne die Kränkung der Mutter nicht entgelten
zu lassen."

Bei den erſten Worten hatte ſich Malwine entſetzt weggewendet, aber die Schwägerin der Matrone, die Gräfin Joſephine — denn dieſe war die Begleiterin —, umfaßte ſie liebevoll, und beſchwor ſie, ſie anzuhören. Jene ſetzte hinzu, ſie ſei gekommen, ſie ſelbſt um ihre Hand für ihren theuern Arthur zu bitten, indem ſie ſich überzeugt habe, daß ſie ihr dieſe Genugthuung ſchuldig ſei. Es war etwas Steifes und Unfreiwilliges in ihrer Erklärung, daher ſcheute ſich Malwine nicht, mit allen Zeichen eines erbitterten Gemüths zu ant= worten: „Wenn Sie, Frau Gräfin, oder der Graf glauben, meine häufigen Abweiſungen hätten dieſen für Ihren Stolz demüthigenden Schritt bezweckt, ſo irren Sie gänzlich. Der Graf wird ſich erinnern, daß ich ihm ſchrieb, ich würde unter keiner Bedingung die Seinige werden. Ich weiß zwar, daß Sie ſich die Freiheit nehmen, gering von mir zu denken, aber nimmermehr werde ich durch eine Nachgiebigkeit, die mich entehren würde, Ihre Verachtung rechtfertigen.”

Vergeblich redete die ältere Gräfin ihr zu, ver= geblich liebkoſte ihr die jüngere: Malwine blieb uner= ſchütterlich. Endlich ſagte jene erſchöpft: „Sie ſind

mir Zeugin, liebe Schwester, daß ich mein Mögliches
gethan"; und schon schienen beide Damen von ihr ab=
lassen zu wollen, als der Graf stürmisch in das
Zimmer trat, und ehe sich Malwine besinnen konnte,
zu ihren Füßen lag. Als sie ihn erblickte, entfuhr ihr
ein Schrei der Angst, denn sie kannte die Gewalt
seiner Liebenswürdigkeit über ihr Gemüth. „Gott",
rief sie, „Herr Graf, so erfüllen Sie meine letzte
Bitte!" — aber er hörte nicht im Entzücken des
Wiedersehens; er drückte sie an sein seliges Herz, gab
ihr die süßesten Worte, nannte sie sein, und schwor,
keine menschliche Macht solle sie ihm entreißen.

So von allen Seiten bestürmt, bat Malwine end=
lich um die Erlaubniß, sich ihres Vaters Rath zu
holen. Arthur aber ließ sie nicht allein gehen. Er
umarmte den Professor, er beschwor ihn, nicht grau=
sam zu sein, er zog ihn in Malwinens Zimmer, wo
seine Mutter den Antrag erneuete und die Gräfin
Josephine in ihn drang; so willigte die Tochter und
etwas später der Vater, ungern, gegen ihre Ueber=
zeugung, aber unfähig zu widerstehen, endlich ein.
Ein Notar war schon herbeschieden, den Ehecontract

aufzunehmen. Malwine erschrak vor dieser Eile, aber
der Graf drang darauf und auch die Gräfin war
seiner Meinung, indem ein nothwendiges Geschäft sie
schon morgen nach Goray zurückrief.

Im Punkte der Religion fand man keine Schwierig=
keiten zu beseitigen, da des Grafen Familie, zu der
Partei der Dissidenten gehörend, wie Malwine sich
zum lutherischen Glauben bekannte. Ein anderes war
es mit den ökonomischen Einrichtungen. Mit Rührung
bemerkte Malwine, wie großmüthig der Graf für sie
sorgte; sie hatte tausend Einwendungen, da sie aber
sah, wie die Einwürfe ihres Vaters Sohn und
Mutter beleidigten, schwieg sie und unterschrieb mit
mühsam unterdrückten Seufzern ihren Namen. Ehe
sich die Damen entfernten, kam man überein, daß die
Hochzeit in drei Monaten, am Tage der Mündigkeit
des Grafen, stattfinden solle.

Als Malwine mit diesem und ihrem Vater allein
war, ward ihr erst wieder leichter. Des Jünglings
Entzücken goß eine wohlthätige Wärme in ihr betäubtes
Herz. Sie wollte nicht fragen, wie alles gekommen
sei, sie wollte glücklich sein im Beglücken.

Den folgenden Tag machte sie den Damen ihren
Gegenbesuch. Die alte Gräfin empfing sie steif und
förmlich, aber verbindlich; desto liebevoller die Gräfin
Josephine. Ihre Herzlichkeit, ihre Anmuth nahmen
Malwinen ganz ein und sie hörte sich mit Vergnügen
von der liebenswürdigen Frau einladen, ihr einige
Wochen lang ihre Einsamkeit in Sastawna zu ver=
schönen. Da indessen der Graf noch hier zu bleiben
gedachte, so nahm sie ihre Bitte: gleich jetzt mit ihr
zu gehen, nicht an. Zu der alten Gräfin konnte sie
kein Herz fassen; Arthur schien dies wehe zu thun;
er liebte seine Mutter und konnte einen Widerwillen
gegen seine Tante nicht bezwingen, obgleich er gestehen
mußte, daß sie sich in dieser Sache bewundernswürdig
benommen. Er wähnte sie von der Gewalt der Liebens=
würdigkeit Malwinens besiegt, denn er war sich be=
wußt, sie nicht auf das glimpflichste behandelt zu
haben, als er sie für die Anstifterin jenes Briefs
hielt. Durch ihn in eine furchtbare Wuth gesetzt,
war der junge Mann eiligst nach Gorah gejagt, hatte
Mutter und Tante mit rasenden Vorwürfen bestürmt,
einen Vetter, der sich dareingemischt, zur Thür hinaus=

geworfen, einen andern im Zweikampf durch den Arm
geschossen und durch Drohungen und Flehen die alte
Gräfin zu einem Briefe, und als dieser unerbrochen
zurückgeschickt ward, zu einem Besuche gezwungen.
Die Gräfin Josephine hatte bei zeiten erklärt, alle
Ansprüche im Namen ihrer Tochter aufzugeben, und
ihr Zureden war es, was hauptsächlich ihre Schwägerin
zur Nachgiebigkeit bewogen.

Der Graf erzählte Malwinen dies alles so mil=
dernd als möglich, dennoch verwundete er sie oft und
häufiger, als sie es sehen ließ. Doch machte das
Glück der Gegenwart und seine Nähe manches wieder
gut. Hatte ihn die Besorgniß, ihr nicht zu misfallen,
liebenswürdig gemacht, hatten ihm die Zweifel seines
liebenden Herzens gekleidet, so verschönte ihn noch mehr
die selige Sicherheit des Besitzes und die zarte Be=
scheidenheit, mit welcher er, bei allem Feuer der Ju=
gend und der Liebe, der Rechte des Bräutigams genoß.
Als er sich nach acht Tagen von ihr trennte, war ihr
der Abschied höchst traurig; ach! sie ahnte noch nicht,
daß ihr ein noch weit traurigerer bevorstand. Denn
als ihr Vater kurz darauf plötzlich erkrankte und nach

wenigen Tagen in ihren Armen, sie segnend, verschied
überfiel sie ein grenzenloser Schmerz und die Lieb
des herbeieilenden Freundes konnte ihr keinen Tros
gewähren. Umsonst sagte sie zu sich selbst: habe ic
doch Ihn! Ein Gefühl des Verwaistseins, der Ver
lassenheit bemeisterte sie, und sie konnte es nicht wehren
daß vor ihrer zerrütteten Seele das Bild einer ent
setzlichen Zukunft aufstieg!

Während sie noch überlegte, welcher Aufenthal
sich nun bis zu ihrer Hochzeit für sie zieme, kam ei
Brief der Gräfin Josephine, der ihre Einladung mi
den herzlichsten Worten wiederholte. Arthur hatt
manches dawider einzuwenden; er wünschte, bei de
veränderten Umständen die Hochzeit zu beschleunigen
da sie aber mit alle den Feierlichkeiten, die bei ähn
lichen Gelegenheiten in seinem Hause üblich waren
begangen werden sollte, und er, obwol sie ihm verhaß
waren, sie diesmal nicht übergehen wollte, so mußt
er der allgemeinen Stimme Gehör geben, die ei
Freudenfest vor dem Ablauf der ersten Hälfte de
Trauerjahrs unschicklich nannte. Er rieth demnac
Malwinen endlich selbst, zu seiner Tante nach Sastawn

zu gehen, da er sehr wünschte, der Welt ein gutes
Vernehmen zwischen seiner Braut und seiner Familie
zu zeigen, und er vergebens auf eine Einladung seiner
Mutter gehofft hatte.

Malwine beschloß nun die ersten vier Wochen bei
einer Jugendbekannten, von deren älterer Freundschaft
sie mit Recht mehr Nachsicht mit den lebhaften Aus-
brüchen ihres Schmerzes erwarten konnte, zuzubringen.
Nach Verlauf dieser Zeit schickte ihr die Gräfin Josephine, die ihrer Ankunft mit Sehnsucht entgegensah,
ihren Wagen und eine vertraute Kammerfrau, welche
ihre Reisegefährtin und Dienerin sein sollte. Es war
eine Frau bei Jahren; von demüthigem, stillem Wesen,
bleichen, kummervollen Wangen, und Gesichtszügen,
vor deren Stumpfheit sich Malwinens ganzes Herz
zusammenzog. An der Seite einer solchen Begleiterin,
mit so neuem Grame in der Brust, verließ Malwine
in ängstlicher Beklemmung ihre Heimat. Bald hörte
sie rings um sich statt ihres geliebten Deutsch eine
Sprache, die ihr gänzlich fremd war, und die ge-
brochenen Worte der alten Katharine waren die einzigen, die sie, mühsam entziffernd, verstand. Es war

Spätherbst; öde und wüst umgab sie ein trauriges
Land, lange Waldstrecken dehnten sich vor ihren Augen
aus, sparsam lagen elende Dörfer zerstreut umher, in
denen kein glückliches Gesicht sie erfreute, kein ihr ver=
trauter Ton ihr entgegenklang. Je mehr sie sich der
Grenze Galiziens näherte, je mehr nahm eine quälende
Ahnung ihr Herz ein.

Die Trennung vom Grafen fing an sie zu ängstigen;
sie hatte sich Sastawna nicht so entfernt gedacht, sie
verlangte sehnsüchtig danach; als sie aber eines Abends
das prächtige Schloß der Gräfin aus armseligen Hütten
hervorragen sah, konnte sie sich des endlich erreichten
Ziels kaum freuen. Ihr Mismuth vermehrte sich,
als sie sich von einer Schar zerlumpter Bedienten em=
pfangen sah, als sie durch die weiten wüsten Säle des
Schlosses schritt, um zu den Zimmern der Dame zu
gelangen. Die zärtliche Begrüßung derselben, ihre
Liebenswürdigkeit, die lebhafte Theilnahme, die sie
ihrem Schmerze bezeigte, verlöschte die empfangenen
Eindrücke nach und nach; auch machte es ihr unbewußt
eine angenehme Empfindung, als sie in Franziska,
des Grafen ehemaliger Braut, ein zwar wohlgebildetes,

aber ganz unbedeutendes Geschöpf erkannte. Es that ihr wohl sich zu sagen, daß sie dem Freunde nichts geraubt, daß er den Tausch nicht bereuen dürfe. Die gänzliche Abgeschiedenheit, in welcher die Gräfin Josephine, wegen der Entlegenheit anderer Rittergüter, lebte, war Malwinens trüber Gemüths= stimmung recht. Sie sah dem Winter ohne Furcht entgegen; an Beschäftigung fehlte es ihrem reichen Geiste nicht und in den Unterhaltungen mit ihrer Wirthin ging ihr eine neue, wenn auch nicht liebens= werthe, doch interessante Welt auf. Zwar fehlte es jener ganz an eigentlicher Geistesbildung; sie hatte bei= nahe nichts gelesen und war ohne allen Unterricht aufgewachsen. Aber ihr ausgezeichneter Verstand, ihre feurige Einbildungskraft, ihr leicht entzündliches Gefühl, ihre mannichfachen Welterfahrungen machten sie Mal= winen zu einer der merkwürdigsten Erscheinungen.

Ihr Vater, ein polnischer Großer, war Gesandter in Konstantinopel, als sie ihm von einer Gattin ge= boren ward, die er verachtete und deren Leichtsinn ihm den Verdacht einflößte, Josephine sei nicht sein Kind. Er betrachtete sie mit Widerwillen, und während die

Mutter nur mit ihren Liebesintriguen beschäftigt war,
blieb die Kleine ihren Wärterinnen, griechischen Skla=
vinnen, überlassen, die wechselsweise ihr schmeichelten
und sie mißhandelten. Als ihr Vater Konstantinopel
verließ und sich nach Neapel begab, that man sie in
ein Kloster, wo sie auch blieb, als ihre Aeltern sich
in Paris niederließen. Endlich wünschte ihre Mutter,
in einem Anfall von Zärtlichkeit, sie zu sehen; sie
schickte eine alte vertraute Kammerfrau, ein käufliches,
ränkevolles Weib, nach Neapel, ihre damals dreizehn=
jährige Tochter abzuholen. Ehe sie aber die weite
Reise von Neapel nach Paris zurückgelegt, hatte Jo=
sephinens Vater plötzlich den Befehl erhalten, nach
Warschau zurückzukehren; die Briefe mit Geld, die
seine Gattin den Reisenden entgegengeschickt und welche
die Weisung enthielten, sich durch das Oesterreichische
nach Polen zu begeben, hatten dieselben verfehlt. Ohne
Geld, ohne anderweitige Bekannte als jene Dienerin,
befand sich Josephine in der peinlichsten Verlegenheit.
Erst nach einem beträchtlichen Zeitraum sah sie sich
in den Stand gesetzt, zu ihren Aeltern nach Warschau
zu gehen. In diesem Theile der Erzählung bemerkte

Malwine manches Dunkle; Josephine verhüllte ihr
weinendes Gesicht, als sie von diesem ersten Aufent=
halte in Paris sprach, und ihre Freundin konnte nicht
zweifeln, daß ihre Verbindung mit jenem sittenlosen
Weibe und ihre Abhängigkeit von derselben sie zu
Schritten geführt, deren Erinnerung sie schmerzlich
und beschämend ergriff. Kaum war sie in Warschau
angelangt, als ihre Aeltern ihr einen Bräutigam zu=
führten, der, mehr wie zweimal so alt als sie, wider=
wärtig und unedel, ihr nichts zu bieten hatte als
Reichthum.

Zwei unglückliche Jahre verlebte sie an seiner Seite,
bis ihr ein Ungefähr ihren zweiten Gemahl, des
Grafen Arthur Oheim, zuführte. Im Umgange mit
ihm, erzählte Josephine, sei ihr erst das wahre Lebens=
glück, der Stern der Liebe aufgegangen; sie habe dem
mächtigen Zuge ihres Herzens, nach unsäglichen
Kämpfen, nicht widerstehen können. Von dem Grafen
Stanislaus entführt, lebte sie, vermählt mit ihm, von
neuem in Paris, bis des ersten Gatten Tod ihr die
Rückkehr nach Polen vergönnte. Abwechselnd hielten
sie sich nun hier und in Frankreich auf; endlich zogen

sie sich nach dem einsamen Saſtawna zurück, um, wie die Gräfin sagte, hier ganz der Liebe zu leben. Aber schon nach einem Jahre starb der edle Stanislaus. Mit Thränen und Händeringen bejammerte die Gattin noch jetzt seinen Tod, und oft mußte Malwine ihr liebevoll zusprechen und sie mit dem Wiederſehen trösten.

So hatte die Gräfin frühe schon die verschiedensten Zuſtände des innern und äußern Lebens kennen ge= lernt, und alle ihre Vergehungen schienen mehr ihren Verhältnissen, als ihrem Herzen zur Laſt zu fallen. Sie geſtand indessen Malwinen, daß die Zerrüttung ihres Vermögens die Schuld ihrer Jugend sei, und daß sie geglaubt habe, ihre Tochter, die sie mit großer Zärtlichkeit behandelte, durch eine reiche Heirath ent= schädigen zu müssen, und da der Plan, sie mit ihrem Vetter, dem Grafen, zu verbinden, schon im Kopfe des Großvaters entſtanden sei, habe sie ihn mit ihrer ganzen Lebhaftigkeit ergriffen und zu seiner Ausführung mitgewirkt. Anfänglich habe sie des Grafen Leiden= schaft für eine jugendliche Thorheit gehalten, und wenig Rücksichten darauf genommen. Sobald sie aber,

wie er gesinnt sei, erfahren, und vorzüglich, sobald
sie sie selbst kennen gelernt, habe sie ihr Project freudig
aufgegeben. Bei diesen Worten umarmte sie Malwinen, in
welcher sie eine unangenehme Erinnerung erwecken
mußten. Ueberhaupt schien sie zu fühlen, daß manche
misbilligende Bemerkung ihrer Freundin durch ihre
Liebkosungen erstickt werden müsse. Diese konnte es
nicht bergen, daß ihr die Härte misfiel, mit welcher
jene ihre Dienstboten behandelte, daß die knechtische
Unterwürfigkeit derselben ihr aus Furcht herzurühren
schien, und mit Befremden sah sie die Unterthanen
der Gräfin in der drückendsten Armuth. Indeß hörte
sie diese so oft sich selbst der Hitze anklagen, hörte sie
so oft über ihre zerrütteten Vermögensumstände seufzen,
daß sie ihr verzieh, und die Großmuth doppelt erkannte, mit der sie ihr einst den reichen Grafen ab-
getreten. Ja, selbst der Leichtsinn, der ihr in manchen
Augenblicken Ruchlosigkeit schien, mit welchem jene die
Religion behandelte, erregte mehr ihr Mitleid, indem
sie ihn einer verwahrlosten Erziehung zuschrieb, als
ihren Tadel.

9*

Josephinens Liebenswürdigkeit, ihre Offenheit und
die warme Freundschaft, die sie ihr stets bewies,
fesselten immer mehr ihr Herz. Nie hatte sie liebevoller für sich gesorgt gesehen: das freundlichste Zimmer
des Schlosses, neben ihrer Schlafkammer gelegen, war
für sie zum Cabinet eingerichtet; die Gräfin pflegte es
ihr selbst von Zeit zu Zeit mit künstlich im Gewächs-
haus gezogenen Blumen zu verzieren, und weil sie
die Frühstunden gern einsam beschäftigt zubrachte, ihr
hierher ihren, mit eigener Hand bereiteten Thee zu
schicken. Der Mittag führte dann die drei Damen
zusammen, nach Tische fuhren oder ritten sie spazieren.
Der Abend ward mit Musik, Kartenspiel oder Gespräch
verkürzt.

Von dem Grafen liefen häufig Briefe ein, die vor
wie nach Liebesbetheuerungen enthielten. Malwine
fühlte indeß bald, daß, wenn auch das Herz sich gern
mit solcher süßen Speise sättige, doch der Geist dabei
darbe. Sie fing nun an, andere allgemein interessirende
Gegenstände in ihren Briefen zu besprechen, und freute
sich, daß ihr Freund nicht anstand, darauf einzugehen.
Sie wünschte sich Glück auf diese Art seine Sinnes-

weise näher kennen zu lernen, aber beschämt und
verletzt mußte sie sich endlich gestehen, daß nur die
Liebe seinen Briefen Seele und Geist eingehaucht, daß
seine Bemerkungen oberflächlich, seine Begriffe unklar,
seine Ansichten die gewöhnlichen eines jungen Cavaliers
seien. Der Mismuth, den ihr diese Entdeckung einflößte, vermehrte noch ein immer zunehmendes körper-
liches Uebelbefinden; von Zeit zu Zeit stechende
Schmerzen, eine Entkräftung, die sie sich nicht zu erklären wußte, und ein Zucken in den Gliedern, wie sie
es nie vorher gekannt. Die große Abgeschiedenheit
des Gutes machte es ihr unmöglich, einen Arzt zu
berathen, der elende Feldscherer des nächsten Städtchens
machte das Uebel nur ärger und sie sah sich gezwungen, zu der Hausapotheke der Gräfin ihre Zuflucht
zu nehmen.

Diese pflegte sie mit einer Sorgfalt, die Malwinen rührte; auch fühlte sie sich einige male durch
ihre Arzneien erleichtert. Da aber ihre Schwermuth
täglich zunahm, und auch die Krankheit überhandzu-
nehmen schien, als sie sich bleicher und bleicher werden
und ihre Adern unnatürlich aufschwellen sah, bat sie

ihre Wirthin, sie entweder nach Warschau, der nächsten
großen Stadt, zu entlassen, oder ihr von dort den
Doctor Archibald, einen berühmten Arzt, dessen Namen
sie oft in ihrer Heimat hatte preisen hören, kommen
zu lassen. Die Gräfin war sogleich zu letzterm er=
bötig, und schickte auf der Stelle einen Reitknecht nach
Warschau; mehrere Tage vergingen und weder Reit=
knecht noch Arzt erschien; endlich kam ein Bote mit
der Nachricht, ersterer sei unterwegs gestürzt und liege
in einem Dorfe krank darnieder. Man schickte sogleich
einen zweiten nach Warschau, aber dieser kam den
dritten Tag zurück und meldete: Archibald sei selbst
krank und könne nicht kommen. Die Gräfin schalt ihn
heftig, nannte ihn einen Dummkopf und schickte ihn
noch selbigen Tages zurück, einen andern Arzt zu
holen.

Unterdeß war aber Malwine immer kränker ge=
worden, sie wankte wie ein Gespenst umher, der
Schmerz ließ ihr auf ihrem Lager keine Ruhe, und
mit halbgebrochenen Augen sank sie bisweilen entkräftet
zusammen.

Eines Abends, als sie kränker als je auf dem

Sofa der Gräfin lag, leise Seufzer ausstoßend, nahte
sich diese ihr von neuem mit einem Trank, den sie,
wie sie ihr mit der zärtlichsten Stimme versicherte, zu
ihrer Labung bereitet habe. Malwine, von einem geheimen Grausen ergriffen, stieß sie mit Heftigkeit von
sich; als aber die Freundin erschrocken rief: „Gott,
Malwine, ich bin's ja, kennen Sie mich nicht mehr?"
und, da sie sie abermals von sich wies, weinend
zurücktrat, besiegte ihr weiches Herz jenes dunkle Gefühl: sie rief sie zurück, ergriff den Becher, und leerte
ihn, trotz Josephinens Ermahnungen, ihn nur nach
und nach zu trinken, mit einem muthigen Zuge. Kaum
aber waren einige Minuten verflossen, als eine namenlose Angst sie faßte; sie richtete sich empor, und indem
ihr Blick in den Spiegel fiel, sah sie mit Entsetzen
auf dem Gesichte der Frau ein teuflisches Lächeln.
Sie sprang auf, jene eilte zu ihr, umarmte sie und
rief: „Was ist Ihnen, meine Theuerste! was haben
Sie vor!" — Aber „fort", schrie Malwine, „fort,
Entsetzliche!" und darauf sich sammelnd: „Gräfin,
lassen Sie mich! ich bin krank!" — riß sich gewaltsam los, und stürzte nach ihrem Zimmer. Josephine

folgte ihr, aber die Unglückliche verschloß die Thür, und versicherte ihr, die Einsamkeit sei ihr nöthig.

Als jene sich zaudernd entfernt, sprach Malwine weinend zu sich selbst: „Gott, wär' es möglich, wär' es wahr? Solcher schändlicher Verrath, solcher unmenschlicher Trug! O mein weissagendes Herz! Ja, ich fühl's, ich bin verloren: das Gift schleicht brennend, tödtend durch meine Adern, dieser Blick sagte mir alles. Aber sie! — nein, nein, es ist nicht, kann nicht sein! Gott, wenn du mit mir enden willst, so laß meine Seele sich nicht beflecken mit diesem frevelhaften Argwohn! und vergib ihr die Lästerung des heiligen Namens der Freundschaft!" —

Während sie so sprach, hatte es einige male leise geklopft, und als sie zitternd anstand zu öffnen, hörte sie eine furchtsame Stimme sie um Einlaß bitten. Sie erkannte die alte Katharina, jene vertraute Kammerfrau der Gräfin, welche sie hierher begleitet: ein unglückliches Geschöpf, das sie oft mitleidig angesehen, weil sie auf ihrem verkümmerten Gesichte die Spuren nagender Reue zu entdecken glaubte.

Sie öffnete nach kurzem Besinnen. Die Alte trat

ein, sah sich ängstlich um, fragte ob niemand sie be=
horchen könne, ergriff darauf Malwinens Hand und
verlangte von ihr einen heiligen Schwur, sie nicht zu
verrathen. Malwinen durchzuckten entsetzliche Ahnungen
und mit immer wachsender Angst hörte sie die Alte
sagen: „Gutes Fräulein, nehmen Sie nicht mehr von
den Arzneien meiner Gräfin! Glauben Sie mir, sie
meint's nicht gut mit Ihnen. Sie — aber verrathen
Sie mich ja nicht, wenn sie's wüßte, daß ich's Ihnen
sagte, ich wäre verloren." —

„Ich weiß alles", unterbrach sie Malwine.

„Nichts wissen Sie, bestes Fräulein, keine Ah=
nung scheinen Sie zu haben von dem, was sie mit
Ihnen vorhat. Ach! liebstes Fräulein, trinken Sie
kein Frühstück mehr, und die Blumen, welche die
gnädige Frau in Ihr Zimmer setzt, werfen Sie sie
fort!" —

„Wär' es möglich!" sagte Malwine schaudernd.

„Ach!" jammerte die Alte, „ich weiß es nicht, ich
will's nicht behaupten, aber die gnädige Frau ist eine
boshafte Dame! Hab' ich's doch mit angesehen, wie
der Graf Stanislaus, der selige gnädige Herr, so

langsam hat hinsterben müssen, weil er's nicht leiden
wollte, daß das junge Volk um sie herum war, und
sie einsperrte, und sie kurz hielt. Da ward sie auf
einmal so demüthig wie ein Lämmchen, und schmeichelte
und liebkoste ihm; und dabei verzehrte er sich und
welkte hin, gerade wie Sie, mein bestes Fräulein!
Und als er todt war, da war sie ganz von sich vor
Schmerz, und weinte so viel, daß die Verwandten des
seligen Herrn genug zu thun hatten, sie zu trösten.
Das hat sie mit Ihnen auch vor, liebstes Fräulein!
kein Mensch soll's merken, aber ich merke es doch,
und mich jammert Ihre Jugend und Ihr gutes
Herz." —

„Gott", rief Malwine, „du wußtest es schon
lange, du warntest mich nicht, du bliebest in diesem
Hause des Mordes!" —

„Ach!" entgegnete die Alte weinend, „wen einmal
der Teufel in der Schlinge hat, den läßt er nimmer=
mehr wieder los! Wer soll mich aufnehmen in meinen
alten Tagen? wer mir Brot geben?" —

„Unglückliche", erwiderte Malwine erschüttert, „fliehe
mit mir, rette deine Seele, ich gehe nach Warschau,

noch habe ich Kraft genug, das Rechte zu thun. Ich verklage dies Ungeheuer, du bist mir Zeugin vor Gericht!" —

„Nimmermehr", unterbrach sie Katharina in höchster Angst; „was haben Sie mir versprochen? — Verlassen Sie sich darauf, ich leugne alles. Bewahre mich Gott davor, meine Herrschaft zu verrathen!" —

„Wie du willst", erwiderte Malwine verächtlich, „du hast mein Wort. Ich bitte dich, verlaß mich jetzt, ich will überlegen, was zu thun sei!" —

Katharina ging, nachdem sie noch einmal dringend gebeten, sie nicht unglücklich zu machen.

Malwine verlebte in Körper- und Seelenschmerzen eine entsetzliche Nacht. Sie erinnerte sich verschiedener Vorfälle aus der französischen Geschichte, die dem Verdachte der Alten Wahrscheinlichkeit gaben: des furchtbaren Aqua-Tofana, das so lange unmerklich Unglückliche hingeopfert, und jenes Blumenstraußes, an dessen Geruch der Herzog von Guise starb. Sie entsann sich ferner einmal gehört zu haben, wie durch die Arglist der Jesuiten vermittels vier Wachslichter, welche man täglich in das Cabinet Kaiser Leopold's I.

gefetzt, die Atmofphäre deffelben vergiftet worden fei,
und wie der Monarch langfam aber ficher dahingewelkt.
Alle diefe Bilder traten ihr mit Schreckensgewalt vor
die Seele und füllten fie mit Angft und Graufen.

Den andern Morgen bat fie ihre Wirthin, die
fie mit einer Freundlichkeit empfing, deren Falfchheit
fie jetzt, ach! zu fpät erkannte, mit mühfamer Faffung
um ihren Wagen, indem fie erklärte, da der Arzt
abermals nicht zu kommen fcheine, fei fie entfchloffen
ihn felbft aufzufuchen. Sie forderte die Gefälligkeit
von ihr als einen Beweis der Freundfchaft, die fie
ihr fo oft verfichert. „Meine Freundin", antwortete
ihr die Gräfin mit der füßeften Stimme, „können
Sie mir zumuthen, Sie fo krank wie Sie find, reifen
zu laffen?" Allein Malwine fah die Frau mit einem
Blick an, den die Elende nicht zu ertragen vermochte.
Bald aber entgegnete fie ihn mit einem flammenden
Blitze der Augen, und der Unglücklichen fchien es
indem, als ob das zehrende Feuer, das in ihren Adern
brannte, aus diefen entfetzlichen Augen flöffe. Im
Gefühl ihrer Wehrlofigkeit fagte fie, indem fie die
ihrigen niederfchlug, die Gräfin habe recht; eine Reife

könne ihr lebensgefährlich werden, besser sei es, sich
noch einige Tage zu schonen. Jene faßte sich gleich
wieder, lobte sie, und versprach ihr, wenn der Arzt
morgen nicht käme, selbst mit ihr nach Warschau zu
fahren. Malwine nahm sich den Tag über soviel als
möglich zusammen und gebrauchte nur die Vorsicht,
blos von den Speisen zu essen, die von Franziska
oder ihrer Mutter berührt wurden.

Abends klagte sie über Müdigkeit, beurlaubte sich
zeitig und hatte kaum ihr Schlafzimmer betreten, als
sie eilte ihren Koffer zu packen, außerdem ein kleines
Bündel schnürte, sich mit Geld versah und, in einen
wärmenden Mantel gehüllt, sich zur Flucht bereit hielt.
Als sie alles in Schlaf versunken wußte, schlich sie
sich aus ihrem Zimmer, schob leise den Riegel der
Gartenthür zurück, eilte durch den nur von Hecken
umzäunten Park und befand sich mitten in der scharfen
Winternacht, verlassen, hülflos, des Weges unkundig,
auf der Heerstraße. Die Verzweiflung gab ihr Muth
und Scharfsicht. Gegen Morgen erreichte sie ein
Städtchen, durch welches die Poststraße führte. Hier
nahm sie, nachdem sie sich, von dem Nachtweg erschöpft

und gebrochen polnisch sprechend, mühsam verständigt, Extrapost bis nach Warschau. Sie verließ den Wagen beinahe gar nicht; zwar fühlte sie sich unbeschreiblich beklemmt in der engen Kutsche, aber noch mehr ängstigten sie die verwunderten und argwöhnischen Blicke der Postmeister und ihrer Leute! Sie beschloß, sich dem Doctor Archibald anzuvertrauen, dessen große Einsicht und liebenswürdige Menschlichkeit vielfach gerühmt ward. Je mehr sie sich ihrem Ziele näherte, je mehr stieg ihre Hoffnung und ihr Muth. „Nein", sagte sie, „ich werde noch nicht sterben!" Was ist doch das menschliche Herz! wie geneigt das gebrechliche Gut: irdisches Leben, zu überschätzen!

Gewiß, es war echt menschlich, daß die arme Malwine so ängstlich bemüht war, ihr elendes Dasein zu fristen; um alles betrogen, was es ziert und schmückt, um Gesundheit, um die Kraft ihrer Jugend, um den Reiz ihrer blühenden Gestalt, um den heiligen Glauben an Freundschaft, ach! und vielleicht auch um ihr Herz betrogen!

Es war Abend, als sie in Warschau anlangte; hier ließ sie sich vor das Haus des Doctor Archibald führen, dessen Lage sie glücklicherweise anzugeben wußte. Die bestimmte Vorstellung, durch seinen ausgebreiteten Ruf begründet, in ihm einen ehrwürdigen Greis zu finden, hatte ihr den Muth gegeben, sich an ihn zu wenden; mit welcher Bestürzung stand sie daher nun vor der angenehmen Gestalt eines blühenden Mannes von kaum 30 Jahren. Als er sie mit mildem Tone nach ihrem Begehren fragte, wußte sie ihm nichts zu sagen: der Muth entfiel ihr, geschwächt von der Reise, erschöpft, fing sie an heftig zu zittern, und als der junge Mann zusprang, sank sie leblos in seine Arme. Nach mehrern Stunden erwachend, fand sie sich auf einem zierlichen Ruhebette liegen; ihr zur Seite stand ein liebliches, junges Geschöpf, das mit freundlicher Sorgfalt um sie beschäftigt schien, und, als sie die Augen aufschlug, freudig rief: „Sie lebt, Bruder! sie ist erwacht!" Sogleich trat Archibald herzu; er bat sie, sich ruhig zu verhalten, und duldete nicht, daß sie aufstand. Malwine sah schnell ein, daß sie sprechen müsse, daß gänzliches Vertrauen hier nothwendig sei. Gerührt durch die liebende Pflege löste sich die ent= setzliche Bitterkeit, die seit einigen Tagen ihr unglück=

liches, verrathenes Herz eingenommen, in einen wohl=
thätigen Thränenstrom auf. Hatte sich auch durch den
unerhörten Betrug ein ihm fremdes Mistrauen hinein=
geschlichen, das redliche Auge des Mannes, die hohe
Seele, die in jedem seiner Züge sich spiegelte, der
anschuldsvolle Blick des jungen Mädchens — nein!
alles dies konnte nicht lügen. Sie entdeckte dem Doctor
ihre Gefahr, theilte ihm in kurzen Worten das Nö=
thige mit und fragte ihn auf sein Gewissen, ob er sie
zu retten hoffe. Er hörte sie mit immer steigendem
Zorn an, drang in sie, die Elende der strafenden Ge=
rechtigkeit zu übergeben, ja machte es ihr zur Pflicht,
und erbot sich, ihre Sache zu führen. Vergeblich
sagte sie ihm, sie wolle ein Wesen, das sie einmal
geliebt, nicht unglücklich machen; er stand erst ab, als
sie ihres Schwures gegen die alte Katharine gedachte.
Er versprach ihr, indem er ihre Hand ergriff und
sie sanft drückte, mit Gottes Hülfe sie wieder herzu=
stellen, machte es ihr aber zur Bedingung, bei seiner
Schwester zu wohnen, um ganz seiner Pflege über=
lassen zu sein, und dies liebenswürdige Mädchen drang
mit so herzlichen Bitten in sie, daß sie nicht zu

widerstehen vermochte. Sie schickte den folgenden Tag
einen Boten nach Sastawna, ihren Koffer zu holen,
und schrieb der Gräfin Josephine: „Ihre Grausamkeit,
Frau Gräfin, hat mich zu einem Schritte gezwungen,
den ich ungern und nur that, weil er der einzige war,
der mir zu meiner Rettung übrigblieb. Gott verzeihe Ihnen den entsetzlichen Verrath an Menschlichkeit
und Freundschaft, und lasse wenigstens Franziska
nicht für den Frevel ihrer Mutter büßen! Ich will
mich bemühen, Ihnen vergeben zu können, daß Sie
mehr als mein Leben, daß Sie meine Seele unheilbar
verletzten!"

Kurz darauf hörte sie, die Gräfin habe Sastawna
schleunig verlassen und sich über die österreichische
Grenze begeben.

Nach einigen Tagen schrieb sie mit widerstrebendem
Herzen an den Grafen Arthur. Sie stand lange an,
es zu thun, denn der Gedanke, daß auch seine Mutter
Theil an jener Frevelthat haben könne, machte ihr
jede Annäherung doppelt schwer. Indessen bewog sie
endlich die Furcht dazu, daß er ihre Flucht durch ein
Gerücht, und zwar ohne ihre Motive, hören könnte.

Ein Monat verging, ohne daß sie ein Wort von
ihm vernahm, ein Monat voll, trotz der sorgsamsten
und weisesten Pflege, immer wiederkehrender Schmerzen,
ach! und dennoch ein Monat einer unendlichen Selig=
keit. Denn aus Archibald's geistreichem Umgang, aus
seinen milden, belehrenden und ehrfurchtsvollen Worten,
aus der Bewunderung seines rastlosen menschenfreund=
lichen Wirkens, aus seiner Liebe sproßte ihr die
Blüte eines nie empfundenen Glücks. Lange wollte
sie sich es nicht gestehen: Freundschaft nannte sie
es, wenn er ihre Hand ergriff, sie drückte und plötz=
lich fahren ließ; Mitleiden, wenn sein Auge lange
mit unendlicher Wehmuth auf ihr ruhte; Dankbar=
keit war es ihr, daß seine liebevollen Züge ihr im
Traume erschienen, daß sie, wenn sein edles Geschäft
ihn auswärts führte, stundenlang am Fenster stehend
die Straße hinaufsah, die ihn wieder zu ihr brachte;
Dankbarkeit, daß ein glühendes Roth ihre Wangen
überzog, wenn sie unerwartet seine Stimme hörte.

Aber wie sollte sie sich den namenlosen Schmerz
erklären, der sie oft in einsamen Stunden ergriff, der
sie zu lauten Seufzern, zum Händeringen, zu heißen

Thränengüssen zwang? Sie überredete sich, es sei einzig des Bräutigams Schweigen, das sie ängstige; es sei allein die verlorene Kraft ihrer Jugend, die sie beweine. Endlich aber bildete sich der Entschluß in ihr aus, nie den Grafen, noch irgendeinen Mann an ihre zerrüttete Gestalt zu fesseln, allein — arme, arme Malwine! hebt neben diesem Entschlusse nicht die Hoffnung ihre Stirn empor und flüstert dir zu: „Er hat dich vergessen, so bist du frei!" —

In solche Gedanken vertieft, saß sie einst an Archibald's Seite, der vielleicht sich schon kühnern Hoffnungen zu überlassen wagte, als sie plötzlich die Stimme Arthur's vor der Thür vernahm und, ehe sie sich besinnen konnte, ihn zu ihren Füßen liegen sah. Betäubt von der unerwarteten Erscheinung, gab ihr kaum des Freundes Erbleichen Kraft, sich seinen stürmischen Liebkosungen zu entziehen. Sie erfuhr, daß er, auf einer Reise begriffen, ihren Brief erst vor einigen Tagen erhalten; daß er nach Sastawna geeilt, die Abscheuliche zu züchtigen, und hörte ihn schwören, daß der Arm der Rache auch die Flüchtige erreichen solle. Seine ganze Familie, versicherte er ihr, sei empört

über die Unthat, und seine Mutter williger als je,
sie als Tochter aufzunehmen. Er flehte sie an, ihn
nicht das Unglück entgelten zu lassen, in welches seine
unselige Liebe sie verwickelt, sprach ihr von seiner
Sehnsucht, seinem Entzücken sie wiederzusehen, und
als Malwina Archibald nannte als denjenigen, der
sie einem sichern Tode entrissen, warf er sich ungestüm
an seine Brust und dankte ihm in den feurigsten
Worten. Der Freund drückte ihn sanft an sich, sagte
mit einer Stimme, die ein bewegtes Herz verrieth:
„Sie ist die Ihrige, machen Sie sie glücklich!“ und
verließ mit raschen Schritten das Zimmer.

Mit Arthur allein, fand Malwine endlich den
Muth, ihm ihren Vorsatz zu eröffnen. Sie sagte ihm,
sie halte es weder für recht gethan, seine jugendliche
Kraft an ihre verwelkte Gestalt zu ketten, noch für
klug, sich in neue Gefahren zu begeben. Sie erkenne
diesen abermaligen Fingerzeig der Vorsehung, die nicht
müde werde, sie vor einer Verbindung zu warnen,
die sie beide unglücklich machen werde; es wäre
Vermessenheit, ihrem so deutlich offenbarten Willen
trotzen zu wollen. Arthur, der sie schwer beleidigt

wußte, der sie ihn liebend wähnte, beschwor sie, nicht
dem Schicksal aufzubürden, was Thorheit und Laster
der Menschen verbrochen; er hielt für Zorn, was sie
Billigkeit nannte, er betheuerte ihr, daß seine Liebe,
daß die Freundlichkeit seines ganzen Hauses ihr die
Mishandlung jener Schändlichen vergüten solle, er
mahnte sie an ihr gegebenes Wort, und die Unglück=
selige, die meinte, dieselbe Liebe spreche aus ihm, die
er ihr so oft gezeigt, die sich durch tausend Bande an
ihn gefesselt sah, die sich scheute, den Unschuldigen um
des Verbrechens jener willen zu strafen, gab ihm von
neuem ihr Wort, gab es ihm mit tief verwundetem
Herzen. Ach! und hätte sie gewußt, daß sein Un=
gestüm nicht mehr ein Kind seiner Liebe, daß er die
Frucht seiner Großmuth war, seines Mitleids, daß die
Sicherheit ihres Besitzes, das drückende Gefühl ihrer
Superiorität nach und nach die rasch auflodernde
Flamme seiner Leidenschaft erstickt; daß eine andere
blühende Schöne, ein Mädchen, welches die Natur
selbst für ihn geschaffen zu haben schien, ihn an sich
gezogen; daß er, sie auf dem Gute ihrer Aeltern be=
suchend, bereit war, sich dem mächtigen Zuge seines

Herzens zu überlassen, als der ihm nachgesendete Brief, der ihm die Schandthat entdeckte, sein Gewissen aus dem Schlummer weckte! Ach! hätte sie gewußt, wie ihre bleichen Wangen, ihre verblühte Gestalt, ihre aus dunkeln Schatten leuchtenden Augen ihn erschreckten, und wie seine Großmuth ihn antrieb, immer dringender zu werben, je klarer er es sich bewußt ward, er liebe sie nicht mehr!

Ach, hätte die Unglückliche es gewußt; aber sie ahnte nichts, und so betrogen beide einander aus einem strengen Tugendgefühl. So übersprangen sie die Kluft, die Natur, Schicksal, Meinung, Gesinnung, ja selbst Empfindungen zwischen ihnen gegraben.

Malwine riß sich mit blutendem Herzen los von Warschau und sagte Archibald das letzte Lebewohl. Sie ward Arthur's Gattin; er führte sie zu seiner Mutter, in den Kreis seiner Verwandten. Man em= pfing sie mit höflichem Mitleid. Hämische Eingebungen sagten ihr bald, was ihr den Gemahl zugeführt; nicht sein Betragen. Er war freundlich und zärtlich gegen sie; als sie aber, beleidigt, sich aus der vornehmen Welt, in die er sie geführt, zurückzog, dem Hochmuth

der Geburt den Stolz des Geistes entgegensetzte, einen
Kreis von Gelehrten um sich versammelte und darin
einen schwachen Ersatz für das Glück des betrogenen
Herzens suchte, fing der Graf bald an in ihrer Nähe
sich unwohl zu fühlen: er spielte, wettete, jagte. So
entfremdeten die Herzen einander immer mehr, Mal=
winens Gesundheit war zerrüttet, sie kränkelte fort und
fort. Die Mutterfreuden blieben ihr versagt. Mit
Schmerz sah der Graf sein altes Geschlecht verlöschen,
und als er nach mehrern Jahren seine Geliebte, als
eine blühende Hausmutter, im Kreise liebenswürdiger
Kinder wiederfand, klagte er laut das Schicksal an.
Der Ungerechte! den kein Schicksal irregeleitet! der sich
selbst eigenmächtig seine Bahn gebrochen und ein an=
deres theures Wesen mit in den Untergang gezogen!

Malwine klagte nicht. Sie rühmte ihren Gatten,
sie pries die Behaglichkeit ihrer Lage, ihre Unab=
hängigkeit, ihre Mittel, sich das Leben zu verschönen;
aber in schlaflosen Nächten stieg das Bild des fernen
Freundes vor ihr auf. Sie empfand es tief und innig,
daß er der Mann sei, der einst ihre Jugendträume
verherrlicht, daß aus dem Einklang ihrer Gefühle, aus

seinem sanften, männlichen Sinne, aus seiner überlegenen Geisteskraft ihr ein eheliches Glück erblüht
sein würde, wie sie es sich in frühern Jahren ersehnt,
empfand es schmerzlich, daß Mitleid und geschmeichelte
Eitelkeit nicht die wahre Liebe, daß nur Achtung und
Bewunderung sie erzeugen. Dann barg sie sich weinend in ihre Kissen und wie eine Last legte sich das
Bewußtsein auf ihre Brust, daß sie die Stelle nicht
gefunden, auf welche die Vorsehung sie gewiesen, daß sie
ihre Bestimmung verfehlt.

Menschliche Schwäche.

1822.

„Wer unter euch ohne Sünde ist, der werfe
den ersten Stein auf sie! — Hat dich niemand
verdammt, so verdamme auch ich dich nicht:
gehe hin, und sündige hinfort nicht mehr!" —
Evang. Joh. Kap. 8, B. 7 und 11.

Im Jahre 1678, als noch innere Kriege das
Königreich Ungarn zerrissen, verheirathete sich zu Preßburg ein reicher Edelmann, Namens Andreas Oprah,
nachdem er bereits sein fünfundsechzigstes Jahr zurückgelegt, mit einem blühendschönen siebzehnjährigen
Mädchen, das der Aeltern Noth und Geiz ihm in die
Arme lieferte. Am Hochzeitstage trat das arme, bleiche
Kind, während der alte Bräutigam in der Mitte seiner
Zechbrüder saß, einen einzigen unbewachten Augenblick
mit schwerem Herzen an das Fenster. Ihre thränen-
vollen Augen starrten auf die Straße hinab, wo lauter

Glücklichere sich hin= und herbewegten. Da ritt eben
der junge Ferdinand Szentiranh, in der glänzenden
Uniform seines Regiments, vorüber, und blickte so kla=
gend und zärtlich hinauf, daß gewiß nur ein schwer be=
leidigtes Herz sich mit der tödlich kalten Verachtung
von ihm zu wenden vermochte, wie jetzt die geschmückte
Braut es that. Vorher aber schleuderten ihre Augen
durch die Thränen einen Blitzstrahl des Zorns auf den
schönen Reiter hinunter. Bis zum gestrigen Abend
hatte die arme Maria gehofft, er werde sie retten; er,
der ihr so oft mit tausend Eiden zugeschworen, nimmer
von ihr zu lassen. Nun war alles aus. Jetzt wußte
sie es, er hatte sie nie geliebt. Er war ein zaghafter
eigensüchtiger Mann. Die Zeit hatte er tödten wollen
mit verliebten Tändeleien, aber keinen muthigen Schritt
wagte er um ihren Besitz. Sie glaubte ihn tief zu
verachten, und es gewährte ihr eine gewisse Genug=
thuung, es ihm wenigstens durch einen Blick gezeigt zu
haben.

Den Tag nach der Hochzeit verbrannte sie mit be=
bender Hand alle die italienischen Liebesbriefchen, die sie,
meist in anmuthiger Sonettenform, von dem Verräther

erhalten, vernichtete mit heißen Thränenströmen den
Rosenkranz, durch den er ihr zuerst seine Leidenschaft
gestanden, freilich nachdem seine Augen schon tausendmal
eine kühnere und beredtere Sprache geführt. Eine
kunstvolle Hand hatte in die einzelnen Perlen des
Kranzes mit zierlich eingegrabener Schrift die einzelnen
Worte der zärtlichsten Liebeserklärung vertheilt.
Als sie, verwirrt durch die Blicke des ihr zur
Seite Knienden, einst in der Messe ihren Rosenkranz
fallen ließ, schien er gewandt und hülfreich ihn vom
Boden heben zu wollen, aber sie erkannte sogleich den,
welchen er ihr reichte, nicht für den ihren, bemerkte auch
von der Seite, daß er den aufgehobenen an die Lippen
drückte. Zu Hause, in ihrem einsamen Kämmerchen,
suchte sie anfänglich vergebens die Verse zu entziffern;
die Sprache war ihr fremd, aber bald half ihr Herz
und das Latein, welches sie den Vater mit den Freun=
den von Jugend auf sprechen gehört hatte, ihr zum Ver=
ständniß. Nach und nach machte die Liebe sie mit
einer Sprache vertraut, die damals, besonders in jenen
Gegenden, beinahe die einzige der Eleganz und der
Poesie war, und sie brachte es in kurzem so weit, alle

zärtlichen Zuschriften Ferdinand's, mochten sie in Versen
oder in Prosa sein, zu verstehen; ja sie unternahm es
wol gar, sie ebenfalls italienisch, aber blos in einigen
einfachen, herzlichen Worten zu erwidern. All diese
Briefe, diese Andenken, all die Entwürfe zu ihren Ant=
worten, vernichtete sie jetzt mit Entschlossenheit, und
wenn sich ihre Hand einigemal unwillkürlich mit diesem
oder jenem süßen Pfand an ihre Lippen bewegte, fuhr
sie gleich darauf erschrocken zurück, und schleuderte es
in das Feuer.

Oft dachte sie sich während der ersten Monate ihrer Ehe,
was sie ihm alles Bitteres und Strafendes sagen wollte,
wenn einmal ein Zufall sie mit ihm zusammenführe.
Allein sie sah ihn seit ihrem Hochzeitstage nicht wieder.
Er verließ Preßburg, um im Gefolge seines Oheims,
eines mächtigen Magnaten, an dem Kaiserhofe eine
glänzende Bahn zu betreten. Bald darauf bezog sie
auch selbst mit ihrem Gemahl die Güter desselben auf
der mährischen Grenze. Als die Türken und Graf
Theokoli's*) Truppen jene Gegend überzogen, suchte

---

*) Sprich Tötöli.

das Ehepaar bald in dieser, bald in jener Feste Schutz
vor dem Feinde, ohne jedoch seinem Andrange aus-
weichen zu können. Aber wo sie auch war, überall
verlebte die arme Maria an der Seite eines mürrischen,
kränkelnden Greises trübselige Tage. Von der Natur
auf das liebreichste ausgestattet, zu tausend Ansprüchen
an das Leben berechtigt, war doch ihr Herz zu gut und
liebebedürftig, um in der tiefen Einsamkeit, zu welcher
die Eifersucht ihres Gatten sie verdammte, in der Einen
Hoffnung Trost zu finden, einst, und vielleicht bald, im
Besitz ansehnlicher Reichthümer zu sein und ihrer frei
genießen zu können. An Unterwürfigkeit gewöhnt, sanft-
müthig von Natur, lernte sie sich nach und nach in die
finstern Launen des Alten schicken, gewann ihn lieb
und verpflegte ihn sorgsam.

Es war überdem eine Zeit, in welcher eine junge
schöne Frau es wol für ein Glück ansehen konnte, den
Schutz eines durch Alter und Rang achtbaren Mannes
zu genießen. Heftige Kriegsstürme bewegten das Land
und schienen alle Schranken niedergerissen zu haben, die
Gesetz und Sitte wohlthätig aufgebaut hatten. Schon
seit anderthalb hundert Jahren herrschte das Haus

Oesterreich in Ungarn, aber noch war es ihm nicht ge=
lungen, sich die Herzen zu gewinnen. Stets glaubte
die Nation, das heißt der Adel und die Geistlichkeit,
gegen die Regierung im Wehrstande sein zu müssen,
und selbst als die immer mehr um sich greifende neue
Religionssekte den Klerus und das Erzhaus zu einer
Art Vereinigung brachte, hörte weder dieses auf, den
allzu begünstigten beeinträchtigen zu wollen, noch jener,
die verjährten Rechte ängstlich zu bewachen. So auch
fand die Regierung den Adel nur dann willig und mit
ihr Eines Sinnes, wenn es galt, der gemeinsamen
Noth zu wehren, welche die Ungläubigen immer wieder
von neuem über das Land brachten. Bei allen Ver=
suchen aber, gegen die Verfassung gerichtet, hatte sie es
mit offenem Trotz oder versteckter Widersetzlichkeit zu
thun. Schon Ferdinand's I. Lieblingswunsch war es,
das freie Wahlreich den Staaten seines Hauses einzu=
verleiben; ja, er erklärte es sogar ohne weiteres geradezu
für ein Erbreich; allein sein Kampf mit den Zapolyas
und den Türken nahm seine Kräfte zu sehr in Anspruch,
und machte ihm die Anhänglichkeit der Nation zu kost=
bar, als daß er hätte andere als unbedeutende Schritte

zu diesem Ziele hin thun können. Er begnügte sich
demnach, seinen Sohn Maximilian noch bei seinem Leben
zu seinem Nachfolger erwählt zu sehen. Ebenso be=
wirkte dieser die Wahl seines Sohnes Rudolf, unter
dessen langer Regierung das unglückliche Reich zu
gleicher Zeit der Schauplatz des entsetzlichsten Doppel=
kriegs zwischen Türken und Ungarn, kaiserlichen Söld=
nern und Protestanten war, und des geheimeren
Kampfes zwischen Herrscher und Nation um die Rechte
der letztern. Noch heimlicher suchte Kaiser Matthias
die Wahlfreiheit des Reichs zu untergraben. Ja, es
sieht fast wie eine leere Beschuldigung aus, wenn einige
behaupten, er, der doch jeden Punkt der Verfassung
äußerlich ehrte, habe, mit Arglist in Siebenbürgen den
Samen der Zwietracht ausstreuend und dann als Ver=
mittler auftretend, sich dort festsetzen wollen, um, in Be=
sitz Oesterreichs und Siebenbürgens, Ungarn ganz in
seiner Gewalt zu haben. Den beiden Ferdinanden ließ
der Glaubenskrieg in Deutschland und der, welcher sich
durch die Fürsten Bethlen und Rakoczy über ganz Un=
garn zog, nicht Zeit, ernsthafte Schritte zur Verwirk=
lichung der Lieblingsideen des Erzhauses, in Ungarn

erblich zu herrschen, zu thun. Die Streitigkeiten der beiden Kaiser mit den Unterthanen galten fast einzig der protestantischen Religion, deren Beschützer die sieben= bürgischen Fürsten waren. So gelang es auch Ferdi= nand III. nacheinander seine beiden Söhne Ferdinand IV. und Leopold zu apostolischen Königen krönen zu lassen. Die heftigsten Angriffe gegen die ungarische Reichsver= fassung fallen unter Leopold's lange Regierung. So auch die einfach=traurige Erzählung, die wir dem geneig= ten Leser hier mitzutheilen in Begriff sind. Es ist eine abgerissene Scene, die vielleicht nur in Bezug auf die große Tragödie einiges Interesse hat, in welcher die ungarische Freiheit so blutig unterging. Weit entfernt indessen, hier Geschichte und Novelle verschmelzen zu wollen, was einzig der Meisterhand eines Walter Scott, oder wie der große Unbekannte sonst heißt, vergönnt sein mag, machen wir es uns zur Pflicht, von allem Geschichtlichen nur das zu berühren, was zum Verständ= niß dieser einzelnen Begebenheit nothwendig ist.

Der Kaiser hatte unter mehreren Vorwänden deutsche Truppen in das Land geschickt, und dadurch eine der wichtigsten Bedingungen übertreten, unter

welchen die Stände ihm die Krone übergeben hatten.
Nur mit ihrer Bewilligung sollten fremde Soldaten in
das Land kommen, sie sollten dem Palatin untergeordnet
sein; aber jetzt war es der berühmte Montecuculi, der
an ihrer Spitze stand, und bald war ein großer Theil
der festen Plätze von deutschen Garnisonen besetzt. Die
Reichstage von Kaschau und Preßburg hatten keine
Frucht als gesteigerte Erbitterung, und man ging aus=
einander, ohne sich über die Hauptpunkte vereinigt zu
haben. Der ausbrechende Türkenkrieg schien für das
erste den innern Spaltungen ein Ende gemacht zu
haben, und als die Kaiserlichen im Jahre 1664 die
merkwürdige Schlacht bei St.=Gotthardt gewonnen, in
welcher fast das ganze osmanische Heer zu Grunde
ging, war die Nation von der Hoffnung belebt, jetzt
endlich einmal durch einen günstigen Frieden oder einen
fortgesetzten Kampf den Erbfeind aus dem Lande ver=
trieben zu sehen, von dem er seit so lange schon einen
der schönsten Theile innehatte. Aber wie groß war
Bestürzung und Zorn, als sechs Wochen nach der
Schlacht bei St.=Gotthardt zwischen Kaiser und Groß=
herrn ein Frieden geschlossen ward, bei welchem jener

einzig und allein die Privatvortheile seines Hauses be=
rücksichtigt zu haben schien, worin des Königreichs kaum
gedacht war und der einige der wichtigsten Plätze in
den Händen der Türken ließ. Die Ungarn, welche,
ganz der Verfassung zuwider, von diesem Vertrage erst
erfuhren, als er bereits abgeschlossen, betrachteten ihn
als eine der größten Beleidigungen, welche sie noch er=
litten hatten. Auch war er von den traurigsten Folgen
für sie. Die Paschas von Neuhäusel und Ofen forder=
ten durch das ganze Land bis an die mährische Grenze
den gewohnten Tribut. Der wiener Hof verbot ihn
zu zahlen, ohne die Unterthanen mit dem Mittel zu
versehen, der Macht zu widerstehen, die nur zwischen
pünktlichem Gehorsam und grausamem Tod die Wahl
ließ. Man verlangte vom wiener Hofe die Erlaubniß,
Gesandte nach Konstantinopel zu schicken, um vermittels
friedlicher Unterhandlungen ein anderes Verhältniß zu
erzwingen, und die Verweigerung dieser Erlaubniß er=
bitterte die Ungarn in einem solchen Grade, daß auch
sie sich berechtigt glaubten, alle Schranken zu über=
schreiten. Sie meinten in dem unthätigen Verhalten
der Regierung die Absicht zu erkennen, sowol die Kraft

des Feindes zum Angriff, als die der Unterthanen zum
Widerstand gegen Beeinträchtigung ihrer Rechte, sich
nach und nach aufreiben zu sehen. Die Großen war=
ben vor wie nach Truppen, setzten ihre festen Schlösser
in Vertheidigungsstand und eine heftige Bewegung der
Gemüther zeigte sich überall. Es ist wahr, daß die
Aufführung der Osmanen genug zu diesen kriegerischen
Rüstungen aufzufordern schien. Die Gefechte zwischen
Ungarn und Türken nahmen kein Ende, während die
kaiserlichen Soldaten gesichert und ruhig in ihren
Festungen lagen. Ja, es klingt fast ebenso märchen=
als grausenhaft, wenn ungarische Geschichtschreiber be=
richten, daß während dieses blutigen Friedens, dem
1683 der förmlich ausbrechende Krieg ein Ende machte,
allein an den Grenzen von Veszprim und Papa, von bei=
den Seiten sechzigtausend der Gefallenen gezählt wur=
den. Dessenungeachtet deutete der wiener Hof diese
Rüstungen auf das übelste und ahnte wol nicht mit
Unrecht einen kriegerischen Ausbruch des unbesonnen er=
weckten Hasses. Als demnach die Stände auf den zu=
sammenberufenen Reichstagen zu Preßburg und Neusohl
sich endlich förmlich weigerten, sowol die im Lande

müßig liegenden kaiserlichen Truppen mit Lebensunter=
halt zu versehen, als ihnen neue Festungen zu erbauen,
sah der Hof in dieser Widersetzlichkeit Verrath und
Empörung. Zu eben dieser Zeit entdeckte man eine
große Verschwörung, deren Mitglieder meist aus den
bedrückten und mißvergnügten Protestanten bestanden zu
haben scheinen, als deren Häupter aber sich die vor=
nehmsten Edelleute des Reichs auswiesen. Nadasdi,
Frangipani, Zrini und Tattenbach wurden nacheinander
in Wien, Neustadt und Gratz hingerichtet, ohne daß die
Stände es erlangen konnten, sie der Verfassung gemäß
vor ihr Tribunal gestellt zu sehen. Ihre Güter wur=
den eingezogen, ja zum Theil ihre Namen vernichtet.
Andere Häupter, Rakoczy und Ostrosicz, erhielten Gnade.
Aber nöthiger als je schien es, die festen Plätze des
Königreichs durch deutsche Garnisonen zu sichern. Einem
der Großen nach dem andern sank der Muth zum
längern Widerstande; der alte Graf Stephan Theokeoli
allein weigerte sich entschieden, sein Schloß zu über=
geben und erklärte frei, er habe nie an eine Untreue
gegen die Krone oder Se. apostolische Majestät ge=
dacht; man dürfe ihn nicht angreifen, und thäte man

es, so würde er mit den gerechtesten Waffen in den Händen fallen. Er starb auch, während der General Heister die Feste belagerte, die sich bald nachher ergab. Kurz vor seinem Tode aber hatte er noch die Flucht seines Sohnes Emmerich, in Bauernkleider verhüllt, mitten in der Nacht, bewerkstelligt, welcher sich mit einigen ihn begleitenden Edelleuten nach Polen und dann nach dem Hofe des Prinzen Apafi begab. Mehrere noch folgten ihm, und die Walachei, die Moldau, wie Siebenbürgen waren mit vornehmen ungarischen Flücht= lingen überschwemmt.

Durch die Verschwörung aber und diese Schritte sah sich der Kaiser veranlaßt, Ungarn als ein rebellisches, erobertes Land zu betrachten und zu behandeln. Strafen und Androhung noch größerer erschreckten die Nation und machten sie für eine kurze Zeit williger. Während dessen aber war die Zahl der kriegerisch Gerüsteten unter den Malcontenten immer größer geworden, und der junge Graf Theokoli hatte sich an ihre Spitze ge= stellt. Er fiel in Ungarn ein, und obwol immer wieder von den Kaiserlichen zurückgetrieben und von keinem Beistand einer fremden Macht, als dem des

Fürsten von Siebenbürgen begünstigt, wuchs die Anzahl seiner Anhänger doch täglich. Vergeblich wendete der wiener Hof seine ganze Strenge an, diesen neuen Aufstand zu unterdrücken; beinahe fünf Jahre spann sich ein unentscheidender, aber nicht unblutiger Krieg fort, bis ein beträchtlicher Schwarm aus Polen entlassener Truppen, unter Anführung des Marquis von Bohan, Theckeoli's Macht bis zu dem Grade verstärkte, die Kaiserlichen ganz aus dem Felde schlagen zu können. Immer tiefer drangen die Empörer in das Land, und machten, bis an die Vorstädte von Wien hinstreifend, den Hof sehr bedenklich. In solcher Stimmung ließ dieser nichts unversucht, die Mißvergnügten untereinander zu entzweien und Theckeoli persönlich zu gewinnen. Die Liebe, welche der junge Graf für Helene Zrini, die Witwe Franz Rakoczy's, im Herzen hegte, kam den friedlichen Vorschlägen zu Hülfe. Denn nur mit Bewilligung des Hofes konnte er die schöne Freundin zu besitzen hoffen. Von der andern Seite schien wieder die Pforte kräftigern Beistand bieten zu wollen, und wenn sie anfänglich dem Grafen nur unautorisirte Hülfsvölker bewilligt hatte, sich jetzt zum offenen Krieg gegen Oesterreich zu rüsten. So war er unentschlossen, und die Meinungen seiner Rathgeber und Freunde waren getheilter als je.

Zu den wärmsten und thätigsten Anhängern des Grafen gehörten damals die Gebrüder Barone Barcoczy, von denen der Jüngste, Emmerich, einen nahen und traurigen Antheil an unserer Erzählung nimmt. Ihre Vorfahren hatten für die neue Lehre gefochten, und ihr Vater, der alte Stephan Barcoczy, hatte noch bei Lebzeiten Ferdinand's III. seine Anhänglichkeit an dieselbe, die ihn zu lautem Murren gegen die drücken= den Maßregeln der Machthaber hinriß, auf dem Schaf= fot gebüßt. Der älteste der Söhne, mit dem Vater gleichen Namens, war damals schon ein halberwachsener Jüngling; der jüngste noch in der Wiege. Sieben da= zwischenstehende Brüder raffte nach und nach die Pest und jener verderbliche Krieg hinweg, zu dem, während des Friedens des Kaisers, die Türken die Nation zwan= gen. Als der junge Graf Theckeoli aus dem belager= ten Schlosse seines Vaters floh, waren Stephan und Emmerich noch allein übrig; Stephan's glühende Brust, von Rachelust dürstend, voll des leidenschaftlichsten

Hasses gegen das Erzhaus; Emmerich, ein Knabe von funfzehn Jahren, aber kräftig und kühn. Die Brüder, verschiedenen Temperaments, entgegengesetzten Charakters, stimmten nur in treuer Liebe für einander und im gemeinschaftlichen Haß gegen die Regierung zusammen. Aber auch dieser Haß war nicht gleicher Art. Beider Abscheu zwar galt den Feinden ihres Hauses, den Mördern ihres Vaters, aber während Stephan zunächst die verletzten Rechte des Adels, die mannichfachen Uebertretungen der Grundgesetze des Reiches im Auge hatte, mehr aber als alles, die persönlichen Beleidigungen, welche er vom wiener Hofe hatte erdulden müssen, — denn schon bei seines Vaters Tode war ein Theil seiner Güter eingezogen worden, und als einem Mitgliede jener berüchtigten Verschwörung waren ihm die übrigen genommen — so hatte es Emmerich dagegen, als einer der wärmsten Anhänger der lutherischen Lehre, die es damals gab, ganz besonders mit den Unterdrückern dieser Lehre zu thun. Beide entschlossen sich ohne Anstand dem Grafen zu folgen, und trugen elf Jahre lang treulich Glück und Unglück mit ihm. Emmerich, mit Theokoli fast eines Alters, in seinem Kriegslager, an

seiner Seite aufwachsend, hing sich an den glänzenden,
geistvollen Jüngling mit aller Liebe und Verblendung
eines jugendlichen, warmen Gemüths, und auch der
Graf, dessen Herz für zarte Empfindungen nichts weni=
ger als unempfänglich war, faßte eine ungewöhnliche
Zuneigung zu ihm. Bereit Thcokeoli als seinen König
anzuerkennen, wenn statt der Türken ihn die Nation
dazu erwähle, erlaubte Emmerich sich dagegen, jenem
mit Eifer und Hitze die Verbindung mit den Ungläu=
bigen zu widerrathen, die der Jüngling noch heftige
haßte als Kaiser und Papst, und mit denen Freund=
schaft zu halten ihm als Sünde erschien. Aber auch
von seiten der Politik betrachtet, glaubte der junge
Barcoczy davor warnen zu müssen, und er prophezeite,
was hernach eintraf, wie sich die Herzen der Nation
allmählich von dem Bundesgenossen des Erbfeindes der
Christenheit abwenden würden.

Graf Thcokeoli schloß dreimal Waffenstillstand mit
dem wiener Hofe, und wie wir schon oben bemerkten, sein
Herz machte ihn nicht ungeneigt, die günstigen Friedens=
bedingungen, welche der Kaiser ihm bot, anzunehmen. Aber
war es nun, daß er sich am Ende zu tief mit der Pforte

eingelassen, um zurücktreten zu können, oder daß sich sein
ungemessener Ehrgeiz mehr Vortheile von dieser Ver=
bindung versprach, als alles, was ihm der wiener Hof
bieten konnte; genug er fand während des dritten
Waffenstillstandes im Jahre 1682 Mittel, sich mit der
Prinzessin Rakoczy zu vermählen, ohne vorher eine
Erklärung über seine Gesinnung gegeben zu haben.
Kurz nachher brach der Krieg zwischen dem Kaiser und
der Pforte aus, und Theckeoli, der schon früher seine
feindlichen Operationen gegen erstern von neuem be=
gonnen hatte, trat nun als erklärter Bundesgenosse der
Ungläubigen auf. Er nahm mehrere der bedeutendsten
Plätze und war glücklicher als je. Aber die ungarische
Nation hatte keinen Theil mehr an diesen Siegen. Alle
Bessern verließen ihn, und ein großer Theil derselben
ging zu dem Kaiser über. Auch Emmerich Barcoczy
riß sich mit schwerem Herzen von dem geliebten Freunde
los, aber er that es nicht ohne offene Erklärung, und
Theckeoli sah ihn, nachdem er vergebens Vorstellung
und Ueberredung angewendet, ihn zu halten, ohne Zorn,
aber nicht ohne Schmerz scheiden. Der erschütterte
Jüngling hingegen gab in der Stunde der Trennung

unaufgefordert das Versprechen, nie gegen ihn zu fechten und stets zu seinen persönlichen Diensten zu sein,
sobald er es verlange.

Den Grafen riß sein dunkles Verhängniß fort, das
ihm nach und nach Freunde, Vaterland und die Achtung
der Welt raubte, und ihn zuletzt fern von der Heimat,
in dunkler Vergessenheit, unter Barbaren sterben ließ.
Wir erwähnen hier nicht, wie das türkische Heer nun
Ungarn überschwemmte und, die Kaiserstadt belagernd,
alle christlichen Mächte in Bewegung setzte. Wie ein
Strom ergoß sich die Zahl der Flüchtigen und Ver-
folgenden abermals über das unglückliche Land. Im
Innern herrschte inzwischen, seitdem der Kaiser, durch
die Noth zu Milde und Mäßigung gezwungen, auf dem
Reichstage zu Oedenburg feierlichst die alte Verfassung
erneut hatte, bei weitem mehr Uebereinstimmung als
noch vor kurzem, und die Mehrheit der Nation bewährte
sich im Verlaufe dieses Kriegs als dem Kaiserhause
ergeben, und half die Ungläubigen in ihre alten Grenzen zurückjagen.

Wir haben nun die geneigten Leser auf einen Punkt
geführt, wo unsere scheinbar abgebrochene Erzählung

von neuem beginnt. Bis dahin war das Schicksal
Maria's zu sehr mit den allgemeinen Begebenheiten
verschlungen, um vereinzelt berichtet zu werden. Zu
dieser Zeit aber, ungefähr sechs Jahre nach ihrer ersten
Heirath, finden wir sie, zum zweiten male vermählt, in
der Gespanschaft Ungwar, auf einem alten Schlosse
wieder, das, hart an der polnischen Grenze in einem
der unzugänglichsten Theile der Karpaten gelegen, dicht
von Wald und Gebirge umdrängt ist.

Der Besitzer des Schlosses, das den slawischen Na=
men Samosko führte, war eben jener Emmerich Bar=
coczy, dessen wir oben erwähnten. Dieses einzige alte bau=
fällige Haus war, von der Regierung in seiner Verborgen=
heit und Unbedeutendheit unbeachtet, den beiden Freiherren
von ihrem Eigenthum übriggeblieben. Früher aber, bei
der Theilung des väterlichen Erbes, war es dem jüngsten
Bruder zugefallen. Dies uneinträgliche Besitzthum war
Emmerich theuer, weil er hier die Tage seiner Kindheit
verlebt hatte, weil auf dem nächsten Kirchhofe die Ge=
beine seiner Mutter ruhten. Hier hauste er, seitdem
er sich von dem Grafen Theokoli getrennt, und wenn
dieser andere Edelleute, welche von ihm abfielen, mit

List und Gewalt zurückzuhalten schien, so hatten da=
gegen die Seinigen Befehl, den jüngern Barcoczy un=
angefochten auf seinem Hofe wohnen und in den be=
nachbarten Wäldern jagen zu lassen. Die Kaiserlichen
schienen auf ihren Streifzügen durch die Sarofer und
Ungwarer Gespanschaften gar nichts von dem Dasein
von Samosko zu ahnen. Aber Emmerich's alte Waffen=
brüder wußten ihn bald hier aufzufinden. Theokooli's
Truppen hielten das Schloß Ungwar, auf welches sich
der von ihm abgefallene Graf Hammonay zurückgezogen,
umlagert. Auch hatten sie wechselsweise mit den
Kaiserlichen Eperies, Kaschau und andere Orte inne,
aus deren Besatzungen dann fast täglich Offiziere nach
dem nahen Samosko strömten, wo eine gastliche Tafel
sie empfing. Andere Mißvergnügte schlossen sich ihnen
an; Reden wurden gehalten, Gelage gefeiert und Tag
und Nacht ein wildrohes Leben geführt. Allein dies
dauerte nur kurze Zeit. Denn seitdem Emmerich
seine Wohnung mit einer schönen, reichen und fein
erzogenen Hausfrau geschmückt, lebte er stille und fried=
liche Tage, blieb immer daheim, außer daß er sich von
Zeit zu Zeit an der Jagd erlustigte, und schien alle

Abenteuer seiner frühern Jugend vergessen zu haben. Seine Freunde verließen ihn nach und nach, verwünsch= ten die entnervende Liebe und hörten auf, das Haus zu Samosko zum Ort ihrer Zusammenkünfte zu wählen.

Durch das kecke Wagstück einer Entführung war Emmerich zu Maria's Besitz gelangt; durch eine feurige und zärtliche Liebe schien er sie versöhnt und ihr Herz gewonnen zu haben. Die Roheit der wilden Gesellen, welche sich ihres Gatten Freunde nannten, und die sich durch die thätige Hülfe, welche sie ihm geleistet, und durch die reiche Heirath zu neuen Hoffnungen berechtigt glaubten, scheuchte die zarte Maria bei jedem Besuche in ihre Kammer zurück. So sah es der Baron am Ende gern, daß sie wegblieben. Er hoffte überdem bald seinen Frieden mit dem Kaiser zu machen. Der Mon= arch hatte eine allgemeine Amnestie ergehen lassen und den Misvergnügten Wiederherstellung ihrer Ehren und Würden, sogar, soweit es möglich sein werde, Zurückgabe ihrer Güter versprochen. Zu dem Ende waren alle, welche Theokoli und die Türken verlassen wollten, nach Preßburg beschieden, wo Commissarien ihrer harrten, denen sie ihre Beschwerden vortragen

sollten, um geziemende Genugthuung zu erhalten. Em=
merich wußte zu gut, wie verhaßt sein Haus dem wie=
ner Hofe war, um es der Vorsicht gemäß zu finden,
ohne weiteres selbst nach Preßburg zu gehen; aber er
beauftragte einen klugen, wohlangeschriebenen Freund,
den eigene Angelegenheiten dahin führten, auch mit den
seinigen und sah vergnügt und sorglos einer baldigen
Entscheidung entgegen.

So lebte das Ehepaar mehrere Monate lang in
gänzlicher Abgeschiedenheit von der übrigen Welt. Der
Einzige, der noch von Zeit zu Zeit zu Samosko vor=
sprach und der sich oft nicht vergebens bemühte, die
alte lecke Lust an Abenteuern wieder in Emmerich's
Brust zu erwecken, war sein ältester Bruder Stephan.
Auch er hatte Theckeoli verlassen, allein nicht wegen des
Türkenbundes, der ihm im Gegentheil höchst erwünscht
war; er glaubte sich von dem Grafen durch Zurück=
setzung beleidigt, brach in der Hitze mit ihm, und ließ
nichts unversucht, dem frühern Gegner Theckeoli's, dem
jungen Vezzelini, von neuem eine Partei zu bilden.
Jener suchte ihn darauf durch lockende Versprechungen
wieder an sich zu ziehen, denn er wußte wol, was er

an dem finstern, entschlossenen Manne hatte, welchen
ein glühendes Herz und ein eiserner Wille zu Ver=
brechen und Großthaten gleich fähig machten. Stephan
kehrte nun zwar nicht förmlich in seine Dienste zurück,
allein er gab Vezzelini auf, und schweifte, unermüdlich
das mißliche Geschäft eines Werbenden treibend, rastlos,
heimatlos im Lande umher, bald mitten unter Kaiser=
lichen, bald unter Freunden. Aber wo er auch war,
immer richtete man ein wachsames Auge auf ihn, und
selbst wenn er sich still und friedlich hielt, konnte er
der Beschuldigung nicht entgehen, er streue durch seine
Reden den Samen zu neuen Unruhen aus.

Einst, an einem strengen Wintertage, als Emmerich
früh mit seinen Dienern auf die Jagd geritten und
gegen Abend noch nicht heimgekehrt war, saß seine
Gattin, die schöne Maria, zu Hause in Thränen zer=
fließend und überdachte ihr trauriges Schicksal. Von
Zeit zu Zeit trat sie an das Fenster, zu sehen, ob die
Ankunft ihres Mannes den Verdruß und die Lange=
weile ihrer Einsamkeit unterbreche. Der Sturm tobte
draußen und trug die Schneeflocken auf wilden Schwin=
gen hin und her, daß ihr Blick nicht zu dem Hofthor

zu bringen vermochte, durch welches er zu ihr kommen
mußte. Mit gesteigertem Unmuth kehrte sie dann zu
ihrem Sitze zurück, sich von neuem bittern Betrachtun=
gen überlassend. Der Glanz ihrer französischen, mo=
disch geschnittenen Kleider bildete einen wunderlichen
Gegensatz zu den alten, nur dem gröbsten Bedürfnisse
abhelfenden Geräthschaften, die sie umgaben; die rohen
Gestalten der slowakischen Mägde, welche bisweilen in
das Zimmer traten, um das Feuer zu schüren oder
sonstige Geschäfte zu versehen, einen noch schneidendern
mit der zarten Bildung und den anmuthigen Bewegun=
gen der jungen Frau. Diese stützte das Köpfchen mit
den Armen, und die thränenschweren Augen fest zu=
drückend, die Vergangenheit zurückrufend, schien sie
einige Minuten lang die Gegenwart ganz vergessen zu
wollen.

Mit kindlichem Gefühl gedachte sie ihrer Aeltern,
die nun schon seit mehreren Jahren im Grabe ruhten.
Sie hatten sie zwar streng, aber doch sorglich und
liebevoll erzogen. Selbst der Gedanke, daß ihr harter
Befehl sie gezwungen, einem Manne die Hand zu
reichen, der beinahe funfzig Jahre älter als sie und

kränklich und mürrisch war, mischte jetzt in ihr Gefühl
für sie nichts Bitteres mehr. Hatte der, den sie einzig
und innig liebte, doch genugsam gezeigt, daß er ihrer
nicht werth sei. Nie hatte er wieder von sich hören
lassen. Blos aus zufälligen Nachrichten wußte sie, daß
er noch in Wien war und sehr in Gunst am Kaiser=
hofe stehe. „Ich habe ihn aus meinem Herzen gerissen!"
sagte sie, und drückte dabei die Hand fest auf das in
Unmuth höher schlagende Herz. Dann dachte sie auch
an den alten Oprah. In stiller, freudenloser Einge=
zogenheit hatte sie über fünf Jahre an seiner Seite
gelebt. Ob auf seinen Gütern, oder in den Städten,
immer blieb seine Thür Gästen verschlossen; und kaum
hatte er ihr einen andern Ausgang erlaubt, als die=
jenigen, welche sie in die Kirche führten. Auch diese
wurden ihr nicht aus Frömmigkeit oder gutem Willen
verstattet, denn wenn auch ein Katholik, war doch der
Alte eher einer freigeisterischen Philosophie zugethan;
sondern weil es die damalige Sitte so mit sich brachte,
auch er dadurch seine Anhänglichkeit an die österreichische
Herrschaft zu offenbaren glaubte, von der er persönliche
Vortheile zog.

Diese Kirchenbesuche waren indessen von wichtigen
Folgen für Maria. Auch in Leutschau suchte ihr Gemahl
Zuflucht vor dem Feinde. Kaum aber war er hier mit
seiner jungen Gattin angelangt, als Theokeoli's Truppen
die Stadt belagerten und einnahmen. Auf einem
solchen Kirchwege nun sah Emmerich Barcoczy sie zum
ersten male, um sie nie wieder zu vergessen.

Nicht ohne schmeichelnd wohlthätige Empfindung gedachte Maria jetzt dieses Augenblicks. Ein Haufen
junger Offiziere, Ungarn, Polen und Franzosen, hielt
die Kirchthüren umlagert, um mit allem Uebermuth des
Siegers den schönen Frauen, die Frömmigkeit, Gewohnheit oder Lust zu sehen und gesehen zu werden, auch
in diesen kriegerischen Zeiten in das Gotteshaus führte,
unter das Gesicht zu schauen. Maria ging mit sitt-
samen Schritten, die Augen zu Boden gesenkt. Eine
Magd folgte ihr. Worte der Bewunderung wurden
laut beim Anblick der glänzenden Schönen. Sie fühlte
sich dichter umdrängt. Furchtsam bittend schlug sie die
Augen auf und ihr Blick fiel auf einen jungen blühenden Mann, der sie mit bewegten, unbeschreiblichen
Mienen anstaunte. Es lag ein Etwas darin, das nicht

misverstanden werden konnte. Bestürzt senkte sie das
Auge nieder und ein glühendes Roth überzog ihre
schönen Wangen. Sie suchte verlegen und zaghaft
weiter zu bringen. Da machte ein kräftiger Arm
plötzlich vor ihr Raum. Jener Offizier ging ihr zur
Seite, den Blick mit innigem Austruck auf sie ge=
richtet; eine breite Straße that sich vor ihr auf. An
der Kirchthür blieb er, sie öffnend, stehen und ver=
beugte sich tief, ehrfurchtsvoll, hoch erröthend. Nicht
ohne Verwirrung, aber mit dem holdesten Lächeln des
Dankes ging sie an ihm vorüber. Der heftige Eindruck,
den sie auf ihn gemacht, konnte ihr nicht entgangen
sein, und wir wollen nicht behaupten, daß nicht der
schmeichelhafte Gedanke daran ihre Andacht heute ein
wenig gestört hätte.

So lange sie mit ihrem Gemahl in Leutschau blieb,
fand sie den jungen Ungarn regelmäßig an der Kirchthüre.
Seine Sorgsamkeit, sein Ansehen schützte sie vor jeder
Art von Zudringlichkeit. Seine Augen hingen liebend,
bewundernd an ihr, aber nie versuchte er es, sich ihr
mehr zu nähern, sie anzureden. Sie wußte es ihm
Dank, daß er sie nicht in ihrem Hause aufsuchte, was

dem Sieger nicht schwer hätte werden können, und was
ihr bei der Eifersucht ihres Gemahls theuer würde zu
stehen gekommen sein. Zufällig nur erfuhr sie seinen
Namen; für einen Abjutanten Theckeoli's hatte sie ihn
an seiner Kleidung erkannt. Sie kehrte mit dem alten
Oprah nach dem Trencziner Comitat zurück, und dachte
bald selten, endlich gar nicht mehr an ihn. Jahre
vergingen und ihr Gatte starb. Maria war unschlüssig,
was sie nun beginnen solle, und so lange gewöhnt, von
dem Willen, ja den Launen Anderer abzuhängen, war
es anfangs fast, als ob ihre Freiheit sie drückte. Wie
sonst vor dem Feinde, von Schloß zu Schloß, von
Stadt zu Stadt flüchtend, im Lande umherzuziehen,
wäre der jungen Wittwe wenig geziemend gewesen; den
Feind zu erwarten, gefahrvoll. Nach dem Beispiel
der Gräfin Bezzelini aber und anderer Landsmänninnen,
ihre Schlösser zu befestigen und sie gegen die bewaff=
nete Macht zu vertheidigen, fehlte es Marien ganz an
Muth und Entschlossenheit. Sie entschied sich demnach
deßer, sich nach Bukowina, dem abgelegensten ihrer
Güter an der schlesischen Grenze zurückzuziehen und
dort das Trauerjahr in klösterlicher Stille zu verleben.

Dann — — für die fernere Zukunft bildeten sich nach und nach in ihrem Köpfchen glänzende Pläne. Wien, Italien, die Welt lag offen vor ihr. In Venedig wohnte eine Schwester ihrer Mutter, in Wien waren zwei ihrer Pathen einheimisch. Ihnen allen konnte sie hoffen willkommen zu sein. Ihre Freiheit fing an ihr lieb zu werden, und sie glaubte alle die Lebens= freuden, zu denen Jugend, Reichthum und Schönheit sie berechtigten, welche ihr die Vergangenheit versagt, von der kommenden Zeit erwarten zu dürfen.

Allein das Schicksal schien anderes über sie be= schlossen zu haben. Acht Wochen lang war sie Wittwe; kein Soldat, weder von dieser noch von jener Partei hatte sich seitdem im Arvaer Comitate blicken lassen, als eines Abends plötzlich ihr Haus zu Bukowina von einem kriegerischen Haufen überfallen ward. Aus einer Ohnmacht in die andere sinkend, fand sie sich endlich in einer verschlossenen Kutsche wieder, welche die ganze Nacht nach Osten zu rastlos weiter rollend, von einer rohen, seltsam vermummten Reiterschar um= ringt war. In der nächtlichen Finsterniß erkannte sie dennoch, daß der Weg sie durch dicke Waldungen,

zwischen Gebirgen hinführte. An öden abgelegenen
Stellen ward angehalten. Frische Pferde standen be-
reit, und mit Windesschnelle ging es weiter. Als es
Tag geworden, hielt der Wagen im Walde still. Der
Schlag ward geöffnet, eine männliche Stimme bat
Maria höflich, ein kleines Frühstück zu sich zu nehmen,
indem sie zugleich entschuldigte, daß die Gelegenheit
fehle, ihr Besseres zu reichen. Mit Thränen des
Zorns stieß sie alles von sich, und hörte nicht auf die
Stimme, die sie bat, sich zu beruhigen, es solle ihr
nichts geschehen. Unterdeß hatten die übrigen Reiter
durch Pfeifen und wunderlichen Ruf Zeichen gegeben.
Andere, ebenfalls verhüllt, aber geringer an Anzahl,
kamen aus dem Gebüsche herbei. Die erstern ritten
nun langsam zurück und rohe Scherze, lautes Lachen,
Freude über das glückliche Gelingen ausdrückend, tönten
in die Ohren der zitternden Maria. Aehnliche Auf-
tritte wiederholten sich den folgenden Tag, bis spät in
der Nacht die Reise endete. Maria war körperlich
und geistig aufs äußerste ermattet. In halber Bewußt-
losigkeit bemerkte sie kaum, daß der Wagen auf einem
Hofe hielt. Ein Reiter saß ab. Mit kräftigen Armen

hob er sie heraus, sie fühlte sich fest an seine Brust
gedrückt, und mit leiser Stimme flüsterte er ihr zärt=
liche Worte zu, als er sie die Treppe hinauf in ein
kleines Gemach trug. Während der Reise war das
beruhigende Ergebniß ihres Nachsinnens gewesen: der
Ruf ihres Reichthums habe sie in die Gewalt von
Räubern geführt, ein ansehnliches Lösegeld werde sie
befreien. Jetzt wußte sie auf einmal, sie sei in der
Gewalt eines Liebhabers. Eine furchtbare Angst er=
griff sie. Sie sammelte ihre letzte Kraft, aufzuschreien,
sich von ihm loszureißen. Er ließ sie, und setzte sie
sanft auf einem Sofa nieder.

Er enthüllte sich und warf sich ihr zu Füßen. Mit
sprachlosem Staunen erkannte sie Emmerich Barcoczy.
Es lag etwas Tröstliches in diesem Erkennen. Sie
glaubte im Augenblick sich sicherer. Sie fühlte dunkel,
daß es in ihrer Macht stehe, ihn glücklich oder un=
glücklich zu machen. Ihre Vorwürfe, ihre Verwün=
schungen beantwortete er mit Flehen um Vergebung,
mit Betheuerungen seiner Leidenschaft. Er benetzte ihre
Hände mit Thränen, er küßte ihre Füße. Er schwor
ihr bei seiner Ehre, daß er nur seinen Bitten, seiner

Liebe ihr Herz, ihre Hand verdanken wolle; und als
sie ihm unmuthig befahl, sie zu verlassen, war er ihr
gehorsam, nachdem er sie nur noch dringend ersucht,
mit der kleinen Abendmahlzeit, welche er ihr durch
eine Dienerin schicken werde, sich zu stärken, und im
anstoßenden Zimmer durch Schlaf sich von der be=
schwerlichen Reise zu erholen.

Drei Tage vergingen. Maria war eine Gefangene,
aber ihr Kerkermeister lag zu ihren Füßen, und als
er endlich von Flehen und Leidenschaft erschöpft, ver=
zweifelnd sie für frei erklärte, da flüsterte eine Stimme
in ihrer Brust ihr zu, daß sie das einzige Herz, das
auf dieser Erde ihr angehöre, nicht von sich stoßen
solle, daß eine Welt, in der niemand sie liebe, öder,
leerer sei, als eine Wüste, in welcher Ein Herz für
sie schlage. Sie hatte Zeit gehabt, Emmerich mit dem
Geliebten ihrer Jugend zu vergleichen. Sie stellte in
Gedanken Ferdinand's große, schlanke Gestalt, mit den
regelmäßigen, edeln Gesichtszügen und der männlichen
Anmuth der Bewegung neben Emmerich, dessen Wuchs
nur Kraft, dessen Gesicht nur Jugendblüte und ein
treues redliches Auge auszeichnete. Sie rief sich die

Eleganz der Rede, die dichterischen Anklänge, die gebildete Sprache der Unterhaltung Ferdinand's zurück —
alles das fehlte Emmerich, der, ein Sohn der Natur
und des Kriegs, seine Jugend wechselsweise im Lager
und in Einöden zugebracht hatte. Aber alle Vorzüge
Ferdinand's verschwanden. Es kamen Augenblicke, wo
Emmerich, auf dessen Gesichte sich die Liebe malte, ihr
schöner schien als Ferdinand, hinreißender, poetischer
seine Rede, welche die Liebe ihm eingab. Auch Ferdinand hatte sie geliebt, und weder Feuer noch Zärtlichkeit hatte sie je an ihm vermißt; aber nun schien es
ihr, als habe sie jetzt erst erfahren, was geliebt
werden sei, jetzt wo sie Emmerich sah und hörte.
Und hatte er sie nicht hoffnungslos, ferne, jahrelang
im Herzen bewahrt? Setzte er sich nicht jetzt um ihres
Besitzes willen mancherlei Gefahren aus? während
Ferdinand sie feig einem Andern überließ, als es galt,
zwischen ihr und des Oheims Gunst zu wählen?

Sie war erweicht. Emmerich ließ den guten
Augenblick nicht ungenutzt. Stürmisch, glühend und
liebend drang er ihr ein leises Ja ab. Ein protestan-
tischer Prediger war nicht weit. Schon den folgenden

Tag war sie vor Gott und Menschen Barcoczy's
Gattin, und sein Entzücken, seine Zärtlichkeit ließ ihr
nicht Zeit, den gethanen Schritt länger als augen-
blicklich zu bereuen.

Alles dies überdachte die arme Maria jetzt, und
Thräne auf Thräne drängte sich aus ihren schönen
Augen. Gerührt von seiner ausschließlichen, alles
opfernden Leidenschaft, hatte auch sie Emmerich lieb-
gewonnen, aber dennoch war sie weit entfernt, an
seiner Seite glücklich zu sein. In dem täglichen Umgang mit dem alten Oprah hatte sie ihren Geist um
vieles mehr ausgebildet, als es bei Frauen damaliger
Zeit und besonders in ihrem Vaterlande gewöhnlich
war. Der kluge Greis wünschte die blühende, gefühl-
volle junge Frau an das Haus zu fesseln, und sie
über Dichtung und Kunst die Wirklichkeit und die Ansprüche der Natur vergessen zu machen. So hatte sie
unter seiner Leitung französisch erlernt und sich im
Italienischen vervollkommnet, und die einzigen Ver-
gnügungen ihres Ehestandes hatten bald in der Beschäftigung mit der Literatur dieser beiden Sprachen
bestanden. Der französischen namentlich war der Alte

sehr zugethan, und er sprach noch gern von der Zeit, während welcher er als Cavalier mit der Gesandtschaft Kaiser Ferdinand's III. in Versailles an dem glän= zenden Hofe Anna's von Oesterreich gewesen, wo er einige berühmte Dichter und Philosophen persönlich kennen gelernt hatte. Auf diese Weise war Maria für die Vortheile geistiger Ausbildung äußerst empfänglich geworden; täglich aber fand sie Gelegenheit, den Sinn für Geistesfreuden in Emmerich zu vermissen. Zwar war dieser von Natur mit einer Seele begabt, die durch alles Schöne auf das lebhafteste erregt wurde. Der Blick auf die grotest=herrlichen Umgebungen seines Schlosses entzückte ihn; der Sonnenaufgang, eine Ge= witternacht, ein einfaches Lied — alles dies wirkte fast zauberisch, erweichend auf sein Gemüth. Aber kaum wußte er sich selbst Rechenschaft von diesen Eindrücken zu geben: die Sprache versagte ihm, wenn er es an= dern mittheilen sollte. Auch seine tiefe Empfänglichkeit für alles Hohe, Edle ließ sich mehr errathen, als daß er sie aussprach, und nicht selten verhüllte seine er= habensten Gefühle der Schleier einer kräftigen Rohheit. Alles was wir heutzutage Bildung nennen, fehlte

ihm gänzlich: er hatte schon als zarter Knabe besser
gelernt das Schwert als die Feder zu führen, besser
Rosse zu zügeln und zu lenken als Worte. Seine
ganze Belesenheit begrenzte sich auf einige strategetische
Werke, auf die Bibel und das Gesangbuch seiner Gemeinde. Auf den Umgang dieses Mannes beschränkt,
mußte sie nun die Blüte ihrer Jahre in einer Einöde
verwelken sehen, und sie konnte kaum hoffen, selbst
wenn die unerwartete Begnadigung ihrem Gatten erlaubte, aus seinem Versteck hervorzugehen, daß er ihn
je freiwillig mit dem Aufenthalt in einer Stadt, dessen
bloße Vorstellung er schon haßte, vertauschen würde.
Sie seufzte schmerzlich, wenn sie den Blick in eine
solche Zukunft richtete.

Der Sturm tobte unterdessen draußen furchtbar
durch die dichten Baumeswipfel des nahen Waldes,
daß in Maria's aufgeregter Seele die Angst um Emmerich höher stieg. „Wo mag er bleiben!" sagte sie
unruhig; „wie kann er mich doch so quälen. Ich
weiß es, er nimmt sich bei jedem Auszug vor, bald
wieder heimzukehren, allein die wilde Lust reißt stets
ihn fort. Kann's nicht der Kaiser sein und seine

Diener, die er bekriegt, soll doch das Wild von seiner
Hand fallen. Nichts freut als Kampf dies ungezähmte
Herz. Die Jagd ist ihm ein schwacher Ersatz für den
Krieg, der eigentlich sein Lebenselement ist. Ganz
Ungwar ist mit Theokeoli's Truppen besetzt, die er
doch nun nicht mehr als seine Freunde betrachten kann.
Wissen wir doch, wie sie es mit dem Grafen Hamonah
gemacht, der wie Emmerich von ihnen abfiel. Und
kommt er denn spät abends zu Hause, so kann ich,
wie ich auch zürnen will, seiner treuherzigen Freundlich=
keit nicht widerstehen. Es wiederholt sich immer, und
auch heute wird's nicht anders sein."

Indem sie so sprach, hörte sie ein Pferd auf dem
Hofe; sie trat an das Fenster und sah einen ein=
zelnen Reiter von der Dienerschaft umringt vor dem
Hause halten.

„Es ist der ältere Barcoczy", sagte sie misver=
gnügt, „die Dunkelheit verbirgt mir sein Gesicht, aber
ich erkenne ihn an der gigantischen Gestalt, und an
der Verehrung, mit der ihn die Diener bewillkommnen."
Und sich abwendend, fügte sie mit steigendem Unmuth
hinzu: „Der verhaßte Mann! ich kann ihn nicht ohne

innern Schauder sehen: die düstere Glut seiner Augen,
das tückische Lächeln, der Blick, der viel stets sagt
und doch immer mehr noch verschweigt. Sehr ungern
sah ich sein häufiges Kommen; er macht Emmerich
der Regierung noch verdächtiger, die dieses Geschlecht
nie außer Acht läßt. Er ist mir in der tiefsten Seele
zuwider. Gewiß, sein Werk ist's, daß ich hier bin,
und" — schloß sie zögernd, „wenn ich auch glücklich
wäre, möcht' ich's doch ihm nicht danken."

Ihr Gefühl trügte sie nicht. Er war es, der
Emmerich zu dem gewaltsamen Schritt bestimmt, der
wenigstens den Gedanken in ihm geweckt, sich durch
eine Entführung der Einwilligung ihrer Verwandten,
und vielleicht ihrer eigenen zu überheben, die zu erlangen er, dem Hofe verhaßt, der jüngste Sohn eines
verarmten, geächteten Hauses und ein Protestant,
wenig Hoffnung haben konnte. Ihr ahnte, daß der
stets schlau berechnende Mann die Liebe des Jünglings
nur zum Werkzeug seiner ehrsüchtigen Pläne gebraucht;
daß er, indem er vorgab, ihm als Freund zur Befriedigung seines heißesten Wunsches behülflich zu sein,
durch ihren Reichthum den erloschenen Glanz seines

Hauses wieder herzustellen und seiner Partei neue
Anhänger zu werben beabsichtigte. Die Roheit seiner
Sitten verletzte sie, das Uebergewicht, welches ihm
Alter, Gewohnheit und Charakter über Emmerich gab,
erregte ihre Eifersucht, und sein rastloses Geschäft,
die Fackel des Kriegs immer wieder von neuem zu
entzünden, machte ihr ihn furchtbar. Heute kam er,
übel mit seinem Tagewerk zufrieden. Die Gemüther
der Seinigen waren gebeugt, ihr Muth erloschen;
schon der Reichstag zu Oedenburg hatte dem Monarchen
die meisten seiner ungarischen Unterthanen versöhnt;
die ernstliche Neigung zum Frieden, die das Kaiser=
haus jetzt zeigte, hatte ihnen neue Hoffnungen einge=
flößt, die Gewohnheit ihnen manche Neuerung erträglich
gemacht. Aller Augen waren nach Wien gerichtet,
wohin Theokeoli selbst einen Friedensunterhändler ge=
schickt, und nach Preßburg, wo alle Angelegenheiten
der Nation geschlichtet werden sollten. Man wich
Stephan aus, und als er dringender ward, brach
man mit ihm. Seine Seele glühte von Zorn und
Verachtung.

„Gott grüß Euch, Schwester!" sagte er im

195

Hereintreten. „Ich höre, Emmerich ist nicht ba=
heim."

„Seib mir willkommen, Herr Schwager", er=
wiberte sie, sich mit Höflichkeit verneigenb, „Ihr hab
recht gehört. Schon ben ganzen Tag wart' ich seiner
in Unruhe unb Angst."

„Ach was!" versetzte jener, „wollt Ihr eines
Weibmanns Weib sein, so müßt Ihr Euch ben Sinn
ein wenig stählen. Ihr seib zwar ein Stabtkinb, gar
zärtlich unb fein erzogen, aber ich sollte meinen, unsere
Bergluft stärkte auch Weiberseelen."

„Ihr rauher Mann", antwortete Maria, „Ihr
wißt gar nicht einmal, wie einem zu Muth ist, wenn
man einen lieb hat."

„Ei", lachte Stephan, „macht mich nur nicht
gar zu einem Wilben. Ich mein' es ernsthaft. Wenn
sich Euer Herzchen so leicht betrübt, so hätte es sich
ben Emmerich Barcoczy nicht wählen sollen, benn ber
war von Kinbesbeinen an ein gar wilber, tüchtiger
Bube."

„Ihn wählen?" wieberholte Maria mit Nachbruck.

„Nun", entgegnete ber Mann, „nehmt es nur

13*

nicht allzu genau. Sagt was Ihr wollt. Ihr seid
doch vor Gott und Menschen, und vor all Euern
Heiligen obendrein seine kirchlich angetraute Frau.
Wann wählte Euer Geschlecht? So oder so gefreit:
was liegt daran? ob wir die Brautwerber voransenden,
oder ob wir sie gleich mitbringen, zwanzig an der Zahl?
Glaubt mir's aufs Wort! unter Euern städtischen Nach=
barn, nichtswürdigen Krämern, sinnverdrehenden Spitz=
buben von Rechtsgelehrten oder speichelleckenden Kaisers=
dienern wäre Euch kein so wackerer Mann geboren,
als hier in des alten Barcoczy Hause zu Samosko."

„Daß ich mit Euch darüber stritte", erwiderte
die sanfte Maria gereizt. „Ihr habt nicht nöthig,
Emmerich zu verfechten. Er liebt mich, und die Liebe
ist ein weit beredterer Sachwalter als Ihr. Etwas
anderes wäre es, wenn etwa schmuziger Eigennutz,
etwa die Begierde nach meinen Gütern, ihn zu dem
gesetzlosen Schritte bewogen hätte. Dann freilich müßte
ich ihn verachten. Denn nach meinen weibischen Be=
griffen ist es weit ehrenvoller, sich mühsam als ein
Krämer zu nähren, als ein großes Vermögen einer
wehrlosen Frau abzuzwingen."

Der Baron warf einen scharfen Blick auf sie.
Furchtsam von Natur, erschrak sie vor ihrer augen=
blicklichen Kühnheit und fuhr gemäßigter fort:

„Laßt das gut sein! Sagt mir vielmehr, womit
ich Euch bewirthen kann. Ich hoffe, Ihr bleibt zu
Nacht hier. Wollt Ihr auf Emmerich mit der Mahl=
zeit warten? befehlt Ihr einen Trunk? Wir sind zu
Euern Diensten."

„Ich dank' Euch", erwiderte jener, „laßt mir
eine Flasche reichen. Mit dem Essen wart' ich auf
den Hausherrn."

Während Maria einige Anordnungen zu seiner
Bewirthung machte, ging der finstere Mann mit großen
Schritten im Gemach auf und nieder. Er schien es
gar nicht zu bemerken, daß die Hausfrau wiederkehrte
und, sich still an das Feuer setzend, darauf wartete,
daß er das Schweigen breche. Endlich sagte sie:

„Herr Schwager, Ihr seid ja so stumm wie ein
Geist. Erzählt mir doch was Neues aus der fernen
Welt, welche die hohen Berge mir verschließen."

Stephan blieb plötzlich stehen, aber seine Miene
ward noch düsterer. „Dankt's unserm Herrgott", sagte

er rauh, der Euch die Welt verschlossen, die nichts
als Knechtschaft und Schmach will. Das feige Volk,
das seinen erwählten Fürsten feig in der Noth verläßt;
das seine edeln Freiheiten verkauft an Fremde, die es
mit Füßen treten. Ja, Elende, fuhr er heftiger fort,
werft euch nur in den Staub; laßt euch nur mit
Hunden in die Messe hetzen! kriecht an den Thrones=
stufen des ausländischen Herrschers, wärmt euch die
schlaffen Glieder im Sonnenschein der Hofgunst, laßt
euch Gesetze geben von Antichristen und von Päpst=
lern — laßt euch nur wieder nach Kroatien schleppen,
und 50 Thaler für den Kopf, Stück für Stück, auf
die Galeren von Neapel verkaufen, oder euch nieder=
metzeln ohne weiteres, wenn sie nicht ordentlich bezahlen
— wohl bekomm' es euch! — ihr verdient's nicht,
daß sich's ein ehrlicher Mann warm um euch werden
läßt —"

„Sagt", fragte Maria begierig, „fiel etwas
Neues vor?"

„Was kümmert's euch", versetzte er. „Geht an
euern Spinnrocken und seht nach eurer Küche, ihr
Weiber! Ob etwas vorfiel? das ist's ja eben. Nichts,

nichts fiel vor, nichts kann geschehen; denn Thaten
die wollen Kraft. Aber dies entartete Geschlecht ist
wie eine Schar Rehe, die sich im Dickicht des Waldes
verbirgt, sobald sie den Jäger spürt und seine Hunde.
Nun, wohl bekomm' euch die Messe! lange wird's nicht
dauern, so müßt ihr alle hinein."

„Ich bitte Euch", erwiderte Maria, „faßt, mäßigt
Euch. Emmerich muß bald da sein. Wozu, sagt
selbst, könnt' es frommen, den Funken wieder anzu-
blasen, der, schon halb erstickt, in seiner Brust noch
glimmt. Er würde, stehen vollends die Sachen so,
nur Feuer werden, ihn selbst, nicht aber die Kraft
Eurer Gegner zu verzehren. Das Weiseste ist, in die
Zeit sich schicken."

Der Hifthörner lustiger Ton erschallte, als Stephan eben antworten wollte. Zugleich füllte sich der
Hof mit den rückkehrenden Jägern; Maria sah mit
Verwunderung ihre Zahl um zwei Fremde vermehrt,
und sie hatte Emmerich's Gäste von einer so unliebens-
würdigen Seite kennen gelernt, daß diese Bemerkung
die eiligen Schritte hemmte, die sie eben freudig ihrem
Gemahl entgegenlenken wollte. Als sie herauskam,

waren daher die Reiter schon abgesessen, und neben
Emmerich trat die hohe jugendliche Gestalt eines
Fremden auf sie zu, der ein elegantes Reisekleid trug.

„Ich bringe dir einen Gast mit, liebste Frau"!
sagte Emmerich, sie herzlich umarmend. „Empfange
ihn freundlich." Der Fremde verbeugte sich tief. In
der Dämmerung des Vorhauses konnte sie sein Gesicht
kaum sehen; als er aber einige höfliche Worte zur
Entschuldigung seines späten Besuchs sprach, erschrak
sie beim ersten Ton einer Stimme, die sie vor vielen
Jahren gehört zu haben meinte. Eine seltsame Bewegung ergriff sie: sie konnte nur sich stumm ver-
neigen und durch Geberden in die innern Zimmer
nöthigen.

„Ich bitte Euch", sagte hier Emmerich zum Gaste,
nachdem er den Bruder eilig bewillkommnet; „ich bitt'
Euch, macht's Euch bequem. Thut als ob Ihr zu
Haus wäret. Das prasselnde Feuer thut den erstarrten
Gliedern wohl, und Ihr seid unsern Winter nicht ge-
wohnt. Erwärmt Euch, und nehmt dann mit einer
Abendmahlzeit fürlieb, schlecht und gering, wie sie nur
ein armer ungarischer Edelmann Euch bieten kann, die

uns aber besser schmecken soll, als dem Kaiser sein
Mahl in Wien, weil wir sie mit gutem Gewissen verzehren, weil wir das Mittagsessen entbehren mußten,
und auch weil mein holdseliges Weibchen den Vorsitz
dabei führt."

Bei diesen Worten suchten seine Blicke zärtlich die
Augen Maria's, und mit Bestürzung sah er die
Geliebte leichenblaß und zitternd sich an einen Sessel
lehnen.

„Was ist dir?" rief er auf sie zuspringend. „Meine
Geliebte, bist du krank? wie ist dir?"

Sie warf sich mit Heftigkeit in seine Arme und
sagte: „Wohl, seitdem du wieder bei mir bist, verlaß
mich nicht wieder so lange, guter Emmerich!"

„Ist's möglich!" rief er mit freudigem Schreck,
„die Angst um mich machte dich krank?"

„O ich bin ein schwaches Weib", flüsterte sie,
während sie ihr liebliches Gesicht, das jetzt vor Scham-
röthe glühte, indem sie seine Treuherzigkeit betrog, an
seiner Schulter verbarg.

„Geliebte meines Herzens", rief er entzückt, sie
inniger an sich drückend, „Licht, Seele meines Lebens!

nimmer, nimmer soll es mehr geschehen! verwünscht
will ich sein, wenn ich dich je wieder kränke, dir je
wieder die lieben, schönen, herrlichen Aeuglein netze.
Vergib mir dies eine mal. Das Wild neckte mich
hin und her. Und könnt' ich hoffen — — —"

„Laß mich", erwiderte sie doppelsinnig, sich seinen
Armen entwindend; „Deine Güte beschämt mich. Ich
fühle ganz meine Thorheit."

Der Fremde war nicht befangen genug, um nicht
aus dem Entzücken, mit welchem Emmerich die Liebes-
zeichen seiner Gattin empfing, zu schließen, daß er
ihrer wenig gewohnt sei. Seine Blicke lagen mit unruhiger Aufmerksamkeit auf den beiden. Aber noch
lauernder schien das Auge Stephan's ihm bis ins
tiefste Herz schauen zu wollen, und es wandte sich nur
von ihm, um auf den deutschen Diener zu fallen, der
des Fremden Gepäck hereingebracht, und sich jetzt unter
die Dienerschaft des Hauses gemischt hatte.

„Auf ein Wort, Bruder", sagte endlich der ältere
Barcoczy zu Emmerich, als dieser sich wieder zu den
Männern wandte, ihn abseits führend, „kennst du
deinen Gast?"

„Er hat mir seinen Namen gesagt, ich habe ihn aber vergessen. Was geht es mich weiter an?"

„Es ist kein Ungar?"

„Er kommt wenigstens eben aus Deutschland. Aber wie kommst du zu der Neugierde? Pflegt etwa unsere Gastfreundschaft nach Nation, Titel und Würden verirrter Fremdlinge zu fragen, ehe sie ihre Thür öffnet?"

„Es sind bedenkliche Zeiten", versetzte jener. „Es schleichen viele Kaiserliche im Lande umher, uns auf= zulauern und anzuschwärzen in Wien. Nimm dich in Acht, daß es dir in Preßburg nicht schlimm geht."

„Mag's sein!" entgegnete Emmerich leichtsinnig; „dieser ist keiner davon, und wenn es wäre, mir könnt's gleichviel sein. Du weißt ja, ich habe nichts mehr zu schaffen mit euch. — Aber noch einmal, dieser ist keiner davon. Es ist ein hübscher, gesitteter Mann, mit dem sich gut leben läßt. Er reist zu seinem Ver= gnügen, und ist in unsere Berge verliebt. Ich fand ihn mit seinem Diener im Walde verirrt."

Der Mann, der Stephan's Besorgnisse rege ge= macht, hatte sich unterdessen einigemal vergeblich Maria

zu nähern gesucht: sie stand mit stolzer Kälte von ihm
abgewendet und vermied jeden seiner Blicke. Er ließ
endlich von seinem Bemühen ab, rieb sich die Hände,
leerte sein Glas, und trat an das Fenster, bis Em=
merich zu ihm kam und ihn noch einmal freundlich zu
einer magyarischen Abendmahlzeit einlud.

Durch Maria's Güte heute zu lauter Freude auf=
gereizt, sprach Emmerich der Flasche tapfer zu, und
unterließ auch nicht seinen Gast bringend, zu nöthigen.
Stephan schien die Pflichten des Wirths mit ihm
theilen zu wollen; auch er trank dem Fremden unauf=
hörlich zu, und suchte alle Vorwände, unter welchen
dieser das allzu starke Trinken verweigerte, zu entkräften.
Letzterer schien einige Verlegenheit unter des ältern
Barons stechenden Blicken zu empfinden, doch beant=
wortete er dessen listig gestellte Fragen mit freundlicher
Besonnenheit. Unaufgefordert erzählte er, er sei ein
Maler aus Dresden und heiße Friedrich Sommer.
Er fügte hinzu, er reise im Auftrag des jungen Prinzen
August, um für dessen Cabinet Landschaften aufzu=
nehmen. Eben komme er aus Italien. Er rief auch
seinen Diener herbei, ihm aus seiner Reisemappe

einige ſkizzirte Zeichnungen zu bringen, welche bereits
die ſchönſten Punkte der Donau- und Drauufer dar-
ſtellten. Emmerich bewunderte freudig ſeine Kunſt,
ſprach mit Wärme von ſeinem Lande, zeigte ſein Misvergnügen über die jetzige Lage deſſelben unverhohlen,
und ſetzte hinzu, die Liebe habe ihn in den treueſten
Unterthanen des öſterreichiſchen Hauſes verwandelt.
Dies Wort bekräftigen wollend, trank er auf die Ge-
ſundheit des Kaiſers. Als die Mahlzeit geendet war,
ſtand Maria, die während derſelben meiſt in Gedanken
geſeſſen und nur von Zeit zu Zeit Emmerich zuge-
lächelt, auf, ſich in ihr Gemach zu begeben. Emmerich
rief ſchon nach neuen Flaſchen, als auch Stephan ſich
erhob, indem er ſprach:

„Vergönne mir zwei Worte, Bruder! Dein Gaſt
wird uns entſchuldigen. Ich muß heut' noch weiter
und die Nacht rückt heran. Deine Hausfrau mag ihn
unterhalten, bis ich dich entlaſſe."

Emmerich führte darauf den Fremden mit einigen
höflichen Reden in Maria's Zimmer zurück, und, ſeiner
Gattin freundlich Sorge für den Gaſt empfehlend,
verließ er beide, ohne im mindeſten den faſſungsloſen

Zustand gewahr zu werden, in welchen sein und des Fremden Erscheinen sie versetzte.

Als Emmerich das Zimmer verlassen, sah Ferdinand Szentirany — denn er war es — vorsichtig umher, nahte sich darauf Marien mit schnellen Schritten, und ihre Hand sanft fassend, sprach er leise:

„Maria, ich bin's!"

„Kaum trau' ich meinen Sinnen", erwiderte sie ebenso leise: „Ihr, Ferdinand Szentirany, und in diesem Hause!"

„Ja", versetzte er lebhaft, „bis in dies Haus, wo Haß und Liebe mir gleiche Gefahren drohen, dring' ich Euch nach."

„Mir nach!" rief sie bestürzt; „was sagt Ihr?"

„Mag es sein", fuhr er mit immer zärtlicher werdender Stimme fort, „daß schon verrätherische Netze mich umspinnen, daß des Mörders Dolch schon auf mich lauert: seh' ich Euch doch wieder!"

„Was sagt Ihr!" versetzte sie athemlos; „meinet= wegen! nimmermehr!" fügte sie heftig hinzu, ihre Hand ihm entreißend.

„O meine Maria", sagte Ferdinand, „kann Euch

dies befremden? Fährt nicht der Bergmann in tiefe
Schachten ein, den Schatz dort auszuspähen, den
finstere Mächte in der Erde Schos gefangen halten?
So trieb es mich in diese Bergesschluchten, die dich
begraben, heller Edelstein! Ich finde, ich erkenne dich!
doch leuchtender, strahlender als je seh' ich dich
wieder!"

Während er dies mit Begeisterung sprach, hatte
sich Maria vollkommnen gesammelt. Sie fühlte es
wieder deutlich, daß er sich durch sein Betragen zum
Gegenstand ihres gerechtesten Zornes gemacht hatte.
Als er geendet, sagte sie mit schneidender Kälte: „Spart
Eure Worte, Herr von Szentirany, ihr süßer Klang
stimmt wenig zu Eurer Handlungsweise!"

„Wie", rief er, indem er, da sie ihn nicht ansah,
den Ausdruck des höchsten Erstaunens in seine Stimme
legte, „wie, Ihr zweifelt an mir!"

„Stimmt schlecht auch", fuhr sie fort, „zu der
Rolle, die Ihr hier als der Gastfreund Emmerich
Barcoczy's spielt. Sprecht offen, was führt Euch,
des Kaisers Kammerherrn und ergebenen Diener, in
diese Berge? Welch ein kluger Plan, entdeckt es mir,

führt Euch zu den erklärten Feinden Eurer Partei?
Kommt Ihr etwa vom wiener Hofe abgesendet, es
künstlich auszuforschen, ob des kühnen, vielverfolgten
Hauses Sinn endlich gebrochen? — Faßt Muth, Ihr
mächtigen Männer!" fuhr sie mit leisem Hohne fort,
„einem schwachen Weibe ist es gelungen, einen dieser
Löwen zu zähmen. Mich liebt er, mir will er den
theuern Gatten erhalten, darum hält er Ruhe. Dem
Glück der Häuslichkeit hat er den alten Groll, sowie
die alten Neigungen aufgeopfert."

„Maria! Grausame!" antwortete Ferdinand nach
einer kurzen Pause, „was geläng' Euch nicht. Nur
allzu wohl habt Ihr auch jetzt das Ziel getroffen, das
Ihr Euch auserkort, im Uebermuth der Schönheit.
Strafen wollt Ihr mich, den längst schon sein Ver=
gehen — wenn's eines ist, dem Schicksale gehorchen —
selbst gestraft. Ein jedes Eurer Worte drang wie ein
schneidend Messer durch die Seele."

„Dem Schicksale gehorchen", versetzte sie lebhaft,
„nennt Ihr dem eiteln Hange Eures Herzens folgen?
O freilich, Euer Schicksal war, am Hofe in Glanz
und Pracht zu erscheinen! Wie hätte doch dort die

arme einfältige Maria bestanden!" Die junge Thörin, die es für lauter Ernst nahm, was Euer Mund ihr blos zum Scherz mit tausend Eidschwüren versicherte: daß ihre Augen Euch herrlicher strahlten, als aller Diamantenglanz der Kaiserin und ihrer Damen; daß das Gold ihrer Locken Euch köstlicher sei, als alles was Ihr jemals von Eurem Oheim zu hoffen hättet, wenn Ihr seinen Befehlen gehorchtet."

Ferdinand schwieg wieder eine Weile, dann sagte er in schmerzhaftem Ton: „Ihr seht mich starr stehen und sprachlos vor Erstaunen. Nach jahrelanger, heißer Sehnsucht finde ich Euch wieder, doch Ihr seid es, und seid es auch nicht. Es ist das süße Auge, die klare Stirn, der rosige Schimmer der Wangen, es ist noch die herrliche Gestalt, die Anmuth der Bewegung, aus deren Anschauen ich einstens Leben sog; o es ist mehr noch, es ist die Knospe, die sich zur Königin der Blumen in stolzer Freudigkeit entfaltet hat. Aber nicht die mir vertraute, sanfte Seele meiner Maria tönt von den Lippen wieder. Fremd erklingt mir Eure Rede. Ich fühl' es, der böse Geist des Mis=

trauens hat sich Eurer zarten Brust bemeistert, und lenkt Eure Zunge zu schneidenden, tödtlich schlimmen Worten!" —

Während er sprach, hatte sich Maria niedergesetzt und ihr Gesicht mit beiden Händen bedeckt. Die schöne, männliche Stimme drang schmeichelnd in ihr Ohr, in ihr Herz. Jetzt rief sie heftig:

„O könntet Ihr Euer Thun vertheidigen! o könntet Ihr Euch entlasten von der schweren Schuld, die mich an Eurer Statt zu Boden drückt! Ihr könnt es nicht; vor meinem Herzen könnt Ihr's nicht. Denn alle meine Thränen löschten nicht aus, was die Erinnerung mir mit Flammenzügen in die Seele schrieb. Ein harmloses Kind war ich", fuhr sie, sich in wehmüthigem Rückblick verlierend, fort, „von frommen Aeltern in Gottesfurcht und in strenger Stille erzogen, an Noth und bittere Armuth früh gewöhnt, mich keiner Lust der Jugend je erfreuend, fand ich doch ein bescheidenes Glück in meinem Busen. Bis Euer Erscheinen, Euer kühnes Nahen und Eure Liebesschwüre mir meinen stillen Frieden auf ewig raubten."

„Und bot dir, meine Maria", fragte er, ihre

Hand zärtlich an seine Brust drückend, „die Liebe nicht
den köstlichsten Ersatz?"

„Ja", antwortete sie weinend, „glücklich war ich
Eine süße Stunde. Ich war es, bis mich der Befehl
der harten Verwandten jenem eigensüchtigen Greise
übergab. Ihr wißt es, Ferdinand, ich schrieb an
Euch, meine Hand bebte, meine Thränen befeuchteten
das Blatt. Um Rettung bat ich Euch; demüthig fleht'
ich, was Eure Schwüre und meine Liebe zu fordern
mich berechtigten. In meiner Kammer saß ich in
Thränen Eurer harrend, Eurer Botschaft. Ach, um=
sonst. Ein Tag nach dem andern verstrich. Der
Hochzeitmorgen brach an, Ihr erschient nicht. Ein
Opfer ward ich geschmückt vor den Altar geführt, Ihr
aber" — — —

„Durft' ich es wagen", unterbrach er sie, „an
mein dunkles Loos das Eurer süßen Jugend anzuknüpfen?
Ich der jüngste Sohn meines Hauses, von des Oheims
karg zugemessener Gnade lebend. Durft' ich, während
Euch ein Anderer Schätze bot, es wagen, Euch, deren
schönes Haupt nur die apostolische Krone würdig zieren
würde, einem Leben voll Noth und Elend zuzuführen?

14*

Verkennt es nicht! Liebe, Liebe allein war es, die mich leitete. Das aber ist die wahre nicht, die eigensüchtig sich selbst bedenkt, nur im Besitz beglückt."

„Nein, Ferdinand", rief Maria leidenschaftlich, „Ihr habt nie geliebt! Ihr hättet es empfinden müssen, ein zärtlich Herz verschmähe gern die Welt und ihre Schätze, wenn nicht die Hand der Liebe sie ihm bietet. Ihr hättet es wissen müssen, daß es ihm süßer sei, mit dem Auserwählten am Wanderstab von Thür zu Thür zu gehen, vom menschlichen Erbarmen lebend — aber", unterbrach sie sich erschrocken, „wohin verirr' ich mich? Wie ist mir denn? Gott! was hab' ich gesagt? Seid schuldig, seid es nicht, mir seid Ihr fremd. Bin ich nicht die Frau Emmerich Bar= coczy's? Eures Feindes? Was drängt Ihr Euch von neuem zwischen mich und meinen Frieden? Geht! Geht! warum ruft Ihr in mir wach, was schon die Zeit in Schlaf zu wiegen begann? —"

Maria war in der höchsten Bewegung. Ihr Herz klopfte ungestüm. Ihre Wangen brannten, abwehrend streckte sie beide Hände gegen ihn aus, und sank in den Sessel zurück. Ferdinand hätte weder Liebhaber noch Hofmann sein müssen, wenn er diesen Moment ungenutzt hätte vorübergehen lassen.

„Nein, nein", rief er, zu ihren Füßen nieder=stürzend, „laßt vielmehr es mich zum ewigen Leben wecken. O laß mich Worte finden, Zauberformeln, die den schwarzen Dämon bannen, welcher dein Herz mit blindem Wahn gefangen hält. Doch nicht der Worte braucht es. Daß du mich hier siehst, in diesen Mauern, dir treu geblieben sechs Jahre lang mitten unter den Lockungen eines glänzenden Hofs — ist es ein Zeugniß unwürdiger Vergessenheit? So strafe mich denn! mein Leben, meine Freiheit sind in deiner Hand. Sprich meinen Namen aus, und die Flamme deines Zornes löscht sich in den Strömen meines Herzblutes! Jene Räuber, jene Brüder sind zur rechten Stunde beisammen. Ein einzig Wort von dir, und sie werden begierig den Vortheil ergreifen, den meine Wehrlosigkeit ihnen gibt. Theokeoli haßt uns wie den Tod, und diese Barcoczys werden triumphiren, ihren Kaiser in einem seiner treuesten Diener kränken zu können, meinen Oheim in seinem Neffen."

„O haltet ein!" rief Maria außer sich, „Ihr

verkennt Emmerich, verkennt mich. Was quält Ihr
mich? Verlaßt mich, und laßt mich Euch nimmer,
nimmer wiederſehen!"

„O nein, ich will ihn feſthalten, dieſen köſtlichen
Moment! Bald kehrt der, der ſich erfrecht, ſich Euer
Gatte zu nennen, zurück. Nur wenige Minuten bleiben
mir. Hört mich!" fuhr er fort, indem er aufſtand;
„ja, ich verließ Preßburg mit zerriſſenem Herzen.
Ich folgte des Oheims Ruf, betrat des Hofes glatte
Bahn. Ich fand Glanz und Ehre. Es ſchien als ob
das Glück Reue fühlte, als wollte es mir durch tau=
ſend Gaben erſetzen, daß es mir Eine unſchätzbare
Gabe entzogen. Der Kaiſer überſchüttete mich mit
Gnade, der erſte Miniſter ſchenkte mir ſeine Gunſt.
Aber ich war nicht glücklich. Wählt unter den Schönen
unſers Hofes, ſagte die Kaiſerin. Aber keine war
ſchön neben dir. Da hörte ich: du ſeiſt frei. Ich
warf mich meinem Herrn zu Füßen, ich bat ihn um
Urlaub, ich ſprach ihm von dir. Geht, ſagte der ge=
fühlvolle Fürſt, gebt unſerm Hofe dieſen Schmuck,
bringt meiner Gemahlin eine treue Dienerin, eine
Freundin. Ich eile auf Flügeln der Liebe nach Preß=

burg, kein Zweifel kommt in mein Herz — meiner
Maria Liebe ist ewig, sag' ich mir, wie die meine
ewig ist. Ich komme; ich höre erstarrt, du seist in
den ruchlosen Händen eines Räubers, eines Hochver=
räthers, eines Aufrührers. Zorn füllt meine ganze
Seele; allein mein Entschluß ist gefaßt: dich retten,
dich besitzen oder sterben. Ich bedurfte der List, mich
in dies wohlverwahrte Haus einzuführen. Ich bin
hier und —"

Jetzt unterbrach Emmerich, mit herzlicher Entschul=
digung seiner langen Abwesenheit, das Gespräch; Fer=
dinand begann sogleich mit ruhiger Fassung ein neues,
während welchem Maria sich still und leidend verhielt.
Emmerich war etwas zerstreut. Die Unterredung mit
Stephan hatte sichtlich auf seine Stimmung gewirkt.
So ging der Abend hin.

Den folgenden Morgen schien der Reisende wieder
aufbrechen zu wollen, allein sein Wirth bat ihn mit
aller herzlichen Gastfreundlichkeit seiner Landsleute zu
verweilen. Er schlug ihm vor, Samosko zu seinem
Aufenthalt zu wählen, solange er in dieser Gegend sei,
und von hier aus, seinem Zwecke günstige Streifereien

in die Gebirge zu machen. Er selbst, erbot er sich,
wolle ihn an verschiedene schöne Stellen geleiten, und
in den unwirthbarern Gegenden sein Führer sein. Der
Fremde nahm nach einigen bescheidenen Weigerungen
Einladung und Versprechen dankbar an, und schon
beim ersten Frühstück ward die Sache völlig verabredet. Maria saß während der Verhandlungen schweigend mit hochklopfendem Herzen da. Als ihr Gemahl
sie aufforderte, in seine Einladung einzustimmen, that
sie es, nach seiner Meinung, mit so ungastfreundlicher
Kälte, daß dieser, die ihm heiligen Gesetze der Hospi-
talität dadurch verletzt glaubend, sich veranlaßt fühlte,
noch dringender zu werden. An Ungleichheit in Maria's Betragen gewöhnt, fand er, arglos und wenig
beobachtend wie er war, auch jetzt nichts Auffallendes
an ihr.

So ahnte er nicht, was seine unglückliche Gattin
während der acht Tage litt, die der fremde Künstler
ihr Gast war. Ihr Herz brach fast unter dem schweren
Kampfe zwischen Liebe und ehelicher Pflicht, zwischen
dem Wunsche glücklich zu sein und der Furcht unglücklich zu machen. Keinen Augenblick des Alleinseins mit

ihr ließ Ferdinand Szentiván ungenutzt vorübergehen.
Immer wieder von neuem rollte er ein Gemälde vor
ihr auf, das ihr die zärtlichste Liebe, endlich befriedigte
Sehnsucht und als lockenden Hintergrund den Glanz
des Hofs, die Freuden einer unbekannten Welt zeigte.
Daß seine Treue nie gewankt, glaubte sie kaum mehr
bezweifeln zu dürfen; kehrte er doch nach sechs Jahren
wieder zu ihr zurück, er, der bei seiner glänzenden
Bildung, bei seines Oheims Reichthum und Macht
und des Kaisers Gunst, wie die Unerfahrene meinte,
tausend vornehmere und schönere Mädchen hätte finden
können, zu denen der Weg nicht durch Gefahren und
Mühen ging, wie zu ihr. Alles was außer der Vor=
stellung einer ergebenen Treue die Phantasie einer
Frau sonst noch beschäftigen und reizen kann, mußte
Ferdinand überdem in Bewegung zu setzen, und auch
hier kam ihm ihre gänzliche Unkenntniß der Welt und
ihrer Verhältnisse sehr zu Hülfe. Mehr als einmal
erinnerte er sie daran, daß schon der ganze Hof sie
erwarte, daß sie die vertraute Dienerin, die Freundin
ihrer Kaiserin sein solle, und er mußte heimlich lächeln
über die Wirkung, die diese Vorstellung that. „O

Eitelkeit! o Weiber!" sagte er für sich, und lächelnd
ging er sichern Schrittes auf sein Ziel los.

Der arme Emmerich hingegen gebrauchte in seiner
Treuherzigkeit nicht einmal die Waffen, die ihm zu
Gebote standen und mit denen er vielleicht sogar
einen so gefährlichen Liebhaber hätte besiegen können,
als Ferdinand war; hätte er nur im Augenblicke, wo
es nöthig war, sie zu führen verstanden. Durch
immer dringender werdende Aufforderungen, sich einer
neuen Verbindung zu Gunsten Theckeoli's anzuschließen,
auf das lebhafteste beunruhigt, war er in diesen
Tagen gerade, und zwar zum ersten male während
seiner Ehe, mehr mit seinem Vaterlande als mit seiner
Liebe beschäftigt. Zerstreut und unentschlossen, ward
er, wenn er sich bei Maria zu erheitern wünschte,
durch ihre Verstimmung und trübe Laune nur selbst
noch verstimmter. Dagegen fand er in der Unter=
haltung mit dem heiter=besonnenen, ruhig=gefaßten
Gaste einige Erholung, und er gab daher zu, daß sich
Maria häufig in ihr einsames Gemach zurückzog.

Und doch mußte Maria im Grunde ihres Herzens
von seiner unveränderlichen Liebe überzeugt sein, denn

zuletzt war es fast allein Mitleiden, was sie abhielt,
in die Trennung von ihm zu willigen. Nach und
nach war es Ferdinand's Beredsamkeit beinahe ge=
lungen, sie glauben zu machen, sie begehe durchaus
kein moralisches Unrecht oder keine Sünde, wie man
sich zu jener Zeit auszudrücken pflegte, wenn sie einen
Mann verließe, der nur durch Zwang zum Besitz ihrer
Hand gelangt war.

„Blieb dir eine andere Wahl?" sagte er. „Und
weiß er nicht so gut wie du, daß dir keine blieb, daß
du nur seine Gattin wurdest, deine Ehre zu retten?
Wer hat je den Gefangenen eines Unrechts geziehen,
der auf seine Befreiung bedacht ist, ohne an die Ver=
antwortlichkeit seines Kerkermeisters zu denken? Soll
er in Fesseln bleiben, um ihn nicht ins Verderben zu
stürzen? soll er die Ketten darum ewig tragen, weil
er sich einmal ihrer nicht hat erwehren können? —
Dein Wort vor dem Altare? — Aber wem hast du
es gegeben? Einem Manne, der von seinem Gotte,
der von deiner Religion abgefallen ist, einem Ketzer.
Der Himmel hat deinen Eid nicht gehört; er hat ihn
nicht angenommen, denn du durftest ihn nicht schwören.

Der Staat erkennt ihn nicht an, denn du durftest dein Vermögen nicht einem Aufrührer, einem Hochverräther schenken, der es verwendet, sich Spießgesellen zu werben und neue Ränke gegen die heilige Person seines Kaisers zu schmieden. Und in welches grenzen= lose Verderben wird, muß die Verbindung mit diesen Barcoczys dich einst noch stürzen, wenn du eigensinnig in einer Verblendung beharrst, die du Pflicht nennst. Du schmeichelst dir, der Friede sei vor der Thür; er werde dir erlauben, in eine Welt zurückzukehren, der du angehörst. Aber wie wenig kennst du den Stand der Angelegenheiten dieser Barcoczys. Es ist gar keinem Zweifel unterworfen, daß sie, nebst dem Grafen selbst, als die ersten Anstifter dieser letzten Empörung, von der Amnestie ausgeschlossen bleiben. Emmerich verräth seinen gänzlichen Mangel an Urtheilskraft, wenn er thörichterweise glaubt, Verbrechen dieser Art dürfe ein Monarch verzeihen. Bleibt ihm etwas anderes, als zu Theokoli zurückzukehren? In deine Wohnung wirst du rohe Muselmänner eindringen sehen, Tatarenhorden werden deine Mägde als Sklavinnen fortschleppen. Sag' nicht, sie kommen als Freunde,

als Verbündete. Blicke nach der nachbarlichen Walachei,
nach der Moldau, diesen Schutzländern der Gottlosen,
und du wirst es fühlen, ihre Freundschaft ist entsetz=
licher als die Feindschaft christlicher Mächte. Fern
im Heere der Aufrührer kämpfend, wird Emmerich
dich nicht schützen können, wenn er auch wollte. Maria!
— ein wüthender Schmerz faßt meinen Busen bei dem
Gedanken, daß auch du als reizende Beute mit fort=
geführt, im Harem irgendeines verworfenen Ungläu=
bigen verblühen solltest! Du, die du mit einem
einzigen muthigen Schritte die Zierde des Kaiserhofs,
die geliebte und verehrte Hausfrau eines Mannes sein
könntest, dem alle Gunst und Gnade seines Herrn nicht
deinen Verlust ersetzen konnte." —

Dies und Aehnliches hörte Maria täglich. Keiner
unter Ferdinand's Gründen blieb ohne Eindruck auf
ihr Gemüth. Und selbst wenn der Gang der Be=
gebenheiten sie nicht in das schreckliche Unglück führte,
auf welches Ferdinand hindeutete, war nicht auch das,
was sie hauptsächlich hier hielt, Emmerich's Liebe, ihr
selbst schon oft als das Werkzeug erschienen, ihre
Reichthümer einer unruhigen Partei zuzuwenden? Sie

kam auf diese Weise dahin, es sich als Großmuth, als
zarte Gewissenhaftigkeit anzurechnen, daß sie einen
Schritt nicht thun wolle, zu welchem die an ihr ver=
übte Gewalt sie zu berechtigen schien; daß sie ihn blos
aus Rücksicht auf das Glück eines Mannes zu thun
verschmähe, der sich so schwer gegen sie vergangen,
und damit ihr eigenes Glück opfere. Allein ihrer Em=
pfindung gegen den, dem sie dies Opfer brachte, mischte
sich nach und nach etwas unsäglich Bitteres bei, um
so mehr, da er jetzt gerade ihren Werth und ihre
Güte weniger zu erkennen schien. Immer mehr ver=
senkte sie sich in jenes verderbliche Mitleiden mit sich
selbst, das auf die Dauer selbst starke Herzen ent=
kräftet, schwächere aber ganz zu Grunde richtet. Fer=
dinand's Dringen setzte sie zwar ein wiederholtes Nein
entgegen, aber dieses Nein ward von so vielen heißen
Thränen begleitet, daß auch ein minder erfahrener
Mann nicht den Muth verloren haben würde.

Am neunten Morgen saßen alle drei beim Früh=
stück, als ein vertrauter Diener dem Hausherrn einen
Brief überbrachte, den, wie er sagte, ein geheimniß=
voller und schnell wieder verschwindender Bote abge=

geben habe. Emmerich veränderte die Farbe, als er
die wenigen Zeilen flüchtig überblickt. Er stand auf,
ging unruhig auf und nieder und endlich aus dem
Zimmer.

„Das Schreiben ist von Theokecli", sagte Ferdi=
nand flüsternd und Maria näher rückend. „Es be=
scheidet Emmerich an einen Ort, wo schon mehrere
seiner alten Anhänger versammelt sind und sich mit
Hülfe des Seraskiers von neuem rüsten, Moncacz zu
entsetzen, das der General Karaffa bedroht. Gib
Acht! Emmerich wird schnell verreisen; die Stunde
ist da — entschließe dich, meine Maria!" —

Emmerich hatte wirklich die Hand seines Herrn
und Freundes erkannt; aber anders, als Ferdinand
ihn andeutete, lautete der Inhalt. Schon war ein
dunkles Gerücht nach Samosko gekommen, Graf Theo=
kecli sei vom Seraskier verrätherischerweise gefangen
genommen und dem General Karaffa übergeben worden.
Die Worte des Briefs bestätigten wenigstens einen
Theil dieses Gerüchtes. Er war in lateinischer Sprache
abgefaßt und enthielt Folgendes:

„Dies Wort der Freund dem Freunde! — Emmerich

Barcoczy, ich grüße dich aus der Gefangenschaft. Du hattest recht, mich vor dem Bunde mit Ungläubigen und Verräthern zu warnen. Uebermorgen will der Seraskier mich nach Adrianopel abführen lassen. Bist du derselbe noch, der mir geschworen, stets zu meinen Diensten zu sein, wo es meine Ehre oder mein Leben gilt, so begib dich auf der Stelle so heimlich als möglich nach Veresmart. Dort wirst du Ketezer, Petroczy, Kendi und andere Getreue finden. Eurem vereinigten Muthe oder eurer List wird es gelingen, mich zu befreien. Von ihnen erfährst du das Nähere. Ich verlasse diese Verräther und, nach Polen flüchtend, werfe ich mich Sobieski in die Arme. Emmerich! ich baue auf dich.   E. T."

Was des Freiherrn Wangen verfärbt, als er diesen Brief zuerst las, war keineswegs der Gedanke an die eigene Gefahr bei einem solchen Unternehmen: die Folgen dieses Schrittes waren es, die sich nebst Besorgniß um den Freund plötzlich vor seine Seele drängten. Auf dem Punkte, seinen Frieden mit dem Kaiser zu schließen, war es ihm klar, daß er sich durch die Befreiung Theokeoli's wieder als dessen

entschiedener Anhänger darstellte. Er fühlte außerdem,
daß er diesem, wenn der einzige Umstand, um dessent=
willen er ihn verlassen, die Verbindung mit den Un=
gläubigen, gehoben wäre, seinen Beistand jetzt nicht
mehr versagen dürfe, wo noch kein neuer Eid an
Oesterreich ihn band. Die Pforte schien äußerst geneigt
zum Frieden; nicht weniger Fürst Apafi. Dagegen
gestaltete sich das Verhältniß zwischen dem Kaiser und
Frankreich von neuem feindlich; es war nicht unwahr=
scheinlich, daß der wieder ausbrechende Krieg auch
Ungarn wieder in Flammen setzen werde. Emmerich
hatte Kriegslust und Muth mit der Muttermilch ein=
gesogen. Unter Kampf und Schlachten aufgewachsen,
waren stets die rastloseste kriegerische Thätigkeit und
die unumschränkte Freiheit eines solchen Krieges gerade
wie seine Partei ihn geführt, die Elemente gewesen,
aus denen er Lebensodem geschöpft. Aber Liebe und
Häuslichkeit hatten ihn nun empfänglich für das Glück
des Friedens gemacht. Er gedachte außerdem des
ihm von Maria bei ihrer Vermählung abgedrungenen
Versprechens, alles zu thun, was in seinen Kräften
stände, sich den Kaiser zu versöhnen. Er gedachte auch

der Verpflichtung, die er übernommen, für seiner
Gattin Vermögen zu sorgen, das durch einen neuen
Uebertritt ganz verloren gehen mußte, da fast alle
ihre Güter in einem Theile des Landes lagen, der dem
Kaiser am schwersten genommen werden konnte.

„Wie dem auch sei", sagte er, „meinen Freund,
meinen einst anerkannten Herrn darf ich in der Noth
nicht verlassen. Ich will nach Veresmart. Alles biete
ich auf, um ihn zu befreien. Ich will es, und wenn
das ganze Heer ungläubiger Hunde ihn bewachte.
Ich geleite ihn mit den Freunden über die polnische
Grenze. Dann sag' ich mich los von ihm. Mein
Arm gehört meinem Lande, nicht ihm. Nur Ehrsucht
und selbstisches Misvergnügen kann ihn über die Vor=
theile verblenden, die diesem der Oedenburger Reichs=
tag zu Wege gebracht. Ich erkläre es ihm unum=
wunden, verlasse ihn an der Grenze. Meinen Eiden
getreu will ich nicht mehr für ihn, noch gegen ihn
fechten."

Seine Stirn glühte bei der Vorstellung, einem
neuen vaterländischen Kampfe müßig zuzusehen. Sein
Herz flammte auf und alle seine angeborenen kriege=

rischen Neigungen erwachten. „Maria", sprach er
leise, „ich opfere dir viel!"

Mit diesen Gefühlen ging er in das Zimmer zu=
rück, in welchem er Maria mit dem Gaste gelassen.
„Verzeiht", sagte er zu letztern, „ein nothwendiges
Geschäft zwingt mich zu einer kleinen Reise, von
welcher ich frühestens in einigen Tagen zurückkehren
kann. Es ziemt dem Wirthe nicht, sein Haus zu ver=
lassen, wenn werthe Gäste es bewohnen, allein dringende
Umstände müssen mich entschuldigen."

„Ihr beschämt mich", erwiderte Ferdinand; „ewig
wird Euere Gastlichkeit und Güte meinem Herzen
erinnerlich sein. Aber Nothwendigkeit trifft wunderbar
mit Nothwendigkeit zusammen. Soeben eröffnete ich
Euerer edeln Hausfrau, daß dies der letzte Tag sein
müsse, wo mir das Glück vergönnt sei, in diesem
Schlosse zu verweilen: wiederholt schon gemahnt es
mich, daß ich allzu lange hier gesäumt. Freunde warten
meiner seit dem Herbst in Preßburg, wohin ich ihnen
von Wien aus zu folgen versprach. Ein späterer
Einfall bestimmte mich nach Venedig zu gehen und in
Ragusa zu landen. Sie sind ohne Nachricht von mir,

und ohne Zweifel in Besorgniß. Erlaubt, daß ich
nun mit Euch zugleich dies Haus verlasse und mich
westwärts wende, während Ihr Euch vielleicht nach
einer andern Himmelsgegend kehrt."

„Nicht doch", versetzte Emmerich mit herzlicher
Höflichkeit, „straft nicht meine Unart durch so plötzliche
Abreise. Ich würde Euch dringend bitten hier zu verweilen, nähme ich meine Frau mit mir; da sie aber
zu Hause bleibt, würde es sich bei Euerer Jugend und
Wohlgestalt nicht schicken, daß Ihr in des Hausherrn
Abwesenheit ihr Gesellschaft leistetet. Ich ersuch' Euch,
macht eine von Euern Streifereien und kehrt in ein
paar Tagen hierher zurück."

Der Fremde schien von Emmerich's Güte gerührt,
führte aber so dringende Gründe seiner Weigerung an,
daß dieser endlich abstand. Es ward demnach verabredet, sich sogleich reisefertig zu machen, und der Gast
verließ das Gemach, die nöthigen Anordnungen zu
treffen. Maria sah nicht ohne Bestürzung den Freund
sich zu so schleunigem Aufbruch rüsten. Dunkle Gefühle des Schmerzes vereinigten sich in ihr mit dem
Gedanken an eine drohende Zukunft, der durch den

geheimnißvollen Brief, welchen ihr Gemahl erhalten,
durch die Versicherung Ferdinand's, er mahne ihn zu
neuem Aufstand, und durch seinen schnellen Entschluß,
sie auf so lange Zeit zu verlassen, wieder lebhafter
aufgeregt und bestätigt ward. Demnach fühlte sie sich
unmuthiger als je gegen Emmerich, und als dieser,
nachdem er den Dienern einige Befehle gegeben, sich
zu ihr setzte und sie, zärtlich die Trennung beklagend,
liebevoll umarmen wollte, wand sie sich los und sagte
schneidend:

„Darf ich mich wol unterstehen, Euch zu fragen,
wer den Brief geschrieben, der Euch so unwiderruflich
von mir treibt?"

„Du weißt, Schönste", erwiderte er gezwungen
lächelnd, „unterstehen darfst du dich gegen deinen armen
Sklaven alles. Aber darf er sich wol unterstehen,
dir dies eine mal nicht zu antworten?"

„Ihr vielmehr wißt", entgegnete Maria bitter,
„daß Ihr Euch alles erlauben dürft. Ich hätte mir
die Frage ersparen können. Hört aber einmal ein
ernstes Wort. Ich weiß zwar nicht, was in Euerm
Briefe steht, allein ich kann vielleicht den Inhalt des-

ſelben errathen. Wenn er Euch etwa zu neuen geſetz=
widrigen Handlungen auffordert, ſo bedenkt wohl, was
Ihr thut. Den Frieden ſtören, Bürgerblut vergießen,
um eigenſinnig eingebildete Rechte zu behaupten, deren
Verluſt durch andere Vortheile erſetzt wird, kann
nimmermehr gute Früchte tragen und wird zuletzt mit
Landesverweiſung oder ſchimpflichem Tod endigen. Er=
wägt dies alles wohl!"

Emmerich's Wangen überzog ein dunkles Roth;
die Vorwürfe ſeiner Freunde, daß er unter unwürdiger
Weiberherrſchaft lebe, fielen ihm zum erſten male auf
das Herz, und indem er fühlte, welch Opfer er ihr
zu Liebe zu bringen gedenke, empfand er ihre An=
maßung doppelt verletzend.

„Liebes Kind", ſagte er mit erkünſtelter Gelaſſen=
heit, „ſchönen Frauen kleidet alles, nur nicht das Ein=
miſchen in politiſche Dinge; es iſt gerade als wollt'
ich mich an den Herd ſtellen, oder an den Stickrahmen
ſetzen."

Maria ſchwieg beſchämt und gereizt; eine kurze
Pauſe entſtand, die von dem eintretenden Ferdinand
unterbrochen ward. Maria fuhr zuſammen, als ſie

den Freund in Reisekleidern, und im nämlichen Augen=
blicke die Pferde vorführen sah.

„Ihr seid bereit, und längeres Verweilen wäre uns
beiden lästig", rief Emmerich, sich peinlichen Empfindungen
durch schnellen Aufbruch entreißend. Er wendete sich
zu Marien, ihr einen lauen Abschied zu sagen; als er
sie aber ansah, ergriff ihn der Anblick der schönen,
bleichen Gestalt wunderbar. Er umfaßte sie, hielt die
sich Sträubende gewaltsam, und küßte sie mehrere
male mit leidenschaftlicher Heftigkeit. Die Sitte ver=
stattete damals den Ehemännern nicht solche freie
Liebkosungen in Gegenwart Fremder. Marien mußten
diese doppelt verletzend sein vor den Augen des schei=
denden Freundes; dreifach aber nach dem eben vor=
gefallenen Auftritt. Denn feingestimmte Frauen fühlen
sich durch das blos sinnliche Wohlgefallen derjenigen,
die ihnen Nichtachtung bezeigen, eher gekränkt als ge=
schmeichelt. Zürnend entwand sie sich ihm, und es
war in dem Augenblick etwas in ihrem Herzen gegen
ihn, was fast Widerwillen war. Der Gast näherte
sich ihr darauf und empfahl sich ihr mit aller Höflich=
keit und Dankbarkeit eines wohlbewirtheten Fremdlings.

Keine Miene, kein Wort verrieth eine tiefere Empfindung. Bestürzt und stumm stand sie, sah beide
Männer das Zimmer, das Haus verlassen. Eine un-
willkürliche Bewegung führte sie an das Fenster. Die
Männer schüttelten einander die Hände, wünschten sich
alles Gute und sagten sich, wie es schien, ein ebenso
herzliches als höfliches Lebewohl. Dann saßen sie auf,
Ferdinand ritt nebst seinem Diener zum Thore hinaus
und wendete sich links, Emmerich folgte ihm und
kehrte sich rechts. Ihn begleiteten mehrere Knechte. Nun
waren sie ihren Blicken entschwunden. Nun war sie ganz
allein. Lange stand sie in der schmerzlichsten Betäubung; endlich machte ein Thränenstrom ihrem gepreßten Herzen Luft.

Sie konnte es nicht fassen, daß er so, so von ihr
geschieden war! Nach einem solchen Aufenthalt, nach
solchen Auftritten so ohne allen Abschied, ohne ein
einziges herzliches Lebewohl. Deine Weigerungen haben
ihn endlich ermüdet, sagte sie zu sich selbst. Ach! aber
sie wollte ihn ja nicht besitzen, sie wollte es ihm ja
nur noch einmal sagen, daß sie lieber unglücklich sein
wolle als eine Ehebrecherin. Nur noch einmal sehen,
noch einmal segnen wollte sie ihn. Lange dachte sie,

er könne so nicht geschieden sein, er müsse, müsse
wiederkehren. Aber der Tag schlich langsam hin, und
sie harrte seiner vergebens. Schon dämmerte der
Abend, als sie es in ihren Zimmern nicht mehr aus=
halten konnte; sie nahm ihren Pelz um, hing einen
Schleier über und sagte ihren Leuten, sie wolle nur
einen Augenblick frische Luft im Garten schöpfen.
Allein sie ging nicht in den Garten, sondern den
Schloßberg hinunter auf die Landstraße hinaus, die
nach den südwestlichen Gegenden führte.

Eine unnennbare Angst trieb sie vorwärts, aber es
ward dunkler und dunkler, und sie entschloß sich endlich
zur Rückkehr. Indem sie noch einmal umherblickte,
sah sie in geringer Entfernung eine weibliche Gestalt
aus einer Bergschlucht hervortreten, die sie an der
wunderlichen, fantastisch=zerlumpten Tracht für eine
Zigeunerin erkannte. Das Weib trug ein halbnacktes
Kind auf dem Arme; sie schien Marien, die auf der
Fahrstraße mit schnellen kleinen Schritten wandelte,
gar nicht zu bemerken; oben auf dem Bergpfad
bleibend, hielt sie sich eine kleine Strecke hinter ihr,
liebkoste ihrem Kinde, in einer Sprache, die aus ver=

schiebenen zusammengesetzt schien, fing aber plötzlich mit
jugendlicher heller Stimme ein Lied zu singen an, das
die Zuhörerin erschütterte.

Die Weise bewegte sich einförmig klagend zwischen
wenigen Tönen hin und her. Die Worte waren im
reinsten Serbisch und ein kurzes Sinnen der Sängerin
zwischen jeder Strophe ließ Maria glauben, daß das
Lied ein Erguß augenblicklicher Empfindung sei, oder aus
dunkler Erinnerung jetzt erst zusammengesetzt werde.
Es lautete:

> Wehe mir! was stöhnet dort für Klage?
> Läuten Glocken? schreit ein grauer Kukuk?
>> Wehe! wehe!
> Wären's Glocken, tönten doch vom Thurme,
> Wär's ein Kukuk, säß in Baumeswipfeln.
>> Leide! leide!
> Ist's das Mädchen auf dem steilen Bergpfad?
> Ist's auf ihrem Arm der liebe Knabe?
>> Wehe! wehe!
> Blutzerrissen ist ihr weißes Antlitz,
> Blutverschwollen ihre schwarzen Aeuglein,
>> Leide! leide!
> Blutzerstampfet ihre leichten Füße,
> Blutdurchfeuchtet ihre gelben Stiefeln.
>> Wehe! wehe!
> Liebster! zechest du im weißen Hause?
> Liebster! jagest du im grünen Walde!
>> Leide! leide!

Gib mir deinen rundgesleckten Mantel,
Daß ich deinen Knaben mit verhülle!
                    Wehe! wehe!
Gib mir deine schwarze Wolfsfellmütze,
Daß ich drin mein Angesicht verberge.
                    Leide! leide!
Mit der Geisel trieb mich meine Mutter:
„Hündin! suche deinen fremden Buhlen!"
                    Wehe! wehe!
Nun drei Jahre schon, drei Tag' und Nächte,
Liebster! such' ich dich in Berg und Wäldern.
                    Leide! leide!
Such' im weißen Zelt dich mit dem Knaben,
Such' dich unter Leichen auf der Wahlstatt.
                    Wehe! wehe!
Braust der Sturm und löst das schwarze Haar mir;
Liebster! nimm mich auf im weißen Hause!
                    Leide! leide!
Fällt der Schnee, und starrt vor Frost mein Büblein,
Liebster! nimm uns auf am warmen Herde!
                    Wehe! wehe!

Maria, nur mit einer andern slawischen Mundart
bekannt, verstand nicht alle Worte des Liedes. Aber
sie verstand genug, um es ihrem eigenen Zustande
gemäß zu finden. Auf der Bergstraße umherirrend, den
Geliebten suchend, hätte auch sie gern ihr Leid und
Wehegeschrei den Lüften vertraut. Was aber von
besonders ergreifender Wirkung für sie war, ist ein
Geheimniß des Liedes, das sich in keiner Uebersetzung

wiedergeben läßt. Indem nämlich die Sängerin jedem ihrer Strophenpaare ein schmerzliches Lele, Lele! oder Lado, Lado! (wehe! und leide!) nachsendete, schien sie zu gleicher Zeit die Götter der Liebe anzu= rufen, die in altslawischer Mythologie wunderbar= bedeutsam diese Namen führten. Lado! Lele! tönte es in Maria's Herzen nach.

Im Zuhören hatte sie unwillkürlich die Schritte ein wenig gehemmt, sodaß die kräftiger schreitende Zigeunerin sie bald eingeholt hatte. Kaum bemerkte die Fremde sie, als sie sie anrief und sie in verdor= benstem Ungarisch, aber mit morgenländisch=höflicher Art begrüßte.

„Allerschönste Dame", rief sie, „nimmer verwelke die Blume deiner Gesundheit! nie versiede der Quell deiner Liebesfreuden! vor dir fliehe die giftige Schlange und die schwarze Pest, die tödtende! — sage mir, bin ich noch weit von Samosko?"

Maria hatte die Grüße mit anmuthigem Kopf= neigen beantwortet; bei der letzten Frage sah sie etwas bestürzt auf: „Sucht Ihr dort ein Nachtquartier?" war ihre Gegenfrage.

„Ich hab' mir die armen Füße aufgelaufen, bin
wund und todesmüde: keine Seele würde mir's irgendwo
verweigern. Aber sagt mir, ist's noch weit?"

„Ganz nahe", entgegnete Maria, „auch mein Weg
führt dorthin."

„Das ist gut", erwiderte die Zigeunerin, indem
sie sich anschickte die steile Bergwand hinunterzu-
klimmen. Die Mühe schien klein für ihre geschmeidigen
Glieder. In wenigen Augenblicken ging sie Maria
zur Seite. Diese konnte sie nun bequemer betrachten.

Sie sah eine große schlanke Gestalt von kaum
achtzehn Jahren, mit kräftigen aber nicht rohen Gliedern.
In dem länglichen, orientalisch schön geformten Gesicht
war nicht zugleich die orientalische Starrheit, die tödlich kalte Regelrechtigkeit der Züge, die dem fühlenden
abendländischen Beschauer das Herz zusammenziehen
kann. Es war im Gegentheil eine gemäßigte Beweg-
lichkeit darin, welche die Seele nicht verleugnete und
die dem Gesicht einigen Reiz gegeben haben würde,
auch wenn weniger glänzende schwarze Augen daraus
hervorgestrahlt hätten. Blendend weiße Zähne,
rabenschwarze, dicke Haarflechten schienen ihrem Volks-

stamm anzugehören; so auch die entstellende Farbe der
Haut, und wenn das Lied von einem „weißen Antlitz"
sang, so war das Beiwort vielleicht nur aus andern
serbischen oder walachischen Gesängen entlehnt. Luft
und Anstrengung hatten indessen heute die Wangen der
Pilgerin kräftig geröthet, daß sie mehr anmuthig braun
als widerlich gelb erschienen. Das schwarze Tuch,
das sie um den Kopf geschlungen hatte, stand ihr wohl,
es war vielfältig mit dunkelrothen Bändern umwickelt,
und ringsumher mit großen und kleinen Silbermünzen
behängt, die einen Halbkreis um die Stirn bildeten.
Einige Stücke fehlten und schienen zur Reisezehrung
angewendet zu sein. Ueberhaupt verrieth die ganze
Tracht einen halb zu Grunde gerichteten Wohlstand,
eine durch die Länge der Zeit verblichene und unter=
gegangene Pracht. Der kurze schwarze Rock des jungen
Weibes war einmal mit goldenen Tressen besetzt ge=
wesen, die jetzt stückweise an ihm herunterhingen.
Das vergelbte Hemd, das unter der Brust von einem
alten golddurchwirkten Gürtel gehalten war und in
einem Bausch über den Rock hing, war vielfach zer=
rissen, aber trotz dieses veralteten Zustandes waren

seine weiten Aermel zierlich mit rothen Bändern um=
schlungen, und statt der Knöpfe waren an Hals und
Hand bunte Steine befestigt. Auch die Brust schmückten
viele Schnuren farbiger Glasperlen, an denen in der
wunderlichsten Vereinigung ein kleines Crucifix und
allerlei morgenländische Talismane hingen. Keine
Strümpfe deckten die Füße, und an den gelben, nach
des Liedes Worten blutdurchfeuchteten Stiefeln waren
Sporen befestigt, die andeuteten, daß sie einen Theil
ihrer Reise zu Pferde zu machen pflegte. Sie trug
kein Arzneikästchen unter dem Arm, mit dem andere
Zigeunerinnen als Dorfdoctorinnen das ungarische Land
gewöhnlich durchziehen: ihre Pilgerschaft schien andern
Zweck zu haben als Lebenserwerb. Ein viereckiges
Tuch vom schlechtesten Pelzwerk, das zu dem geputzten
Ganzen wenig paßte und offenbar erst auf der Reise
angeschafft worden, war das Einzige was sie, unter
dem Kinn zusammengebunden, etwas vor der Kälte
schützte. Auch das ganz unbekleidete Kind war in ein
solches Tuch gewickelt, und es war kläglich anzusehen,
wie dasselbe, nur von unzureichender Größe, stets dies
oder jenes Glied entblößt hervorblicken ließ. Der

Knabe selbst aber schien wenig danach zu fragen, und an alle Witterung gewöhnt, für Hitze und Kälte gleich unempfindlich, schaute er keck und trotzig in die Welt. So stand die Zigeunerin jetzt neben Maria, deren edle, einfache Gestalt, in blauatlasnen Pelzmantel ge= hüllt, den Kopf nonnenhaft mit dichten Schleiern ver= hängt, zu der abenteueuerlich groteßken Figur der schneidendsten Gegensatz bildete.

Maria beugte sich mit einiger Zärtlichkeit zu dem armen Knaben, der aber mit kindischem, stets ungezügeltem Eigensinn sie gerade mit der Faust in das Gesicht schlug. Der Mutter Verweis war nur leicht:

„Still, Bübchen", sagte sie mit halbem Lächeln, „was schlägst du Weiber? Es ist ein kecker Wildfang", setzte sie gegen Marien hinzu.

Diese schritt stillschweigend weiter. „Sagt mir doch", hob die Zigeunerin wieder an, „allerschönste Dame, find' ich wol den Baron Barcoczy zu Hause in Samoßko?"

„Welchen Baron Barcoczy meint Ihr?" fragte Maria, indem sie sich besann, was sie antworten sollte.

„Ei, ich meine den jungen, schönen, den Emmerich.
Nach dem alten Wehrwolf, dem Stephan, möge eine
Andere fragen."

„Was wollt Ihr denn von Emmerich Barcoczy?"
fragte Maria ahnungsvoll.

„Ich will ihm was bringen, was ihm gehört."

„Kennt Ihr ihn denn?"

„Das wollt' ich meinen", versetzte jene mit bedeut=
samem Lächeln. „Da Ihr nach Samosko so spät
geht, seid Ihr wol gar seine Schwester, oder — —"

„Das bin ich", versetzte Maria schnell, in ängstigen=
dem Vorgefühl; „aber was wollt Ihr ihm denn
bringen?"

Die Zigeunerin zögerte einen Augenblick. Dann
sagte sie dreist: „Den kleinen Buben hier!"

Maria hatte zwar den Schleier vor das Gesicht
gezogen, allein die Fremde mußte trotzdem eine Ver=
änderung ihrer Züge wahrnehmen, denn sie fuhr fort:

„Deutet's mir nicht allzu übel. Die Schwestern,
weiß wohl, haben's nicht gern von den Brüdern.
Aber das Herz ist einmal so geschaffen. Das frägt
nicht nach Stand und Würden, nicht nach Gott und

Kirche. Und seht, der Bub' ist auch christlich getauft. Ich hab's Emmerich versprechen müssen, als er schied."

Sie schlug das Fell zurück, worin sie das Kind trug, und zeigte ihr ein Heiligenbild, welches ihm um den Hals hing.

„Wäre es möglich!" entgegnete Maria, die unwill= kürlich stehen geblieben war. „Emmerich!" — die verschiedensten Gefühle bestürmten ihr Herz.

„Wundert Euch nicht allzu sehr!" fuhr jene nicht ohne Bewegung fort. „Sagt mir lieber, finde ich Euern Bruder?"

„Emmerich findet Ihr nicht, wohl aber seine Frau."

Als die Zigeunerin nicht antwortete, blickte Maria auf und bemerkte, daß jene die Farbe verändert hatte und ihren Knaben fest an ihre Brust drückte.

„Armer Bub'!" sagte sie endlich. „Er ist also vermählt. Nun ich hätt's denken können, und hab's gedacht tausendmal, aber ich bin ihm treu geblieben drei Jahre lang — und vielleicht noch eins drüber, und hätte doch auch manchen schönen Fang thun können. Aber ich mochte keinen außer ihm. Aber der Emme=

rich ist doch brav, er wird sein altes braunes Liebchen
nicht verstoßen. Schade nur, daß er nicht da ist. —
Ich getraue mich nicht hin", setzte sie hinzu, indem sie
stehen blieb. „Armer, nackter Bub'! — Sagt mir, ist
die Frau böse?"

Ein tiefes Mitleiden ergriff Maria. „Sie ist's
nicht, armes Mädchen!" erwiderte sie. „Kommt nur
mit mir! Wo wollt Ihr jetzt hin? Ihr könnt zur
Nacht kein Haus mehr erreichen, und dort ist Samosko."

„Meine Mutter hat mir's vorausgesagt", fing die
Zigeunerin wieder an. „Sie hat mich wund und blutig
geschlagen, aber ich mochte nicht von dem Emmerich
lassen. Heirathen kann er mich freilich nicht; aber ein
anderes Mädchen hätte er doch auch nicht nehmen
sollen. Er hat mir auch tausendmal gesagt, er wollt's
nicht, er wollte ein freier Kriegsmann bleiben sein
Leben lang. Aber er ist auch sicherlich schuldlos. Gewiß
ist's ein reiches Mädchen, das er sich genommen hat,
weil ihm der Kaiser Hab und Gut geraubt. Allein
im Herzen bewahrt er die Kossanja!"

„Der Abscheuliche!" rief Maria, von diesen Worten
heftig ergriffen.

„Möge Euch der Hals weh thun!" versetzte die
Zigeunerin zürnend, „was schimpft Ihr den Bruder?
Ihr mögt mir eine schöne Schwester sein. Was geht
Ihr denn noch so spät auf der Landstraße?"

Sie waren jetzt dem Hause ganz nahe. „Nicht
seine Schwester bin ich", sagte Maria, „ich bin seine
angetraute Frau"; und als wolle sie den Verdacht der
Nebenbuhlerin, Emmerich habe sie nur wegen ihres
Geldes gefreit, entkräften, schlug sie bei diesen Worten
den Schleier zurück, der das reizendste, zarteste Gesicht
in ganz Ungarn verhüllte.

Die Zigeunerin starrte sie lange unbeweglich an,
und eine unbeschreibliche, aus Schreck, Schmerz und
Furcht gemischte Empfindung sprach aus ihren
Mienen. Sie öffnete die zuckenden Lippen, aber kein
Ton war zu vernehmen. „Dann ist's wol aus",
sagte sie endlich. „Frau! ich will Euch nicht fluchen,
aber segnen kann ich Euch auch nicht. Ihr seid weiß
wie der heilige Geist, und schön wie eine Houri! Ihr
habt es ihm nicht anzuhexen brauchen; das ging alles
mit menschlichen Dingen zu, daß er Euerer Liebe nach=
trachtete, denn Euer Gesicht ist glänzend weiß, wie der

Schnee auf dem heiligen Berge; Euere Lippen glühen,
wie die Sonnenwolken am abendlichen Himmel. Aber
das Gesicht ist doch nicht das Beste an uns, das
Herz ist doch mehr werth! Und glaubt auch nicht,
daß ich immer so vergrämt und hager gewesen, als
ich jetzt vor Euch stehe. Die Kossanja war Euch ein
schönes junges Blut, als sie vierzehn Jahr alt war
und sie der Emmerich Barcoczy zum ersten mal fand,
Gold waschend am Ufer der walachischen Aluta.
Ihre Augen waren wie die schwarzen Schlehen auf
dem Felde, ihre Brauen wie die kleinen Meerigel am
Strande, und ihre Wangen wie der rothe Wein in
der Herberg. Die jungen Bursche flammten alle in
Glut auf, Christen und Gläubige. Die Muselmänner
hätten Euch eine Moschee abgebrannt, wenn sie's hätte
haben wollen, und die Raizen und Madschjaren
schwuren, Gott solle sie erschlagen, wenn sie nicht die
Donau hinaufschwämmen bis Wien, für einen Kuß
von Kossanja's Lippen. Aber die Kossanja hatte blos
den einzigen Christen lieb, und keinen Türken, und
keinen von ihrem Volke. Aber als das Heer hinunter
ins Zipser Comitat zog, und der Emmerich nicht wieder

kam und nichts von sich hören ließ, da zerkratzte sie
sich das Gesicht und riß sich die Haare aus den
Brauen, und weinte sich blind und härmte sich mager.
O Emmerich! Emmerich!" setzte sie laut weinend hinzu,
„du hast meine Schöne gemordet! O Emmerich! du
hast mein Herz gebrochen! Mögen's dir die heiligen
Engel verzeihen! — von mir hörst du nichts wieder,
aber der arme Bub' hier soll ein Türke werden!"

Mit diesen heftig ausgestoßenen Worten wollte sie
davoneilen, aber Maria hielt sie.

„Bleib", sagte sie, „armes Mädchen, um deines
Knaben willen verweile diese Nacht hier! Morgen
wollen wir das Weitere besprechen."

„Kommt er morgen?" fragte das braune Mädchen
unschlüssig.

„Schwerlich vor einigen Tagen", erwiderte Maria.

Indem näherten sich mehrere Mägde, die, besorgt
um die ausbleibende Frau, sie jetzt mit der Fremden
erblickend, aus dem Hofe herbeieilten. Kaum sah
die Zigeunerin sie, als sie sogleich sich kräftig Maria's
zarter Hand entriß, indem sie die schmerzlichen Worte
rief:

„Laßt mich fort, sie würden mich nur höhnen!
Und Ihr am Ende auch mit Euerm Heiligenblick!
Komm, komm, armes Emmerichskind; in das Wald=
gebirge will ich, und der kalte Stein soll mein Bette
sein, der Weißdorn unser Abendbrot, und der Sturm
heult uns das Schlaflied. Komm!"

So lief sie mit Windesschnelle den Schloßberg
hinunter, und bald barg nächtliche Finsterniß die Ge=
stalt der Fliehenden. Maria folgte ihren Dienerinnen
in das Haus.

In ihrem Gemach angelangt, warf sie sich in
der heftigsten Bewegung in einen Sessel. „Was hab'
ich hören müssen", rief sie schmerzvoll, „welchem
Manne hab' ich mein Herz, mein Glück und das
Glück des treuen Ferdinand aufgeopfert! Geliebt
wenigstens wähnt' ich mich, und ich theile seinen Besitz
mit einer elenden Landstreicherin, deren Volk der
Menschheit Abschaum ist. Ehrlich wenigstens wähnt
ich ihn, und er opfert einem verächtlichen Sinnenrausch
ein armes Geschöpf, das nun in der Winternacht mit
blutenden Füßen im Waldgebirge umherirrt, und viel=

leicht mir Unschuldigen flucht! Und an diesen Mann
bin ich auf ewig gefesselt! O Ferdinand! o Ferdinand!"
Ein leises Geräusch — sie blickte auf, und Ferdi=
nand stand vor der Erstarrenden. Er war in verän=
derter Tracht; ein weiter Reisemantel verbarg nur
halb die kaiserliche Uniform.

„Maria", sprach er rasch, „jetzt ist der Augenblick
da. Zögere nicht! ich habe einen Haufen Reiter mit
mir. Ich war entschlossen, diesen Hof zu überfallen,
wenn's sein müßte. Aber alles geht nach Wunsch.
Ich fand Thor und Thüren offen, wie eine deiner
Dienerinnen mir zugesagt. Zögere nicht, einzig Geliebte."

Er umfaßte zärtlich die schöne todtenbleiche Frau.
Bis zur Willenlosigkeit entkräftet durch die namenlose
Angst des Tages, heftiger als je aufgeregt durch die
Entdeckung von Emmerich's Untreue, sank sie in die
Arme des Verräthers: „Ich bin dein", stammelten ihre
bebenden Lippen. „Thue was du willst!"

„So laß uns eilen, Geliebte!" rief Ferdinand und
trug sie zur Thür. Aber sie hier niedersetzend fügte
er hinzu: „Laß mich indessen auch für unsere Sicher=
heit sorgen. Gib mir den Schlüssel zu deinem

Schranke. Einen Augenblick nur", sprach er weiter, als sie zögerte, und löste ihr das Schlüsselbund, das sie nach Art der Hausfrauen am Gürtelbande trug. Schnell fand er den rechten, öffnete ein Kästchen und nahm verschiedene Papiere, Maria's Vermögen betreffend, und auch ihren Transchein heraus. Er mußte sich während seines achttägigen Besuches von allem genau unterrichtet haben.

Mit einer Ohnmacht ringend, sah Maria nicht was er that. Sie fühlte sich von neuem aufgehoben und durch das vermittels der Sorgfalt der bestochenen Magd leer gehaltene Haus getragen. Vor der Hofthür harrten mehrere Männer, die sie eiligst in einem bereit stehenden Tragsessel die Anhöhe vor dem Hause hinabbrachten. Unten hielt eine kleine Schar Reiter, nach ihren Uniformen kaiserliche Soldaten. Ein Schlitten nahm die beiden Fliehenden hier auf und trug sie, von den Reitern geleitet, im Verlauf der Nacht nach Eperies, wo Kaiserliche standen. Unterdeß hatte Fer= dinand Maria mitgetheilt, daß der General Karaffa selbst ihm diese Truppen anvertraut und daß der Feldpriester im Lager vor Kaschau ihrer harre, ihre

Hand in die seinige zu legen. Bei dem kurzen Ver=
weilen in Eperies zerriß er den Trauschein vor Ma=
ria's Augen, die schamglühend und verworren keinen
Willen mehr zu haben wagte. Nur das Eine wünschte
sie: Ungarn so bald als möglich zu verlassen. Fern
vom Vaterlande, im geräuschvollen Leben der Haupt=
stadt, jedem äußerlichen Erinnerungspunkte entrückt,
wähnte die Arme eher vergessen zu können. Ach! aber
wenn es wahr ist, daß der stete Wechsel und Reiz des
Neuen, daß das rastlose Rollen der Begebenheiten
außer uns, daß der Zauber des in der fremden Welt
entdeckten Schönen auch das kränkste Gemüth endlich
stärken und heilen kann, sobald es der Schmerz ist,
der es entkräftet hat, nicht die Schuld, die es zu Boden
drückt: den Stachel des Gewissens zieht ihr nicht
heraus, mit aller Anstrengung euers Willens; der ver=
folgenden Mahnerin entflieht ihr nicht im ungestümsten
Wirbeltanz wechselnder Ereignisse und Erfahrungen!

Ferdinand gab den Bitten Maria's nach, verweilte
im Lager Karaffa's nur so lange als nöthig, um sich
mit der Geliebten trauen zu lassen und sich mit den
nöthigen Bedürfnissen zu versehen, und war, durch die

überall ausgebreiteten kaiserlichen Truppen geſchützt,
bald auf der öſterreichiſchen Grenze. Wenige Wochen
nach der Flucht aus Samosko empfing das glänzende
Wien die Reiſenden.

Nicht ohne beſtimmte Abſicht haben wir bis hier=
her unſere Erzählung Schritt für Schritt weiter ge=
führt; ja vielleicht da gerade am längſten verweilt, wo
ſie ſtill zu ſtehen ſchien. Denn nicht die Handlungen
ſelbſt ſind es, die dem Menſchen Werth geben und
rauben, die ihm euern Beifall verſchaffen, euere Ver=
achtung zuziehen ſollten. Erſt wenn ihr genau den
Weg kennen gelernt, den die Seele machte, ehe ſie zum
Ziel der That gelangte; erſt wenn ihr wißt, welche
äußern Kräfte dahin gewirkt, den innern Entſchluß zu
bilden, welchen Samen Erziehung und frühe, Herr=
ſchaft erringende Verhältniſſe in des Menſchen Bruſt
geſtreut, und in welchem Grade empfänglich für ſolche
Saat ihn das Schickſal geſchaffen hat — erſt dann
dürft ihr richten, bewundern und billigen, entſchuldigen
und verdammen. Widerrechtliche Handlungen, wie
ihr ſie Emmerich Barcoczy wiederholt begehen geſehen,
werdet ihr ihm vielleicht um ſeiner Treuherzigkeit

willen verzeihen. Aber werdet ihr auch Maria gleiche
Milde angedeihen lassen, die mit dem Gesetze, das die
bürgerliche Gesellschaft zusammenhält, zugleich das der
Moralität, der Religion übertrat, indem sie den heilig=
sten Eid brach? Gewiß, ihr werdet es, wenn ihr auf=
merkend den Weg verfolgt, den das Schicksal die
Arme leitete. Es gab ihr ein weiches, liebebedürftiges,
heißes Herz, und versagte ihr jedes Mittel, diesem
Herzen ein Gegengewicht in einer ausgebildeten Ver=
nunft, in einer selbständigen Willenskraft zu geben,
indem es sie immer wieder in neue untergeordnete
oder aufgezwungene Verhältnisse führte. Es weigerte
ihr die Erfüllung des heißen Jugendwunsches, um ihn
durch mehrjähriges Entsagen zur unaufhaltsamen Glut
werden zu lassen, ihr dann in einem verrätherischen
Augenblick das lang erseufzte Ziel dicht vor die Seele
zu rücken. Von früher Jugend an in dem beschränk=
testen Kreise sich bewegend, verharrte sie länger als die
Vernunft es wollte in dem jugendlichen Wahne, das
Glück der Liebe sei ihre Bestimmung als Weib, ein
Irrthum der eigentlich mehr unserer Zeit angehört, dem
aber Maria ihre Individualität unterwarf. Wenn

wir indessen durch umständliche Darlegung innerer und äußerer Antriebe Emmerich zu reinigen, Maria zu entsündigen hofften: keine Leidenschaft, kein Drang der Umstände entschuldigt den Verräther, der umsichtig und berechnend Betrug und Arglist zu Hülfe rief, die heiligen Rechte der Gastfreundschaft mit Füßen trat und das heiligere Band der Ehe zerriß. Nicht die ungemäßigte Glut des Menschenherzens, die als Flamme auflodernd, verderblich um sich greifend, alle Schranken vernichtet; nicht die ungezügelte Kraft, die in wild ausbrechender Roheit zarte Blüten, liebliche Blumen zertritt — nicht das ist das größeste, das wahrhafteste Uebel der Welt: der kalte, schleichende Eigennutz ist es, die herzlose Selbstsucht, die mit ihrem Gefolge von Verrath, Trug und Heuchelei leicht den Sieg erringen, weil sie wissen was sie thun, während die Leidenschaft blindwüthend ihre eigenen Waffen zerbricht.

Im Verlauf von zwei fruchtbringenden Jahren kam Maria zu dieser Erkenntniß und lernte davon die schmerzlichste Anwendung machen. Ihr Geist bedurfte nur der Freiheit ihrer jetzigen Lage, um mit unbefangenerm, geschärfterm Blick alle Verhältnisse zu

überschauen. Mitten in der Welt und ihren mannich=
fachen Berührungen, konnte sie über Ferdinand nicht
lange verblendet bleiben. Der verständige Leser hat
bereits eingesehen, daß im Herzen desselben nie die
wahre Liebe gewohnt. In seinen Jünglingsjahren
hatte er sein Verhältniß zu dem schönsten Kinde in
Ungarn als eine angenehme Unterhaltung betrachtet,
wie er, halb ästhetisch, halb cavaliermäßig ausgebildet,
sich überhaupt in empfindsamen Galanterien gefiel.
Selbst arm, mit einem so armen Mädchen sich zu ver=
mählen, kam ihm gar nicht in den Sinn; ebenso wenig
wollte er sie unglücklich machen, denn er war kalt,
ehrsüchtig und gleisnerisch, aber nicht sinnlich. Als
der alte Opray um Maria warb, fand er es daher
ganz natürlich, zurückzutreten und in Wien ein neues
Glück zu suchen. Seine schöne Gestalt, seine glänzende
Bildung verschaffte ihm bald die Gunst der Frauen
und Männer; seine edle Geburt wie seines Oheims
Ansehen bahnten ihm den Weg zu den höchsten Ehren=
stellen. Aber Eins fehlte ihm: Vermögen. Eine reiche
Heirath sollte diesem Uebel abhelfen. Allein diese
Erbin war alt und häßlich, jener Ruf war befleckt

und die Vortheile der Heirath nicht groß genug, dies
übersehen zu lassen. Sein Oheim schlug ihm ein
drittes Mädchen vor, eine edle Ungarin, verwandt mit
den gräflichen Häusern der Zrini und Nabasdi. Ihre
Angehörigen waren günstig gestimmt, aber das Fräulein
begab sich plötzlich in ein Kloster und erklärte ihnen
von dort aus: lieber wolle sie den Schleier nehmen,
als die Gattin eines Mannes werden, der, sein Vater=
land verrathend, sich schmeichlerisch um die Gunst der
Unterdrücker mühe und ehrlos die züchtigende Ruthe
küsse. Der Oheim war verstimmt, Ferdinand gereizt.
Da kam plötzlich ihm die Nachricht zu Ohren, der
alte Oprah sei todt, Maria frei. Sein Entschluß war
schnell gefaßt. Er reiste nach Preßburg, von einem
Gute der schönen Witwe zum andern, bis er endlich
hörte, daß ein Anderer ihm zuvorgekommen sei. Der
Schlag kam unerwartet. Die lebhafte Erinnerung
ihrer Schwäche für ihn, das Bewußtsein seiner Ver=
stellungskunst und Liebenswürdigkeit, hatten ihn seiner
Sache so gewiß gemacht, daß er sich sogar in einem
unbesonnenen Augenblick hatte verleiten lassen, mit
Sicherheit von dem Zweck seiner Reise zu sprechen.

Seine Ehre stand auf dem Spiele. Eher alles wagen, als durch Rückkehr ohne Gattin sich dem Gelächter des Hofes preisgeben. Daß nicht Liebe Maria in Samoskc hielt, war aus der Art ihrer Vermählung leicht zu schließen; so wollte er denn versuchen, die vielleicht schlummernde Empfindung zu erwecken. Die Stellung der Barcoczys zum Hofe, die Zerrissenheit aller Rechtsverhältnisse in den Zeiten bürgerlicher Kriege, schienen ihn vor allen gefährlichen Folgen zu sichern.

In Samoskc selbst sah er bald, wie seine Sache stand. Es kam nur darauf an, den Baron auf einige Tage zu entfernen. Theockoli's Gefangen=nehmung durch Seitan Pascha gab ihm Veranlassung, in Emmerich's großmüthigem Herzen eine Saite anzu=schlagen, die nicht ohne erschütternden Klang bleiben konnte.

In Wahrheit war der Graf nur darauf bedacht, sich die Pforte zu versöhnen, nicht aber von ihr abzu=fallen. Ferdinand, als Mitglied der Commission für die ungarischen Angelegenheiten, kannte Theockoli's Hand genau. Seine Freunde in Karaffa's Lager

wußten ihm bald einen von deſſen aufgefangenen
Briefen an ſeine Gattin in Moncacz zu verſchaffen,
deſſen Schrift er künſtlich nachmalte. Nur allzu gut
das menſchliche Herz kennend, ließ er mit liſtiger Ab=
ſicht Maria durch Beſtürzung, Täuſchung, Erwartung
in denjenigen abgeſpannten Zuſtand gerathen, in welchem
eine liebende Frau keine Willenskraft mehr behauptet.
Das Erſcheinen der Zigeunerin kam ſeinem Plane,
ohne daß er es ahnte, zu Hülfe. So ſchien das
Schickſal ſelbſt ihm beizuſtehen und ſein Opfer zu dem
Abgrund zu geleiten.

Maria erfuhr zwar nie dieſe genauern Umſtände,
aber ihre eigene Einſicht mußte ihr bald ſagen, daß ſie
ihrem Gemahl jede Art von Unredlichkeit zutrauen
dürfe. Sie ſah ihn mit habgierigem Eifer ſich in den
Beſitz ihrer Güter ſetzen, deren Werth er auf das
pünktlichſte zu kennen ſchien. Beobachtete ſie ſeine
Stellung zum Hofe, ſo konnte ihrem Blick nicht ent=
gehen, daß man ihn nur brauchte, aber, ihn mit
Ehrenbezeugungen überhäufend, ihm keineswegs wahre
Achtung zollte. Sein nunmehriger Reichthum und das
Verdienſt eines Vaterlandsverräthers erwarben ihm in

kurzem den Grafentitel, aber der Kaiser liebte ihn
nicht, und die Bessern unter den Hofleuten vermieden
wenigstens jede Annäherung. Offener zeigte sich der
Haß seiner Landsleute. Die edelsten Häuser derselben
waren ihm verschlossen, und selbst diejenigen vornehmen
Ungarn, die der kaiserlichen Familie wahrhafte Ergeben=
heit bewiesen, theils persönlicher Vortheile wegen, theils
weil es ihnen weise schien, sich dem Schicksal zu unter=
werfen; selbst diese verachteten im Herzen den Mann,
der mit emsiger Geschicklichkeit dem Unterdrücker die
Fesseln schmieden half. Alles dies fühlte Maria, und
es konnte nicht fehlen, daß das Bewußtsein, sie durch=
schaue ihn, auch auf sein Betragen gegen sie Einfluß
hatte.

Schon anfänglich schien es ihr oft, er wolle mehr
mit ihrer Schönheit prahlen, als daß sein Herz sich
derselben freue. Ihre Blödigkeit, ihr Mangel an Ge=
wandtheit machte ihn ungeduldig und verdrießlich, und
blos wenn sie in Gesellschaften oder an öffentlichen
Orten geglänzt hatte, bewundert worden war, nahm
er wieder den galant zärtlichen, schmeichelnden Ton
gegen sie an, der einst, ach! so verführerischen Reiz

für sie gehabt! Aber wie ihre Achtung gegen ihn ab=
nahm, hielt er es auch der Mühe nicht mehr werth,
seine Rolle gegen sie zu behaupten. Es bildete sich
nach und nach ein kalthöfliches Verhältniß zwischen
dem Ehepaar, wie es in der großen Welt schon da=
mals nicht selten stattzufinden pflegte. Gemahl und
Gemahlin besuchten verschiedene Kreise, sahen sich ein=
ander oft nur bei Tafel, und zwei Jahre nach der
Flucht aus Samosko hätte der Hellsichtigste nicht mehr
ahnen können, unter welchen Umständen einst ihre Ehe
geschlossen ward.

Was Maria's grausam betrogenes Herz während
dieser Zeit litt, sprechen keine Worte aus. Die Gegen=
wart lag lastend auf ihm, und kein Blick in die Zukunft
konnte es erheben, keiner in die Vergangenheit es trösten.
Nacht überall! Das größte Unglück, das eine Frau be=
treffen kann, ist einen verderbten Mann zu lieben. Das
wahre Wesen der Liebe, besonders aber der weiblichen,
ist die Verleugnung des eigenen Willens, Untergang
der Selbständigkeit in dem Ich des Geliebten. Wehe
dann dem Herzen, wenn es mit dem bessern Theile
des Menschen in Zwiespalt geräth! Mit dem Glauben

an den sittlichen Werth des Geliebten geht jede Art
von Glück in der Liebe unter.

Ist das Erlere in ihm nicht ganz verloren, ist es
etwa die rohe Gewalt der Leidenschaft, die ihn stürzte,
sie habe welchen Namen sie wolle, hat das Thier im
Menschen etwa eine mehr als momentane Macht in
ihm errungen und reißt ihn in die Tiefe des Ver=
derbens, ja in den Schlamm der Gemeinheit, so ist's
fast, als könnte neben der verlorenen Achtung doch noch
in dem zartesten Herzen die liebende Empfindung für
den Untergegangenen bestehen. Nur, daß die Flamme
nicht mehr leuchtet! nicht mehr mit magischem Glanze
die Welt rings umher erhellt! daß sie, eine verräthe=
rische Glut, nur noch das Herz verzehren kann,
welches sie widerwillig bergen muß. Aber tödlich
jeder liebenden Schwachheit deiner Brust ist der schlei=
chende Verrath, die wohlberechnende, trügerische Arglist,
wenn du sie einmal unter der Larve erkannt hast.
Unter den kalten Händen der niedrigen Eigensucht er=
starrt dein Herz zu Eis. Deine Liebe ist todt. Du
bist geheilt — aber glücklich?

So erlosch auch in Maria's Busen allmählich jede

Empfindung der Liebe für Ferdinand, und wenn sie zurückschaute, mit welchem Eigensinn sie so viele Jahre lang eine unbezwingliche Leidenschaft für ihn festgehalten, mußte sie sich gestehen, daß unter allen Räthseln der Natur der Mensch das unauflöslichste sei. Alles hatte sie nun, was sie sich in früher Jugend ersehnt: den Besitz des Geliebten, den Genuß von allen Schätzen der Kunst, von allem Schönen —, Reichthum, Glanz, Ehre obenein: aber alles das machte sie nicht glücklich. Mehr und mehr zog sie sich aus der Gesellschaft zurück, über deren Gehalt sich nur der Fernstehende täuschen kann, und jetzt erst, wo sie für sich nichts mehr zu wünschen und zu hoffen hatte, ward ihr die Einsamkeit ersprießlich. Sonst hatten ihre Stunden des Alleinseins liebende Träume, Thränen, Klagen, schwärmerische Chimären ausgefüllt; jetzt erst lernte sie sich umsehen, in sich hineinblicken und denken.

Ein Gegenstand indessen blieb noch immer übrig, den sie, je mehr ihn ihr die Zeit in die Ferne rückte, mit Schwärmerei betrachtete. Emmerich war es, dessen Gestalt glänzend aus dem nächtlichen Dunkel ringsum her-

vortrat. Nicht etwa, als ob ihre Empfindung für den
beleidigten Gatten jetzt die Gestalt der Liebe ange=
nommen hätte. Ihr schmerzlich belehrtes Herz schien
für dieses Gefühl nicht mehr empfänglich zu sein.
Aber schon das Ritterliche in Emmerich machte ihn
geeignet, ihn, aus einer gewissen Sehweite betrachtet,
von einer Glorie umgeben zu erblicken, die sein edler
Eifer für Religion und Vaterland noch mehr erhellte,
das Bewußtsein ihrer Schuld gegen ihn aber fast allzu
blendend machte. Selbst die Erscheinung der Zigeunerin
sah Maria jetzt aus einem andern Gesichtspunkte an.
Gestand er nicht selbst freudig ein, daß erst die Liebe
ihn veredelt, ihn zum bessern Menschen gemacht, die
Liebe zu ihr? Und sagte die arme Kossanja nicht, sie
habe nichts mehr von ihm gehört, seitdem er ins Zipser
Comitat zog? Hatte er Sie nicht dort kennen gelernt,
und wenn er gefehlt, hatte er es gegen sie? Auch
seine vermeintliche Absicht, von neuem sich Theokoli
anzuschließen, betrachtete sie jetzt mit ganz verändertem
Urtheil. Nun erst hatte erweiterte Kenntniß der Ge=
schichte ihr den Kampf der Ungarn begreiflich gemacht.
Der alte Opray hatte in dem Widerstande der Nation

einen strafwürdigen Aufruhr gesehen; sie hatte es ihm
auf das Wort geglaubt, und ohne je selbst nachzudenken,
wer hier recht, wer unrecht habe, hatten ihr die ge=
bildetern Sitten der Fremden mehr zugesagt als die
Roheit ihrer Landsleute. In der Dunkelheit jugend=
lich=weiblicher Begriffe hatte ihr Herz auf diese Weise
die Partei der Fremden ergriffen. In der Ferne, in der
Fremde ward ihr erst das Vaterland lieb, heilig. Sie
mußte sich als eine daraus Verbannte ansehen, denn
das Bewußtsein ihrer Schuld gegen den, welchen sie
als seinen Repräsentanten betrachtete, raubte ihr den
Muth, je dahin zurückkehren zu wollen. Aber alle
ihre Wünsche sendete sie dahin, wo schon Mißvergnügen
und Unwillen von neuem sich lebhafter zu regen be=
gannen. Zwar lernte sie, je mehr sich ihre Begriffe
aufklärten, je deutlicher das Mangelhafte, ja Verderb=
liche einer Verfassung einsehen, die nur einige bevor=
rechtete Stände begünstigt, während sie die wahrhafte
Freiheit des vaterländischen Bürgers zu Boden drückt
und jede würdige Ausbildung und Erhebung des Volkes
hemmt. Manche der Einrichtungen der Regierung
schienen dagegen der Zeit mehr gemäß zu sein und

blos diejenigen zu beeinträchtigen, die selbst nur auf Kosten Anderer sich bereichert sahen. Aber nicht für diese Andern kämpfte die Krone; sie war nur auf die eigenen Vortheile bedacht, und wenn eine allgemeine Umwälzung von innen heraus heilsam, ja nothwendig schien, so konnte dagegen eine vom Auslande bewerk= stelligte, deren Zweck nur ein Tausch der Allein= herrscher war, dem Vaterlandsfreunde nicht erwünscht sein.

Von Emmerich hörte Maria nichts wieder. Nach ihm offen zu fragen hatte sie nicht den Muth. Dem Grafen Thecteoli war es gelungen, sich bei dem Groß= herrn zu rechtfertigen; er ward wieder auf freien Fuß gesetzt und war bald von neuem thätig. Der Seras= kier von Rumelien ward für seine Verrätherei bestraft. Er ließ dem General Karaffa sagen, Thecteoli sei nicht allein gefangen, er habe ihn hinrichten lassen und be= gehre nun die versprochene Summe Geldes. Der ganze Hof trug sich damals mit der belustigenden Anekdote von dem schlechten Latein, in welchem der Dolmetscher ge= redet, indem er seinen Herrn Seitan Pascha bei jedesmaliger Erwähnung mit vielem Pathos meus dominus Pascha

Satanas genannt habe. Worauf ihm der Graf Karaffa
spöttisch antwortete: „Si quidem facinus patratum
est, quid jam mihi cum satana?" (Wenn die That
schon geschehen, was habe ich dann noch mit dem Satan
zu thun?)

Dem Seraskier sollte aber noch härtere Strafe
werden. Er hatte zwar halb und halb mit Billigung
des Hofes gehandelt; der Großherr aber, von neuem
für Theokoli günstig gestimmt, vergaß alles, was jener
in Polen Rühmliches gethan, und ließ ihn erdrosseln,
dem Grafen Genugthuung zu geben. Vor dem ver=
sammelten Heere ward diesem eine Ehrenerklärung
gethan und Schadenersatz versprochen. So schien ihm
das Glück wieder zu lächeln, aber während seiner
Gefangenschaft war Kaschau verloren gegangen; Sieben=
bürgen hatte sich dem Kaiser angeschlossen und siegreich
drängte überall das christliche Heer die Ungläubigen
zurück. Endlich erfüllte die erstürmte Einnahme von
Ofen, das die Türken jahrelang behauptet, ganz
Wien, ganz Deutschland mit Stolz und Freude. Wenige
Festen hielten sich noch; mit Theilnahme blickte alles
nach Moncacz, ein Schloß, das die Natur und die

schöne Helene Zrini, Theokeoli's Gattin, mit entschlosse=
nem Muthe vertheidigten. Unter den wenigen An=
hängern, die dem Grafen Theokeoli unter solchen Um=
ständen übrigblieben, ward noch Stephan Barcoczy
genannt, der, wie Maria hörte, bei den Türken selbst
in großem Ansehen stehen sollte. Von Emmerich schwieg
alles.

Der Hof glaubte diesen glücklichen Stand der
Sachen nach besten Kräften benutzen zu müssen. Plötz=
lich erscholl das Gerücht von einer neuen Verschwörung
zu Gunsten Theokeoli's, deren Anstifter wieder die
Protestanten zu sein schienen. Bald aber erkannte
man sie für allgemeiner, als je eine zuvor; war es
nun, daß die wenige Mannszucht, welche die deutschen
Truppen in dem unglücklichen Lande hielten, die mis=
handelten Ungarn auf das Aeußerste getrieben hatte,
oder daß jene Verschwörung blos in dem Mistrauen
und der Politik des Hofes begründet war —, ehe sie es
sich versahen, wurden alle Edelleute, von denen man
nur im geringsten vermuthen konnte, daß sie mit dem
Grafen Theokoli in Verbindung ständen, verhaftet; in
den Städten aber, die man für die Hauptsitze des

Complotes hielt, Preßburg, Kaschau, Eperies und einige andere, durfte kein Bürger die Thore ohne Ge= währsmann verlassen. Alle Gefängnisse wurden ange= füllt mit den angesehensten Männern, den wohlhabend= sten Grundbesitzern Ungarns. Keine durch die Ver= fassung vorgeschriebene Form ward mehr beobachtet, und niemand wagte sie mehr zu fordern, aus Furcht als Aufrührer gestraft zu werden. Ein Gericht ward in Debreczin niedergesetzt, an dessen Spitze der General Karaffa selbst stand, und das aus einigen wenigen Ungarn und mehrern Ausländern zusammengesetzt war. Alle möglichen Arten von Foltern, deren umständlichere Bezeichnung man uns gern erlassen wird, mußten dazu dienen, den Verhafteten Geständnisse auszupressen. Waren diese nun gegen Andere gerichtet, so gelang es den Unglücklichen selbst, ihre Freiheit für ungeheuere Summen, die sie auf ewig zu Bettlern machten, zurück= zuerkaufen. Entfuhr den Gequälten aber das leiseste Wort gegen sich selbst, so machte ein schneller Tod auf dem Schaffot der vermeintlichen Gefahr ihres Daseins und ihrer Pein ein Ende. Blutiger noch war das Tribunal von Eperies, das, einen Monat später errichtet,

vom März bis zu Ende des Jahres seine furchtbare
Thätigkeit fortsetzte. Ein Richtplatz ward mitten in
der Stadt zubereitet, eine Bühne aufgeschlagen, die, in
der ungarischen Geschichte unter dem Namen die Bühne
von Eperies bekannt, dem vorletzten Acte dieser
blutigen Tragödie zum Schauplatz dienen mußte.

Ueberall Schrecken erregend trieben sich in den Mauern
der Stadt an dreißig grüngekleidete Männer umher,
alles Henker oder Henkersknechte; das Land aber durch-
jagten Dragoner oder andere bewaffnete Reiter, die
Protestanten, Katholiken und Griechen ohne Unterschied
entführten, sobald auf sie ein leichter Verdacht, oder
der Haß eines der Mitglieder des Gerichts fiel, aus
der Kirche, aus ihren Häusern, von der Jagd, wo man
sie antraf.

Merkwürdig war jedoch, daß man keinen einzigen
unter den Waffen oder in Vertheidigungsstand überraschte. Des Hochverraths und des Verbrechens, den
Beistand Theokoli's, der Tataren und Türken nach-
gesucht zu haben — nach kurzem Verhör, ohne über-
zeugende Beweise, ohne Eingeständniß schuldig befunden,
wurde den Unglücklichen ihr Urtheil erst auf dem

Schaffet, und zwar in deutscher Sprache vorgelesen.
So ward die Blüte des Adels zerstört, die Kraft
der Nation gebrochen. An der Spitze dieses Gerichts
stand abermals Graf Karaffa; sein thätigstes Mitglied
jedoch war Graf Ferdinand Szentirany.

Der Hof hätte keine seinen Zwecken mehr gemäße
Wahl treffen können. Ungemäßigter Ehrgeiz ließ Fer=
dinand kein Mittel verschmähen, die Gunst der Macht=
haber zu erlangen, oft erfahrener Haß und Verachtung
hatten ihn auf natürliche Weise gegen seine eigenen
Landsleute erbittert. Maria ahnte nicht, zu welchen
Schritten die Regierung entschlossen war, dennoch er=
schrak sie heftig, als sie hörte, daß die Bestrafung
ihres Landes zum Theil in ihres Gemahls Hände
gegeben werden solle. Durfte sie hoffen, ihn zur Milde
bewegen zu können? Entsetzt wies sie seine Anfrage:
ob sie ihn vielleicht nach Ungarn begleiten wolle, zu=
rück. Lag doch Eperies nur wenige Meilen von Sa=
mosko!

Sie fürchtete für ihr Volk; sie zitterte für Em=
merich. Alle ihre Kraft nahm sie zusammen zu einer
Unterredung mit Ferdinand, in welcher sie ihm Emme=

rich's Schicksal an das Herz legte und ihn bei allem
was heilig war beschwor, des von ihnen beiden schwer
Beleidigten Leben und Freiheit zu retten, wenn dies
oder jene in Gefahr kommen sollten. Er antwortete
ihr mit einigen frostigen Scherzen, indem er sich, wegen
ihrer Anhänglichkeit an den vorigen Gatten, die bur-
leske Miene eines Eifersüchtigen aus der italienischen
Komödie gab. Maria's Herz schauderte, dennoch
faßte sie sich, fuhr fort mit Thränen und Vorstellungen,
und ließ nicht ab, bis er, der Sache müde, ihr sein
Wort gegeben, beide Barcoczys auf alle mögliche
Weise zu schützen. Maria fühlte wohl, wie wenig es
ihm vom Herzen ging; tausendmal war sie im Begriff
ihn zu begleiten, um durch ihre Gegenwart, durch ihr
Vermögen wirken zu können. Aber sie bebte zurück
vor dem Gedanken, einen von den Brüdern wieder zu
sehen; sie zitterte davor, in jedem verächtlichen Blicke
ihrer Landsleute sich als die Gattin eines Verräthers,
als eine Abgefallene begrüßen zu sehen. Auf der einen
Seite beruhigte sie der Abscheu vor dem Türkenbunde,
den sie an Emmerich kannte, über sein Schicksal, sowie auch der Umstand, daß sie seit ihrer Flucht nichts

wieder von ihm gehört, sie überzeugte, er sei wenigstens
bis jetzt im Türkenheere nicht thätig gewesen. Auf der
andern Seite aber konnte ihre Seele die Vorstellung
nicht fassen, daß selbst das verderbteste Herz den doppelt
hasse und verfolge, gegen den eine Schuld es drückt.
Immer kam sie wieder darauf zurück, daß Ferdinand
selbst die Gelegenheit willkommen sein müsse, sich wenigstens von einem Theil der Bürde zu befreien, die
nothwendig in einsamen Stunden sein Gewissen unbe-
quem belästigen müsse. So beschloß sie, während
seiner Abwesenheit die Güter in Böhmen zu besuchen,
welche ihr Gemahl kürzlich gekauft und von deren
schöner Lage sie viel hatte sprechen hören. Beide
reisten an einem Tage ab, und der Abschied war von
Maria's Seite nicht ohne lebhafte Erschütterung.

Auf den böhmischen Gütern, dicht an der lausitzer
Grenze, lebte die arme junge Frau mehrere Monate
lang, und die Einsamkeit des ländlichen Aufenthalts
hatte nichts Abschreckendes mehr für sie. Treulich erfüllte sie die Aufträge ihres Gemahls, die alle vor-
theilhaftere Benutzung oder Garten- und Bautenver-
schönerungen bezweckten; ihr Herz aber war wenig bei

diesem Geschäft, ein neuer Gegenstand zog es an und
zeigte ihr von fern die Hoffnung, die entbehrte Ge=
müthsruhe wieder zu erringen. Noch war in Deutsch=
land die Zeit nicht vorüber, in welcher das herzliche
Bestreben vorherrschte, nach dem Einen was Noth
ist; der Einzelne glaubte sich zu schwach zu so wichtigem
und schwierigem Unternehmen; die Gesinnung des
großen Haufens konnte ihn nicht befriedigen. So hatten
sich längst schon stille Gemeinden gebildet, und fromme,
zu Noth und Tod verbündete Christen reichten einander
hülfreich die Hand, wenn der sündige Mensch strauchelte
auf dem Wege zum Heil. Harte Verfolgungen hatten
die mährischen Brüder, die vor allen sich durch fromm=
sittlichen Wandel und christlichen Eifer auszeichneten,
aus ihren alten Wohnsitzen in Böhmen und Mähren
vertrieben. In Preußen und Polen, zuletzt aber in
Sachsen hatten sie den ersehnten Zufluchtsort gefunden:
dort wirkten und strebten sie unabläfsig, beschränkten
Blickes, aber treuen Herzens und festen Schrittes nach
dem einen höchsten Ziele wandelnd. Allein es fehlte
nicht an einzelnen Familien, die, im Vaterlande ver=
weilend, durch stille Zurückgezogenheit und demüthigen

Fleiß sich dem argwöhnisch-misfälligen Auge der Regierung entzogen hatten. Ganz in Maria's Nähe
hatten sie sich abermals zu einer kleinen Gemeinde gesammelt und, wenig am Irdischen hangend, schienen sie
stets bereit zu sein, Hab' und Gut zu verlassen, um,
über die Grenze flüchtend, das zu retten, was sie das
Heil ihrer Seele nannten. Maria's Aufmerksamkeit
ward bald auf sie gerichtet. Sie bewilligte ihnen ein
kleines Bethaus auf ihrem Gebiete. Im Anfang besuchte sie einige male ihre Versammlungen, um ihre
Lehren zu prüfen; aber bald gewann der fromm-ein-
fältige Sinn der verfolgten Brüder eine unwiderstehliche
Anziehungskraft für ihr durch so rauhe Stürme vielfach bewegtes Herz. Als Kind und Mädchen war ihr
die Religion nur eine mechanische Pflichtübung gewesen.
Ihres Gatten Zweifelmuth hatte darauf auch ihr dem
positiven Theil derselben seine Heiligkeit gemindert.
Erst die Ergebung, die ihr durch eigene Verirrung
herbeigeführtes Schicksal ihr auferlegte, hatte sie das
Bedürfniß des Glaubens fühlen lassen, und hier endlich
schien sie Befriedigung zu finden.

So war der Sommer vorübergezogen und mehr

als die Hälfte des Winters. Das Jahr war in seiner
friedlichen Stille nur durch die entsetzlichen Nachrichten
aus Ungarn unterbrochen, die Maria das blutige
Verderben des Vaterlands verkündeten und ihr den
eigenen Gemahl als sein hauptsächlichstes Werkzeug
nannten. Endlich setzte die Krönung König Joseph's
den Hinrichtungen ein Ziel. Die Ungarn verzichteten
auf ihre Wahlfreiheit, und die Bühne von Eperies
ward niedergerissen. Kurz nachher führte der Kreis-
lauf des Jahres auch Maria den Tag zurück, an
welchem sie einst Samosko verlassen. Noch immer
feierte sie ihn mit den schmerzlichsten Erinnerungen, und
es schien ihr ein grausames Spiel des Zufalls zu sein,
als ihr gemeldet ward, es verlange ein Zigeunerweib
sie zu sprechen.

Schnell aber durchzuckte sie der Gedanke an Kossanja. Laßt sie eintreten, sagte sie und ihre Stimme
bebte dabei. Das Weib trat herein, aber es war nicht
die junge blühende Kossanja. Hätte sie in einer Zeit
von drei Jahren zu dieser vergrämten, schmerzzerissenen
Gestalt altern können? Gelb und verwelkt hingen die
Wangen, düster und krankhaft blickte ihr Auge. Die

schwarzen Flechten waren abgeschnitten; eine zerlumpte
Hülle deckte die kummergebeugten Glieder nothdürftig.
Im matten Scheine des abendlichen Dämmerlichts erkannte Maria nicht in dieser entsetzlichen Umgestaltung
die arme Kossanja. Glaubte sie selbst nicht den Lei-
densbecher bis auf die Neige geleert zu haben, hatte
sie nicht Tage, Nächte verweint, und blühte noch in
unveränderter Schönheit? Ach, den Schmerz, der bis
zur Fieberwuth, bis zum Wahnsinn gesteigert, süd-
ländisch-feurige Naturen ergreift, die nagende, vernich-
tende Qual, die in einer einzigen kurzen Sommernacht
die Haare bleichen und schwinden, die Wangen welken
machen kann und die liebliche Fülle vertrocknen — von
dem Weh hatte sie nie eine Vorstellung gehabt. Kossanja
aber war von der Vorsehung mit der Fähigkeit verflucht worden, die Verzweiflung in all ihrer Entsetz-
lichkeit empfinden zu können; mit ehernem Griffel hatte
sie die Arme als ihr eigen bezeichnet.

„Was begehrt Ihr, gute Frau?" fragte Maria
sanft.

„Dacht' ich's doch", erwiderte Kossanja und ein
bitteres Lächeln zuckte um ihren Mund. „Ich aber

kenne Euch noch, Gräfin Szentirany. Ihr seid noch
immer ebenso milchweiß und schön, als Ihr mir einst
in den Karpaten als Emmerich Barcoczy's Gattin
gegenüberstandet!"

„Kossanja, du bist's!" rief Maria erbleichend.
„Jesus mein Erlöser, wie kommst du hierher?"

„Ich hab' Euch aufgesucht, schönste Gräfin", erwiderte die Zigeunerin, „in Euerer Kaiserstadt, in Euerm
Palaste und auf Euern Landgütern. Euere Diener
haben mich hin- und hergestoßen. Sie dachten, ich
wollt' Euch was wahrsagen, und ich sollt's ihnen thun.
Aber der Boden brannte unter mir, und ich wollt's
nicht — sind's doch schon fünf Monden, daß ich Euch
suche. Da schickten sie die braune Hexe zum Teufel,
wie sie sagten. Endlich habe ich doch Euch ausgekundschaftet!"

„Und was willst du von mir, Kossanja?" fragte
Maria. „Kann ich dir dienen, armes Weib, so sprich,
oder — bringst du mir Nachricht von —"

„Von Emmerich, meint Ihr? Ihr habt's wol
errathen. Daß ich Euch aufgesucht hab' allüberall
unter den Menschen und rastlos, wann ich mich lieber

geborgen hätte im Dickicht des Waldes oder unter der
Erde in der kalten Gruft — denkt Ihr, 's war mir
selber zu Liebe? Nein, beim Propheten! so schön Ihr
seid und milde, Euer Anblick ist mir abscheulich! Euer
Auge sticht mich wund, wenn Ihr mich anblickt; aus
Euern Lippen spritzt Gift auf mich, wenn Ihr sie
öffnet. Aber ich hab's Emmerich zugesagt, ich hab's
ihm zuschwören müssen, bei meinen Göttern und
seinen, ich wollt' Euch nachgehen bis ans Ende der
Welt!"

„Du kommst in Emmerich's Namen, Unglückselige?"
fragte Maria, zitternd sich auf einen Sessel nieder-
lassend. „Sage, was bringst du mir?"

„Dies bring' ich Euch!" versetzte die Zigeunerin,
indem sie aus dem Busen ein gesticktes Tuch zog, das
einst weiß gewesen, jetzt aber dick mit dunkelm Blute
gefärbt war.

„Nehmt hin", sagte sie mit durchbringender Stimme,
„nehmt hin, Gräfin! Emmerich schickt's Euch als
letzte Liebesgabe. Emmerich's Herzblut ist's, was das
Tüchel geröthet. Als sein Haupt in den Staub rollte
zu den andern Häuptern, und das dicke heiße Blut hoch

spritzte aus dem Rumpfe, hab' ich's eingetaucht für dich. Denn so wollte er's haben!"

„Tag des Gerichts!" stammelten Maria's bebende Lippen. Aber ihre erstarrten Hände hatten die Kraft nicht, das Tuch zu greifen. Die Zigeunerin warf es ihr auf den Schos.

„Mein Auftrag ist erfüllt", begann diese von neuem. „Zagt Ihr? entsetzt Ihr Euch? weint Ihr ihm Thränen, den Ihr allein hingeopfert? — Freuet Euch nun Euers Werks, mit dem Verruchten, Euerm bübischen Gemahl, dem mit tausendfachen Flüchen Be= lasteten! — Wenn er's nur erlebt!" setzte sie mit fürchterlichem Hohne hinzu. — „Werft das Tüchel nur in den Brunnen, da wird's wieder rein, und Ihr könnt's dem Mörder noch schenken zur fröhlichen Rück= kehr, wenn er Euch kost und sich Euerer Weiße und Schöne erfreut! Aber wenn er's nur erlebt!"

„Weib, du bist fürchterlich!" sagte Maria, jetzt aus halber Ohnmacht sich aufrichtend. „Der All= erbarmer, der längst mein zerknirschtes Herz sah, richte zwischen mir und dir; o wohl mir, daß er gütiger ist, als ihr Menschen es seid!"

Die Zigeunerin sah bestürzt aus; schnell aber wandte sie sich mit trotzigem Schweigen zum Ausgang und wollte das Zimmer verlassen.

„Ich lasse dich nicht", rief Maria aufspringend. „O Kossanja, wenn du ein Mensch, wenn du ein Weib bist — ich beschwöre dich, sage mir mehr, sage mir alles!"

Kossanja schaute wilden Blickes umher. „Hier", rief sie, „auf den seidenen Teppichen, unter den Prunk= gewölben sollen sie rasten, die müden zerbrochenen Glieder? Laß mich hinaus in den Wald, laß mich mich bergen in den Zelten der Meinen! Da kann ich schluch= zen und schreien, da kann ich mich umherwälzen und heulen. Aber ich will's nun nicht mehr — o, ich bin ja frei nun — o!"

„Armes Mädchen", sagte Maria, einige Augen= blicke über Kossanja's Schicksal ihr eigenes vergessend; „armes Mädchen, o verweile hier! Gehe nicht im Zorn von mir, Kossanja! Sammle deine Geister. Ich lasse dich nicht eher, bis du gelernt hast, meinem unglück= lichen Herzen verzeihen!"

Heiße Thränen tropften bei diesen Worten auf des

Mädchens Hände, die sie liebevoll ergriffen hatte. Das Mädchen richtete unverwandt den trostlosesten Blick auf sie, und in der ungewohnten Theilnahme schmolz ihr allmählich das verstockte Herz. Die harten Züge, der krampfhaft zuckende Schmerz lösten sich in glühende Thränenströme auf, die endlich sanft und sanfter wurden.

Nach kurzer Zeit saßen die beiden Weinenden einander gegenüber, und Kossanja erzählte ihr trauriges Schicksal. Begierig horchte Maria einem Worte von Emmerich entgegen, allein sie hatte den Muth nicht, das arme Mädchen zu unterbrechen, die auch dem eigenen Leiden einige klagende Worte widmete.

„Als Ihr den Schleier zurückschlugt in den Karpaten", begann sie, „und ich Euer Antlitz sah, da wußt' ich, es sei alles aus, denn Ihr wart die Sonne, ich der Mond. Ihr wart die Donau; in ihren stolzen Wellen badet der Glückliche; ich der kleine Gießbach in der Felsschlucht — keiner sieht ihn als der Wanderer, der sich im Waldgebirge verirrt. Wie hätte mit Euch die arme Kossanja sich messen können? Ihr wart die weiße Taube, die der heilige Geist ist, und ich der

graue Kukuk, der klagen muß sein Leben lang. Da
lief ich mit dem Buben in den Wald, und stöhnte und
schrie; aber der Bub' ward ungestüm und wollte
durchaus wieder unter die Leute, und schlug und rief
auf mich ein. Nun sann ich, was ich thun sollte.
Denn seht, ich bin eigentlich aus Rumelien, aber auch
sonst viel umhergezogen; hinter Sarajewo in Bosnien
wohnt' ich am längsten, aber im walachischen Lande
lebt' ich erst recht, denn da sah ich Emmerich zuerst,
der herüber geflüchtet war mit dem jungen Grafen
Theokeoli. Ach, der Graf war schön wie der heilige
Johannes, der Schönste unter den Schönen, aber der
Barcoczy gefiel mir doch besser; wenn ich dem ins
Auge sah, da dachte ich, ich säh' in die Aluta, im Mai,
wenn's recht hell und warm ist. — Seht, da wußt'
ich nicht wohin, weil ich doch nirgends eine Heimat
habe. Ich wollte gern wieder zu meiner Mutter zurück;
die war zwar bös' mit mir, als ich den Emmerich lieb
hatte, und schlug mich, weil ich keinen als ihn lieb
haben wollte, und von des Hospodars Sohn selber
nichts wissen wollte, der meiner Mutter viel Geld bot
für die Kossanja, aber sie hatte mich doch lieb, und,

Gräfin, Einen muß man auf der Welt haben, der einen
lieb hat, sonst ist's tausendmal besser, todt sein. Wie
ich nun so sitze und sinne, da kommt der Bub' freud=
voll gelaufen und ruft: «Mutter, sind von unsern
Leuten welche in der Nähe!» — und reißt mich auf
und schleppt mich fort bis wir zu einer ganzen Horde
Sinden*) kommen, die eben am Feuer liegen und
Mittag machen. Mit denen zog ich nun fort bis an
die Grenze von Siebenbürgen. Eines Abends einmal
wird großer Jubel unter den Leuten, und der Bube
kommt und schreit: «Mutter, sie haben Leichen gefunden
mit prächtigen Kleidern, und 's ist auch ein ungarischer
Edelmann dabei, über den fielen sie alle am meisten
her. Und ich hab' mich auch zugeschlichen und hab'
'nen Ring gemaust, 'nen ganz großen, den hab' ich
ihm vom Finger gezogen.» — Als ich das hörte sagt'
ich: «Du Schandbub', bist selber ein Edelmannskind
und schämst dich nicht und stiehlst! Gleich gib her!
Für den Goldring wollen wir den armen Mann be=
graben lassen, wie's die Christen gern haben, auf dem

---

*) Sinde nennen die Zigeuner sich selbst. (Sind = Indus.)

Gottesacker, weil ein Dorf nah' ist.» — Da schämte
sich der Bub', denn seht, das hatte ich ihm von klein
auf gesagt, stehlen wäre schlecht, und schicke sich nun
gar nicht für Edelmannskinder. Und wie er mir den
Ring gibt, da glaube ich der Blitz trifft mich, denn
da ist das Wappen der Barcoczys drauf, und hinten
ein lateinischer Spruch. Es ist der nämliche Ring,
den ich tausendmal an Emmerich's Finger gesehen, wenn
ich die theuere Hand geküßt in den Tagen unserer Liebe.
Ich stürze hin, da waren sie über ihn her wie die
Raben über eine Leiche am Hochgericht; aber ich scheuche
alles fort und erkenne Emmerich, und werfe mich auf
ihn und bade ihn mit meinen Thränen. Und wie ich
eine Weile so liege, da fühle ich's, daß er nicht todt
ist; es regte sich leise unter der Brust, an Lippen und
Händen. O Frau, für den Augenblick, für die Lust
hab' ich nicht zu viel gelitten! Der wiegt ein ganzes
Leben voll Schmerzen auf.

„Breite tiefe Wunden hatte er in Kopf und Seiten,
und der ganze Mann schwamm im Blute. Als die
Sinden hörten, daß er noch lebe, wurden sie böswillig,
doch thaten sie ihm nichts, und ich ließ sie nicht ziehen,

bis sie mir alle seine Sachen wieder herausgaben.
Dann machten wir eine Bahre und eine treue Seele
half mir ihn in das Dorf tragen. Da brachte ich ihn
in eine Kammer auf Stroh und deckte ihn zu mit
seinem Pelzrock und meinen Tüchern. Frau, nun begann eine Zeit, wie man sie seinen Feinden in der
Hölle kaum wünscht. Ich weiß nicht, wie lange es
dauerte, daß er zum ersten mal wieder die Augen
aufschlug; wie lange, bis es mir gelang, ihm einen von
meinen Tränken einzuflößen; wie lange, daß ihm die
Sprache wieder kam; das aber weiß ich, daß der warme
Frühling schon herbeigekommen war, als er zum ersten
mal die arme Kossanja erkannte. Einen Dolch stieß
er mir jeden Tag ins Herz bis dahin; aber von da
an war die Spitze in fressendes Gift getaucht. Legte
ich ihn zurecht, als noch Fieberwahnsinn sein armes
Gehirn verzehrte, dann sagte er mir: «Deine Hand ist
sanft, meine Maria!» — Reichte ich ihm einen kühlen-
den Trank, dann versetzte er: «Ich danke dir, meine
Maria!» und immer sprach und träumte er von Euch,
und dachte nicht an die arme Kossanja. Aber ich fragte
nichts danach, und hielt treu bei ihm aus. Allein als

er wieder zu sich kam, da wartete mein Schlimmeres.
Denn er erschrak als er mich erkannte — ach, gewiß
war es ihm ein Vorwurf mich zu sehen — aber ich
machte ihm keine Vorwürfe und zeigte ihm auch den
armen Buben nicht. Ich dachte, erst mußt du gesund
sein, dann will ich dich fragen, ob du ein Vaterherz
hast. Allein er konnt's kaum erwarten, immer sagt'
er: «Kann ich nicht bald reiten, gute Kossanja?» —
und: «Wie weit ist's wol bis Unghwar?» — Nun
sprach er nicht mehr von Euch, und ich sagte auch nicht,
daß ich Euch kannte, aber ich sah es ihm an, daß ihn
die Sehnsucht fast aufrieb. Und was meine Salben,
meine Tränke gut gemacht, das machte die Glut seines
Busens immer wieder schlimm. So verging ein Tag
nach dem andern, und wollte er aufstehen auf meinen
Arm gestützt, so konnte er's nicht vor Schwäche, bis er
endlich im Stande war ein Pferd zu besteigen.

„Ach, Frau, ich habe gethan für ihn, was meine
Kräfte vermochten. Ich habe für ihn gebetet und ge-
kniet, des Morgens vor der heiligen Jungfrau und
dem Heiland, des Mittags vor dem Propheten, des
Abends vor dem heiligen Martin, denn Ihr wißt wohl,

das war sein eigentlicher Schutzpatron, der hat die
Gemeinde gestiftet, zu der er gehört. Einer, dacht' ich,
wird dem armen jungen Blute doch wol helfen. Des
Nachts aber ging ich und sammelte Kräuter, im Mond=
schein am Kreuzweg, oder um Mitternacht auf dem
Gottesacker, und da kocht' ich Tränke und Salben, und
jetzt, das hat wol am besten geholfen. Sehen lassen
durft' ich's dem Emmerich aber nicht, denn wenn er's
mal merkte, ward er ganz wild und nannte mich 'ne
braune Hexe, und schalt mich und sagte, bei solchem
höllischen Gebräu ginge seine Seele unter, wenn auch
sein Leib gerettet würde. Ach, und ich meint's doch so
gut. Seht, Gräfin, das ist der Fluch, der uns ge=
troffen, das alles uns schimpft und verachtet. Sie
sagen, unser Stamm hätte einst der heiligen Jungfrau
und dem Heiland auf der Flucht die Einkehr verjagt;
und andere behaupten, sie hätten in urältester Zeit
gegen Brama gefrevelt, und darum seien sie verflucht
mit sammt ihren Nachkommen bis ins tausendste Glied.
Und so müssen wir denn tragen, was wir nicht ver=
schuldet."

„Armes verirrtes Mädchen", sagte hier Maria,

„glaube doch nicht, daß der gnädige Gott die Schuld
des Vaters räche an den Kindern. Höre, was er
spricht: Der, dessen Seele sündigt, den will ich strafen,
der Sohn soll nicht tragen die Missethat des Vaters,
und der Vater soll nicht tragen die Missethat des
Sohnes; sondern des Gerechten Gerechtigkeit soll über
ihm sein, und des Ungerechten Ungerechtigkeit soll über
ihm sein!"

„Aber sage mir das Eine: wer setzte Emmerich in
diesen hülflos-traurigen Zustand? Und was führte ihn
an die Grenze von Siebenbürgen?"

Die Zigeunerin fuhr fort: „Es kam ihm ein Brief
zu Handen von dem gefangenen Grafen; — aber jetzt
weiß ich, er war nicht von dem Theokoli. Eine Ver-
rätherhand hatte ihn geschrieben. Der forderte ihn
auf, ihn zu retten, und beschied ihn nach Veresmart.
Da nun fand er die Freunde nicht, und er glaubte,
sie hätten nicht den Muth zu dem Wagstück und beschloß, er allein wollt's thun mit seinen vier Knechten,
und der List sollt's gelingen. Wie er nun bei dem
tollkühnen Unternehmen dem Serasfier verdächtig geworden und Händel bekommen, das laßt mich nicht

weitläufig erzählen; der Abend dunkelt, und das Ende
ist noch lange nicht da. Kurz, er hatte flüchtig werden
müssen; die Hunde von Türken hatten ihn eingeholt
und ihn und Pferde und Knechte niedergemetzelt.

„Als er nun endlich zu Rosse sitzen konnte, ritt ich
mit ihm durch das ganze Bihar und weiter; aber an
der Theiß verließ ich ihn und sagt' ihm Lebewohl.
Nun wollt' er mir viel danken und durchaus meinen
Buben haben. Aber ich dachte, der wird wol hin- und
hergestoßen und muß draußen im Stall schlafen, und
muß den Kindern der blanken Frau aufwarten — nein,
da ist's doch besser, er bleibt sein Leben lang ein wilder
Sinde. Und so ritt ich mit dem Buben wieder zurück
und geraden Weges nach Bessarabien, und dachte, je
weiter fort, je besser. Nun nährt' ich mich und das
Emmerichskind ehrlich mit der Heilkunst, und übte sie
glücklich an Menschen und Thieren, zog auch nach Stam-
bul hinauf und erwarb mir manches gute Stück Geld.
Aber im tiefsten Herzen saß doch immer die Qual, und
schlief mit mir, wo ich das arme Haupt bettete, und wachte
mit mir morgens auf. Endlich trug ich's nicht länger, ich

dachte, einmal im Leben müßt' ich noch sehen, was ihm
befahren.

„Armer Mann, traurig genug war auch dir es er=
gangen! Wie trieb die heiße Sehnsuchtsbrunst ihn nach
Samosko, und er fand das Haus seiner Liebe verödet
und leer! O Frau, Frau, wie konntet Ihr so tauschen!
Ihr zerschlugt dem Adler die Flügel und spracht:
Fliege hin, der Nachtrabe soll mein Vogel sein.
Aber arme Frau, Ihr wußtet's wol damals nicht,
daß der sich von Leichen nährt! — Nun, weint nicht
so sehr! Seht, ich kann's Euch nicht ersparen. Ich
muß Euch stechen und ritzen mit meinen Reden. Wäret
Ihr gesund, so würde es Euch nicht viel anhaben. Aber
Ihr seid wund, und da bringt das Blut stromweis aus
den kleinen Oeffnungen hervor.

„Sie sagen, der Emmerich habe sich geberdet wie
Einer den der Böse besitzt, als er seines Verlustes
inne geworden. Dann aber ist er zu Rosse gestiegen
und hat das ganze ungarische, polnische und deutsche
Land durchsucht, ob er irgendwo Euch fände. Als er
nun endlich zurückgekehrt, da hat er auf Samosko still
gelebt wie ein Klausner, und hat viel in der Bibel

gelesen, und sich nicht bekümmert um die Welthändel.
Da schlugen sie die Blutbühne von Eperies auf; dem
alten Karaffa selbst ward's zu viel, aber Euer Gemahl
saß obenan und ward des Köpfens und Räderns nicht
müde, und des Viertheilens und Folterns. Auch den
armen Baron ließ er holen von Samosko, nicht weil
er vor Jahren Theokeoli's Freund gewesen, darum
konnten sie's nicht, denn dafür war er begnadigt in
Preßburg — aber weil sein Bruder, der Alte, bei den
Türken in großem Ansehen steht, dafür sollte der
Emmerich büßen. Aber sie sagten nur so — wirklich
war's, weil der feige Szentirany vor der Rache des
Beleidigten zitterte. Er dachte, die Todten können
nicht mehr Rache üben — aber er hat sich schrecklich
betrogen, der Verräther.

„Wie ich nun nach Eperies kam, da hieß es eben,
der jüngere Barcoczy sei nach der Stadt gebracht, und
übermorgen solle er verhört werden. Ein Silberstück
nach dem andern bot ich den Wächtern. Ich dachte,
du bist zur guten Stunde gekommen; aber die Stunde
war schwarz, denn sie ließen mich nicht ein. Nun kam
der Tag, und es war eine Menge Volks im Gerichts=

saal, und ich mischte mich darunter, daß ich ihn sähe.
Das Blut trat mir an das Herz, als er hereingeführt
ward, zwei grüne Schandbuben ihm zur Seite. Aber
er sah ruhig aus und getrost, wie einer, der denkt,
mir können sie nichts anhaben. Und auf dem Stuhl
obenan saß Euer Gemahl, der Verräther; doch der
Emmerich erkannte ihn erst nicht, denn er war gar prächtig
angethan und ganz behangen mit güldenen Gnaden=
kettlein und bunten Bändern und Kreuzchen. So trat
er guten Muthes vor ihn hin. Aber nun begann der
Präsident zu sprechen; da sah der Emmerich ihn starr
an, und immer starrer und tiefer, daß der Feige vor
dem Blick zu stammeln anfing und mit der Stimme
zu beben. Da erkannte ihn Emmerich, und wie ein
Falke war er auf ihn ein, und hielt ihn unfaßt mit
den beiden kräftigen Mannesarmen und schrie mit
Tönen, von denen die Halle dröhnte: «Find' ich dich
hier, verruchter Bube! Hab' ich dich endlich!» —
Und so würgte er ihn und schüttelte ihn, daß dem
Grafen das Verrätherblut aus Mund und Nase stürzte,
und hätte ihn auf der Stelle getödtet, wären nicht die
Grünen über den Armen hergefallen und hätten ihn

losgekettet. Aber ihrer sechs mußten ihn halten, denn
er schlug um sich und tobte, als wäre der böse Geist
in ihn gefahren. Da stöhnte der Präsident: «Legt
ihm Ketten an!» — und: «Bringt ihn ins tiefste
Gefängniß!» — Da legten sie ihm Fesseln an Hände
und Füße, aber ums Wegbringen war's kein leichtes
Ding! Er redete zu den andern Räthen und verfluchte
den Grafen —, 's war lateinisch, ich verstand's nicht
recht, das aber sah ich wohl, daß einigen weich ums
Herz ward und die andern riefen: «Bringt ihn nur
fort, bringt ihn fort!»

„Den Abend sprachen sie ihm das Urtheil. Nun
sagte ich zu mir: «Jetzt gilt's!» Und ich nahm
all' mein rothes Geld und gab's den Wächtern, bis
sie mich einließen. Gräfin, den Anblick vergess' ich
nicht. Ich bin in Erdhütten geboren und groß gezogen,
aber in solch einem Loche hatte ich noch nie zu athmen
versucht. Das Herz wollte mir springen, als ich den
Helden da liegen sah in gefesselter Kraft, auf der
nassen, verpesteten Streu. Sein Auge sprühte Funken,
seine Stirn brannte, als ich mich zu ihm beugte und
er das arme braune Mädel erkannte.

„«Bist du es, gute Kossanja?» fragte er. «Sei mir gegrüßt! Dich sendet Gott selber. Willkommen, Botin des Himmels!»

„Ich meinte er sei rasend geworden vor Wuth, und sprach zu ihm: «Herr sammelt Euch! Ich bin's. Ich komme und will Euch fragen, ob Ihr noch was zu bestellen und zu bedenken habt auf Erden. Befehlt über mich, Herr!»

„Da erwiderte er knirschend: «Du thatest wohl, Kossanja! Dank, Dank, gute Kossanja.» Und nahm den großen goldenen Ring vom Finger mit dem Familienwappen und fragte: «Ist mein Sohn bei dir?» — «Ja, Herr», antwortete ich. «Gib ihm den Ring», sagte er; «er ist ein kleiner Bube, sonst sollte er selber mein Rächer sein. So genüge es ihm, Bote der Rache, den Rächer zu suchen. Fern unter den Türken, wo, weiß ich nicht zu sagen, weilt Stephan Barcoczy. Ohne Säumniß lasse den Buben ziehen und nach dem ältesten Barcoczy forschen, und findet er ihn, so soll er ihm den Ring geben und sagen, der Emmerich schicke ihm ihn; er solle alles fahren lassen und nicht eher rasten noch ruhen, nicht eher sich reinigen, nicht eher den Bart scheren, bis er den jüngsten Sohn seines Vaters an dem Verräther Szentirany gerächt. Des Knaben aber soll er sich annehmen und soll ihm Vater sein um Emmerich's willen, und soll ihn zum lutherischen Christen erziehen. Versprichst du mir dieses, Kossanja? Schwöre es mir bei den Leiden des Erlösers und bei deinen Göttern, Kossanja!»

„«Ich schwör' es Euch, Herr, bei jeder Gottheit, wie sie auch heißen mag», sagt' ich. Und dann fragte ich: «Habt Ihr sonst noch etwas auf dem Herzen?»

„Da band er das Tüchel ab, das er um den Hals trug, drückte die Augen drauf und den Mund und sagte: «Schwöre mir mit demselben Schwure noch ein Anderes, Mädchen!»

„Ich that, was er begehrte.

„«Morgen in aller Frühe komme auf den Richtplatz, und wenn des Henkers Beil nun mein Haupt vom Rumpfe getrennt, so tauche dies Tuch in das Blut hinein. Dann aber mache dich auf, und lasse deine Füße nicht rasten und dein Haupt nicht ruhen, bis du Maria, einst meine Gattin, gefunden. Gib ihr dies, des Verrathenen letztes Vermächtniß. Einstens brachte sie mir es, ein Namenstag-Geschenk, das ihre eigenen zarten Hände gefertigt. Wo du sie treffen mögest, in des Mörders buhlerischen Armen, auf seiner Leiche in Thränen, gib es ihr und grüße sie von Emmerich.»'"

Eine lange Stille trat ein, die nur von Maria's Schluchzen unterbrochen ward. Endlich fuhr Kossanja fort:

„Klagt nicht, weint nicht, Ihr seid die Glückliche, denn er liebte Euch. Wir schieden, und für Kossanja hatte er nicht ein Wort, nicht einen Gedanken. Ein lutherischer Pfaff' trat herein, ihn zu beichtigen. Er sah mich an, als hätt' ich was Böses gethan, gehext, wie sie's nennen, oder Buhlschaft getrieben. Aber ich fragte nichts danach und ging still meiner Wege.

• „Des Morgens in aller Frühe ging ich auf den Richtplatz und hielt mich an den einen Pfosten der Bühne, daß das Volk mich nicht wegdrängen sollte. Zuerst brachten sie einen alten Mann, der zehn Kinder hinterließ; von denen standen welche umher und schrien und wimmerten, daß es einen Fels hätte erbarmen mögen. Der hatte eine Tochter, die Kammerdame war

bei der Gräfin Theckeoli in Moncacz; an die hatte er
einen Brief geschrieben, sie solle ihrer Herrin treu
bleiben und sich nicht durch Gold locken lassen, wenn
etwa der oder jener sie verführen wollte, denn ehrlich
währe am längsten. Der Brief kostete ihm den Kopf.
Der arme alte Mann! Die Kindlein mochten ihm
wol am Herzen liegen, daß er so gebückt und traurig
zum Tode ging, und gar nicht wie es einem Manne
ziemt, über den seine Feinde Herr geworden. Ich
dachte, der Emmerich wird's anders machen; aber als
sie den darauf herausbrachten, da sagt' ich bei mir
selber: wie ist der doch über Nacht anders geworden!
Denn er ging zwar aufrecht und stolz, aber er sah
nicht mehr wild aus, sondern freudvoll, und dann und
wann schlug er die Augen gen Himmel. Ja, sogar
als die grünen Schandbuben ihn stießen und drängten
und ich meinte, er solle sie niederschlagen mit seinen
Ketten, sah er sie still und ernstlich an, aber er sagte
kein Wort, und ich dachte bei mir selber: das ist des
Pfaffen Werk. Nun sah er im Kreise umher, und als
sein Blick auf mich fiel, rief er: «Kossanja!» — «Herr,
was begehrt Ihr?» fragt' ich, aber sie drängten mich

zurück und die Henkersknechte umringten ihn, und ich
konnte nur sehen, daß er nach oben wies, und nichts
als die Worte vernehmen: «Dem allein gehört die
Rache!» — Drauf — ich sehe, Gräfin, Ihr ertragt's
nicht — nun, ich habe gethan, was ich ihm zugesichert
mit Handschlag und Eid."

„Unselige!" rief Maria, „du verstandest sie nicht, die
christliche Regung des Herzens dieses herrlichen Mannes!
Ahnte dir nicht die Bedeutung des Winkes nach oben?
O Kossanja, sage, sandtest du auch deinen Knaben ab?"

„Was wollt Ihr?" versetzte das Mädchen finster,
„zweifelt ihr daran? Denkt Ihr etwa in Euerer christlichen Frömmigkeit, Gott lasse mit sich spielen und sich
etwas abbingen von dem, was man ihm einmal versprochen hat? — Wohl sendete ich den Buben ab, und
vielleicht trifft den Verräther in diesem Augenblick der
Dolchstich des Rächers."

Maria verhüllte ihr Gesicht und schwieg lange;
endlich sagte sie: „Sprich weiter, Mädchen, ende!"

„Ich habe nichts mehr zu sagen", erwiderte die
Zigeunerin. „Der Pfaffe schickte nach mir und wollte
mir wol ins Gewissen reden; allein ich verweilte nicht

länger in dem blutigen Eperies. Das übrige wißt
Ihr! — O, weint nicht so sehr! Ihr habt ihn verstoßen und verlassen, aber Euer Haß war ihm theuerer
als meine Liebe. Ihr waret sein Traum in der Nacht,
sein Gebet beim Erwachen und sein Gedanke beim
täglichen Wirken und Schaffen. Aber was soll nun
aus mir werden? — Hätt' ich den Buben nur wieder,
oder wäre der Bube todt, daß ich mich auch hinlegen
könnte und sterben; dann wäre alles aus. Aber jetzt,
Frau, wenn Euere Pfaffen recht hätten und wir wieder
auflebten, wenn wir gestorben sind, und dann noch keine
Rast hätten — jetzt, dann möchte ich nicht sterben, nicht
wieder mit Euch dem Emmerich zur Seite stehen. Der
Neid zerfräße mir den Busen — ich hab' es lange
getragen — ich trüg' es nicht länger!"

„O arme, arme Kossanja!" rief Maria; „jenseits
gelten nichts mehr unsere irdischen Neigungen, unsere
Blindheit schwindet und das Herz nur ist's, das uns
Werth gibt vor den Augen des Höchsten und der durch
seine Gnade erleuchteten Gerechten. Dort oben wird
Emmerich dich lieben, nicht mich, denn du bist besser
als ich, Kossanja, du bist reiner!"

Die Nacht war längst herangerückt, aber nur Maria's dringendste Bitten erhielten es von der Zigeunerin, im Schlosse bis morgen zu bleiben. Als die Gräfin allein war und sie noch einmal mit schmerzlichen Thränen Emmerich's Schicksal überdacht, richtete sie den Blick in die Zukunft und sann, wie wol am besten sie seinen Geist versöhnen könne. Da ihr der Himmel den heißesten Wunsch ihres Herzens, selbst Mutter zu sein, auf ewig versagt zu haben schien, so beschloß sie, Emmerich's Sohn an Kindesstatt anzunehmen und ihn zum protestantischen Christen zu erziehen. Auch an ihren eigenen öffentlichen Uebertritt zur protestantischen Kirche dachte sie. Zugleich aber wollte sie keine ihrer Pflichten unerfüllt lassen, und noch in der nämlichen Nacht schrieb sie ihrem Gemahl einen Brief, der ihn ermahnte, Ungarn zu verlassen und überall auf seiner Hut zu sein, weil sie aus sicherer Quelle wisse, daß ihm für den Verrath an seinem Vaterlande — so schrieb sie — blutige Rache geschworen sei.

Am frühen Morgen fragte sie nach der Zigeunerin, und mit der größten Bestürzung vernahm sie, diese habe

schon bei anbrechender Dämmerung das Schloß ver=
lassen. Alle angewendete Mühe, die Unglückliche wieder
aufzufinden, war vergebens. Möge ihr armes, schmerz=
durchstürmtes, zerrissenes Herz bald in den Port des
ewigen Friedens gelangt sein!

Einige Tage nach ihrem Verschwinden erhielt
Maria einen Brief, der sie von neuem auf das hef=
tigste erschütterte. Der Geheimschreiber ihres Gemahls
meldete ihr den Tod, die Ermordung des Grafen. Er
hatte sich dem Heere des Kurfürsten von Baiern an=
geschlossen, das, Sieg auf Sieg erringend, bis nach
Belgrad vorgedrungen war und die Feste belagert hielt.
Er selbst war hier nicht kriegerisch thätig, sondern nur
stets beflissen, mit diplomatischer List Theokeoli's Stel=
lung bei der Pforte zu untergraben und Zwistigkeiten
im türkischen Lager anzustiften. Aehnliche Waffen
wurden nun gegen ihn geführt und gaben ihm den
Tod. Denn als einst ihn ein solches Geschäft zu einer
kleinen Entfernung vom Heere nöthigte, schlossen sich
seinem Gefolge einige ungarische Edelleute an, die, an=
geblich geradezu aus dem Lager Theokeoli's hinter Ghula
kommend, ihm wichtige Entdeckungen zu machen ver=

sprachen. Während er einen derselben, vorsichtig seine Worte wägend, anhörte, drückte aus dem kleinen Haufen der ferner Gebliebenen ein ältlicher, finsterer Mann, der eine schwarze Wolfsmütze tief ins Gesicht gerückt hatte, ein Pistol auf ihn ab, und der Schuß traf ihn gerade ins Herz. Eine schreckliche Stimme: „Für Emmerich Barcoczy!" tönte in des Sterbenden Ohren, und leicht entkamen dem bestürzten Gefolge die flüchtigen Reiter.

Maria war nun frei und wieder im alleinigen Besitz ihres durch Ferdinand's Klugheit bedeutend vergrößerten Vermögens. Nach reiflicher Ueberlegung sandte sie auf geheimem Wege einen Brief nach Adrianopel, wo sie ausgekundschaftet, daß jetzt Stephan Barcoczy's Aufenthalt sei. Sie forderte ihn auf, mehr der Stimme der Vernunft und Klugheit als der des Hasses gegen sie Gehör zu vergönnen und ihr den Sohn Emmerich's zu übergeben, den sie so erziehen zu wollen mit den heiligsten Eiden beschwor, als habe sie selbst ihn dem Freiherrn Barcoczy geboren. So solle des Vaters Namen und Religion, aber ihr, der Pflegemutter, Vermögen ihm erblich zutheil werden. Sie machte sich anheischig, beim Hofe die Legitimation des Knaben zu bewirken. „Gebt mir Mutterrechte", schrieb sie, „so will ich die Mutterpflichten treulich erfüllen. Hegt Ihr Mistrauen gegen die unglückliche Maria, so höret ihr Wort: Möge, bricht sie diese Zusage, einst Euere Rache sie treffen, wie sie den unglücklichen Ferdinand Szentirany getroffen!"

In Stephan Barcoczy wog Klugheit und Sorge für den Vortheil der Seinigen jede Leidenschaft auf, wie heftig sie auch immer des Mannes Busen durchwühlte. Er selbst war nie vermählt gewesen, und haßte das fesselnde Band. So war ihm denn die Aussicht willkommen, in einem reichen Erben im Vaterlande, aus dem seine Stellung ihn verbannte, seinen Stamm fortleben zu sehen. Er übergab demnach den Knaben dem Vertrauten der Gräfin, den diese zu dem Behuf an die türkische Grenze schickte, und sandte ihr brieflich die Zusicherung seiner Verzeihung, um die sie ihn gebeten hatte. Der Frieden von Carlowitz raubte ihm bald darauf mit Theoteoli und allen, die noch dem unglücklichen Grafen zur Seite standen, die Aussicht, je wieder in die Heimat zurückkehren zu können; er

widmete sich von da an ganz dem neuen Vaterlande, und
dunkle Gerüchte behaupten, er sei als Muselmann ge=
storben.

Maria empfing den Knaben mit einem Mutter=
herzen, und als Jahre kaum hinreichten, die rohen
Sitten, die ungezähmten Leidenschaften des jungen
Wilden zu sänftigen und zu zügeln, betrachtete sie es
als eine vom Himmel ihr auferlegte Buße und ließ
sich nicht irren auf dem stillen, frommen Wege, den sie
erwählt. Geduld, Klugheit und Liebe bildeten endlich
den Knaben, in dessen schöner Natur der Mutter heißes
Herz und des Vaters treue Innigkeit sich einten, zu
einem trefflichen Jüngling aus. Sorgsamer Unterricht
und das fortschreitende Zeitalter führten seinen Geist
zu einer Höhe, die noch kein Barcoczy erreicht hatte.
Große Opfer Maria's hatten ihm endlich diesen Namen
verschafft. Als die Gräfin dieses erreicht hatte, trat
sie öffentlich zur lutherischen Kirche über und unter=
warf sich willig den Beschränkungen und Beschwerden,
welche dieser Schritt ihr auferlegte. Allmählich hatte
ihr armes Herz seine Ruhe wiedergefunden, und wenn
sie wahrnahm, wie des Himmels Segen sichtlich auf

allen ihren Werken ruhte, sagte sie: „O, der Herr ist gnädig! Er straft um zu bessern, und Reue versöhnt ihn!" — Lange nach ihrem Tode sprach die Umgegend noch von der schönen, wohlthätigen Gräfin Szentiranh.

———

Druck von F. A. Brodhaus in Leipzig.